MAN Repeller

LEANDRA MEDINE

MAN Repeller

PREFÁCIO DE VIC CERIDONO

Tradução:
Antonio Carlos Vilela dos Reis

Novas Ideias

Título original: *Man repeller*

1ª Impressão — 2014

Produção editorial:
Equipe Novo Conceito
Impressão e acabamento Mark Press 300414

Este livro segue as regras da Nova Ortografia da Língua Portuguesa.

Dados Internacionais de Catalogação na Publicação (CIP)
(Câmara Brasileira do Livro, SP, Brasil)

Medine, Leandra
Man repeller : a divertida moda que espanta os homens / Leandra Medine ; traduzido por Antonio Carlos Vilela. -- Ribeirão Preto, SP : Novo Conceito Editora, 2014.

Título original: Man repeller.
ISBN 978-85-8163-491-3

1. Autoras norte-americanas - Biografia 2. Encontros (Costumes sociais) - Nova Iorque (Estado) 3. Fashionistas - Biografia 4. Jornalistas - Estados Unidos - Biografia 5. Medine, Leandra 6. Moda - Blogs I. Título.

14-03535 CDD-814.6

Índices para catálogo sistemático:
1. Moda : Blogs : Tratamento humorístico 814.6

Novas Ideias

Rua Dr. Hugo Fortes, 1885 – Parque Industrial Lagoinha
14095-260 – Ribeirão Preto – SP
www.grupoeditorialnovoconceito.com.br

Para Abie, meus pais e as leitoras do blog.

Prefácio

A primeira vez que ouvi falar do blog **The Man Repeller** foi através de Costanza Pascolato, cerca de três anos atrás – a icônica consultora de moda é grande fã de blogs, ama fazer descobertas virtuais e tinha acabado de conhecer o trabalho da americana Leandra Medine, ao qual dedicou uma de suas colunas mensais na revista *Vogue*.

O entusiasmo de Costanza, claro, me fez entrar imediatamente no *www.manrepeller.com* e de cara virei fã. Engraçada, inteligente e cheia de boas tiradas, ela conseguia falar de moda de um jeito novo, feito memorável, já que, em 2010, quando começou, milhares de blogs sobre o assunto já habitavam a internet. E que jeito era esse? Após concluir, durante uma tarde de compras com uma amiga, que a maneira como se vestia era totalmente repelente aos homens (e que era por isso que sua vida amorosa ia de mal a pior), não teve dúvidas e criou o endereço para discorrer sobre roupas que as mulheres amam e os homens... nem tanto. Para ilustrar, impagáveis séries de foto ensinando a transformar um look "man getter" (pegador) em "man repeller" – além de hilárias, riquíssimas em informação de moda, embora sem pretensões de ditar tendências ou coisas do tipo.

De lá para cá, Leandra conquistou uma audiência fiel, inúmeros seguidores no Twitter e no Instagram e apareceu na lista dos 30 mais influentes com menos de 30 anos da revista *Forbes*, em 2012, mesmo ano em que seu blog foi eleito um dos 25 melhores pela revista *Time*.

Em seu primeiro livro, *Man repeller: a divertida moda que espanta os homens*, Leandra mostra que tem vocação para contar histórias. Apesar da pouca idade, repassa suas memórias, da infância até o casamento com o primeiro amor de maneira íntima, extrovertida e, como era de se esperar pelos seus textos no blog, inteligente.

Cada episódio tem uma peça de roupa como coadjuvante, e é fascinante perceber como itens aparentemente banais marcaram sua história. Me identifico muito com isso e conheço várias pessoas que podem dizer o mesmo. Muito mais do que compilar lembranças aparentemente superficiais, porém, como o dia em que um vestido em A a fez passar vergonha no jardim de infância, ou as saias longas que marcaram sua adolescência na escola ortodoxa judaica, as roupas são o ponto de partida para abordar questões com as quais todos podemos nos identificar: o estranho primeiro beijo, o professor que desencorajou suas escolhas, o relacionamento com pais e irmãos, o primeiro estágio, as decepções amorosas. O livro fala, com leveza e humor, sobre ansiedade, insegurança, descobertas, enfim, sobre amadurecer.

Leandra não se leva muito a sério e capricha na riqueza de detalhes em situações peculiares, como o dia em que vomitou na bolsa Hermès vintage da sua avó dentro de um táxi em Paris, ou aquele em que perdeu a virgindade para seu atual marido, na época ex-namorado, usando meia soquete branca, o que é ainda garantia de boas risadas. Leitura irresistível.

Victoria Ceridono

Editora de Beleza da *Vogue* e dona do blog *Dia de Beautè*

SumáriO

Nota da AutorA

Bem, aqui está: meu cérebro em dezenas de milhares de palavras escolhidas para expor uma visão sem filtro dos meus pensamentos velados por chiffon. A fim de proteger a identidade de personagens cruciais para o desenvolvimento deste livro, alterei diversos nomes e, com menor frequência, profissões e localizações geográficas.

Mas você pode ficar tranquilo: cada objeto de moda retratado, dramatizado e descrito nas páginas a seguir é uma referência autêntica tanto à minha memória quanto à roupa que lhe dá forma. Aliás, obrigada por me comprar. Vamos tomar um drinque quando você terminar.

O Vestido em A

Eu menti deslavadamente quando disse a Marla que o primeiro beijo de uma menina é como assistir a uma queima de fogos de artifício, só que mais mágico. Ainda não sei o que me fez dizer isso para a filha de 13 anos da minha prima, quando eu mesma havia me ressentido com as afirmações erroneamente românticas da minha mãe: "Você simplesmente vai saber" e "vai sentir no âmago da sua existência que o momento chegou". O que é o âmago da sua existência? Eu deveria ter dito a Marla como realmente é: cheio de saliva, constrangedor e nada intenso como nos filmes, que impregnam seu coração e depois a abandonam, querendo que você se iluda. Mas talvez, também, minha opinião fosse tendenciosa.

Eu não sabia muito a respeito da espécie masculina quando estava no jardim de infância, mas sabia que tinha uma queda por um menino chamado Kevin. O cabelo dele era uma tigela sedosa e sempre parecia recém-cortado. Ele não falava muito e frequentemente aparecia na escola com furúnculos vermelhos nos braços, o que fazia com que nossa professora, a srta. Sherri, o mandasse de volta para casa. Eu sempre tinha uma sensação de vazio quando ele ia embora mais cedo — como se minha existência na escola perdesse o sentido, e como se eu tivesse desperdiçado meu bom vestido xadrez ou minha blusa branca de gola alta. Em uma manhã de terça-feira em que eu tinha certeza de que ele estaria na escola (nossas mães conversaram pelo telefone na noite anterior, e eu ouvi a minha dizer que veria a dele na hora da saída, no dia seguinte), entrei na sala da srta. Sherri sentindo-me especialmente bem. Logo depois da conversa telefônica da noite anterior, conseguira convencer mamãe a me deixar usar meu vestido favorito para ir à escola.

Ele ficava reservado exclusivamente para ocasiões especiais, como o jantar de Rosh Hashaná na casa da minha realmente erudita avó. Mas, dentro do meu closet, cutuquei o joelho de minha mãe e expliquei por que ela deveria me deixar usar aquele vestido na escola. Aos seis anos eu já compreendia a importância fundamental de calcular o custo da roupa por dia de uso. Em um espasmo final que sinalizava a aceitação de uma derrota exaustiva (perder para uma criança é difícil, tenho que concordar com ela), minha mãe tentou me ameaçar. "Se você sujar o vestido", avisou ela, "não sou eu quem vai lavá-lo". Era difícil levar a sério as táticas de amedrontamento dela. Diligentemente, ela tentava instilar a ética do faça-o-que-quiser-e-depois-se-vire-sozinho em todos os seus quatro filhos, mas, quando a situação apertava, nós nunca estávamos sozinhos. Ao menor sinal de machucado, ela chegava com Neosporin, Band-Aid e o telefone na mão, pronta para ligar para o hospital se fosse necessário avisar que estávamos a caminho.

— Ah, meu Deus! Que vestido lindo! — exclamou a srta. Sherri quando cheguei à escola naquela terça-feira. Era realmente lindo: em um distinto tom de vinho que antecedeu a mania bordô de 2012, meu vestido em A, com barra na altura do joelho e gola Peter Pan, tinha folhas de videira bordadas e uma camada inteira de tule sob a saia.

Aos 4 anos: outro vestido que minha mãe também não me deixaria usar para ir à escola.

— Eu sei! Não é o máximo? — deixei escapar. Não muito humilde, é verdade, mas eu estava com o vestido, afinal. Depois de vencer uma discussão por causa dele, não tinha o direito de me gabar? A esperança era que, assim como a srta. Sherri, Kevin também o achasse lindo e, consequentemente, me achasse linda.

Fui até o armário guardar meu casaco e minha mochila de couro rosa e também arrumar meu cabelo — na altura dos ombros, repartido de lado e com presilhas nas laterais. Minhas duas melhores amigas, Sarah e Rebecca, vieram falar comigo. Esperei que elas fossem elogiar meu vestido chique, mas, em vez disso, elas apenas olharam para mim, confusas.

— Você está parecendo um bebê — disse Sarah. Ela vestia um suéter cinza enfiado sobre uma minissaia de couro; o cabelo estava preso em um meio rabo de cavalo que parecia um aplique comprado em um saldão de farmácia. Rebecca, com o cabelo semelhante ao de Sarah, concordou, e meu ego foi ao chão. Elas tinham razão. Eu parecia um bebê. Acho que essa coisa de roupa adequada à idade é inadequada. De modo algum Kevin se interessaria pelo meu vestido. Como eu pude ser tão boba?

Um sentimento até então estranho para mim, autoconsciência, mostrou sua face horrível. Pelo resto do dia, fiz o possível para esconder o vestido. Peguei meu casaco no armário e o vesti novamente. Zombaram de mim. Fiquei com calor, então o tirei e o amarrei na cintura. Zombaram disso também. Aquela era uma situação sem saída.

Olhei para o relógio às 11h50, temendo o que aconteceria em 10 minutos, quando o recreio começasse e eu não tivesse alternativa a não ser encarar minhas amigas novamente. Em geral, durante o recreio, Rebecca, Sarah e eu brincávamos de casinha com Kevin. Elas também tinham uma quedinha por ele, mas eu estava quase certa de que a minha era anterior à delas e, por isso, mais forte. Kevin sempre fazia o pai na brincadeira, e nós três, ou melhor, elas duas, brigavam todos os dias para ver quem seria a mãe. Eu também queria ser a mãe, mas, como sou uma apaixonada, e não uma guerreira, normalmente aceitava o papel da filha para evitar conflitos. Àquela altura eu sabia que as meninas inquestionavelmente ligariam minha roupa ao papel que eu desempenharia naquele dia. Eu já sentia o nó na garganta que sinalizava o iminente choro da derrota. Estava tentando me segurar quando Sarah disse:

— Você tem que ser o bebê, porque está vestida como um.

Eu não era de confrontos, então permiti que os eventos a seguir se desenrolassem e fiquei sentada no canto enquanto elas brigavam para decidir quem seria a mãe, e por quê.

— Eu sou a mais velha — disse Sarah.

— E daí? Minha mãe disse que vou ser a melhor mãe que existe. Eu sei cozinhar legumes — retrucou Rebecca. Pelo amor de Deus, a cozinha de brinquedo era da Fisher-Price!

Abaixei a cabeça, embora continuasse prestando atenção à ridícula discussão das duas, quando vi um par de joelhos vestindo calça cáqui se dobrar e pousar diretamente ao lado dos meus. Ergui os olhos e lá estava ele: um Kevin sem furúnculos. Ele veio da minha frente para o meu lado e senti sua mão escamosa apertar a minha.

O mundo parou. Eu não pude prestar muita atenção à sensação áspera e desagradável de seu toque porque meu coração batia tão rápido que eu imaginava se o meu peito explodiria. Tinha quase certeza de que faria xixi na meia-calça. Sarah e Rebecca pararam de discutir para observar nosso romance, e, enquanto elas me olhavam com raiva, ele me beijou na bochecha. Tive certeza, então, de que havia molhado a meia-calça, mas estava muito ocupada sendo uma mulher superior a Sarah e Rebecca, apesar do meu vestido infantil, para prestar atenção naquele probleminha. Nós nem chegamos a brincar de casinha naquele dia, mas, com relação a quem deveria interpretar qual papel, ficou claro que eu, com certeza, seria a mãe.

— O que você sentiu? — Sarah perguntou amigavelmente, embora, havia poucas horas, tivesse esfaqueado meu orgulho no coração.

— Você é tão sortuda — acrescentou Rebecca.

— Eu sei — concordei. Minha aversão à modéstia atacou novamente, ainda que por apenas 20 minutos antes que Sarah e Rebecca reassumissem sua posição natural de piores melhores amigas e me infestassem com piolhos. Durante o restante do recreio, minha classe inteira, liderada por minhas melhores amigas, cantou Leandra está com piolhos! Leandra está com piolhos! Foi de matar, sério.

Durante o lanche da tarde, algumas horas depois de Kevin me beijar, Sarah perguntou a ele por que tinha feito aquilo. (Quem faz esse tipo de pergunta?) E Sarah não viu problema em compartilhar os detalhes de uma conversa que havia tido com Kevin e os amigos dele. Parece que os amigos o desafiaram a me beijar quando me viram sentada no canto, com o tule do forro do vestido criando um revestimento fofo ao meu redor.

— Ele quis passar piolhos para ela! — soltou Zachary, o amigo idiota de Kevin.

Sarah e Rebecca não falaram mais comigo até o fim do dia. E, embora minha autoestima estivesse um pouco baixa e eu tivesse quase certeza de que o estresse e o abandono tinham feito aparecer uma erupção nos meus braços, não coloquei a culpa daquele desastre em Kevin. Fosse o beijo sincero ou não, aquela tinha sido a interação lábios-bochecha mais mágica que eu já havia vivido. E também a única, se não levarmos em conta o afeto dos pais. Também não culpei minhas amigas. Não; se algo merecia a culpa, era o meu vestido.

Quando cheguei a minha casa naquele dia, corri para meu quarto, arranquei o vestido e me pus a pisoteá-lo, mantendo apenas a meia-calça branca de lã e meus sapatos boneca de couro azul-marinho. Histérica, expliquei para minha mãe que nunca mais queria me vestir como um bebê. Aquele bolo de tule que suscitara o beijo me servira uma porção generosa de humilhação recém-tirada do forno. Por que eu não tinha usado uma blusa branca de gola alta e calça de montaria? Minha mãe parecia confusa e até magoada — não fazia 24 horas que eu tinha lhe implorado para me deixar usar aquele vestido. Mas, antes que pudéssemos resolver meu desespero, ela reparou nas estranhas manchas vermelhas nos meus braços.

— O que houve com as suas mãos? — ela interrompeu meu surto para perguntar, pois a erupção havia se espalhado visivelmente dos braços para as mãos.

— Elas estão coçando — respondi enquanto ela estendia meus braços para examinar as bolhas que surgiam na minha pele.

Ela as cheirou, embora eu ainda não entendesse bem o porquê, e então afirmou, com um chilique:

— Meu Deus! Leandra! Você pegou catapora!

Ela rapidamente removeu o restante das minhas roupas e pegou luvas de látex em sua gaveta de roupas íntimas, colocando-as imediatamente.

— Não toque em nada; principalmente, não toque no rosto — advertiu-me. Mas por que ela guardava as luvas do meu pediatra na gaveta de roupas íntimas? Ela encheu a banheira, colocou bicarbonato de sódio na água e, enquanto supervisionava meu banho, perguntou o que eu tinha feito naquele dia, "detalhe por detalhe".

Quando terminei, mamãe me garantiu que Sarah e Rebecca estavam apenas com ciúmes e que eu não deveria culpar meu vestido favorito pelas atitudes das duas. Finalmente, as coisas voltavam a entrar em harmonia. É claro que elas estavam com ciúmes! Quem não teria ciúmes de um vestido vinho que, mesmo sem favorecer a figura feminina, ainda suscita um primeiro beijo dos mais românticos? Acho que esta é a coisa do primeiro beijo: na verdade, não importa por que você o recebe — o importante é recebê-lo.

Quanto a Kevin, "Que mãe irresponsável ele tem", ouvi minha mãe dizer mais tarde para meu pai. "Ela manda para a escola o filho nos estágios finais da catapora e não pensa em avisar a professora? E aí a minha filha tem que pegar isso? Vou ligar para a diretora".

Na verdade, parecia mesmo que Kevin havia me transmitido alguma coisa. Eu disse para minha mãe que o odiava por isso, que não podia acreditar que ele tinha me feito de boba, mas a verdade é que eu me sentia grata. Catapora significava passar pelo menos o resto da semana em casa e a possibilidade de assistir a muita televisão. De fato, meu primeiro contato com Jerry Springer aconteceu naquela semana. Talvez, por causa da minha ausência, minhas amigas se sentiriam mal por mim e até telefonariam para se desculpar.

Como suspeitava, fiquei em casa pelos próximos seis dias de aula. Também como esperado, ao retornar, embora ainda pensasse no beijo, todos haviam se esquecido da minha erupção. O caso tinha esfriado e eu nunca remexi nele. Mas demoraria mais sete anos, até entrar no Ensino Médio, para eu sentir novamente os lábios de um menino tão próximos do meu rosto.

Àquela altura eu já tinha aprendido o que minha mãe equivocadamente havia tentado me dizer. Minhas colegas não tiveram ciúmes do meu vestido. No entanto, passei anos sem saber a verdade, pois, ao me vestir como uma idiota (meu cabelo estava sempre frisado no colégio e eu abusava de brincos dourados de argola), se alguém me dissesse isso — fosse menino ou menina —, eu tinha certeza de que a pessoa ou estava apaixonada por mim ou simplesmente queria ser eu.

Nenhuma das hipóteses era verdadeira. Especialmente a que dizia que alguém tinha se apaixonado por mim. Ninguém se apaixonou por mim. Na verdade, eu estava ficando bastante impaciente com isso. Todas as minhas amigas já tinham dado seu primeiro beijo e eu achava que estava com a síndrome de Judy Blume: após ter que esperar tanto tempo para finalmente menstruar, também teria que esperar para sempre até dar o primeiro beijo? Eu era a versão feminina de Peter Pan — só que eu queria muito, de verdade, crescer. Claro que isso tem grande relação com minha simpatia pelas golas de mesmo nome, mas não tinha nada a ver com meu vestido em A de bebê.

Uma das minhas novas melhores amigas (havia muito tempo eu dispensara a dupla maldosa do jardim de infância), Rose, deu seu primeiro beijo um ano antes de mim, durante uma viagem a Londres. O menino era um amigo da família com quem ela flertava havia anos. Eu achava que ele fosse imaginário, porque eu mesma inventara um romance de mentira nas férias do inverno anterior. (Meu "namorado" chamava-se Kurt, e a pele dele era tão bronzeada, e seus dentes tão brancos, que ele só precisava de mim para se tornar uma pessoa melhor.) Obviamente, o namorico dela era bem diferente do meu, pela simples razão de que o menino de fato existia — ela mostrou fotografias e tudo mais. Ele atingia a impressionante altura de 1,93 metro, que contrastava com a dela, 1,67, e nós imaginávamos como devia ser emocionante para Rose lançar seus longos braços ao redor do pescoço dele para se envolver em um beijo mágico.

Outra amiga próxima, Alison, deu o primeiro beijo no acampamento durante os fogos de artifício do feriado de 4 de Julho em um menino três anos mais velho que nós. Eles vinham se paquerando havia semanas, portanto o beijo foi meio que inevitável. Quando lhe perguntamos a respeito, ela simplesmente disse que a sensação foi "boa". De repente, parecia que minhas amigas beijadas eram notavelmente mais sábias que eu.

Jessica, minha terceira melhor amiga, deu seu primeiro beijo na minha casa. Com meu irmão. Depois que os pais dela souberam, nunca mais a deixaram dormir em casa. Nós já não nos falamos muito.

Manifestei a preocupação relativa aos meus lábios virginais para minha mãe após o fiasco ligeiramente incestuoso com Jessica. (Um pequeno conselho: mesmo em se tratando do beijo de sua melhor amiga, e estando você inclinada a implorar por todos os detalhes, abstenha-se caso a pessoa beijada tenha sido o seu irmão.) Minha mãe me disse que, quando conhecesse o menino perfeito, eu encontraria o beijo perfeito. Mas como eu saberia que ele seria perfeito?

— Você simplesmente vai saber — assegurou minha mãe —, no âmago da sua existência.

Fiquei imaginando o que seria "simplesmente saber".

— Olá, Leandra, eu sou o menino perfeito — diria meu pretendente do alto de seus 1,80 metro, vestindo terno azul-marinho da Brooks Brothers e calçando mocassins Alden, daqueles com borlas. Na parte interna do paletó, uma etiqueta com os dizeres Valores: Leandra, Diversão.

— No âmago da minha existência, eu simplesmente sei que você é o cara perfeito! — eu exclamaria, e então nos beijaríamos. Minha perna esquerda se ergueria e fogos de artifício explodiriam. Nós assistiríamos ao espetáculo e então nos entreolharíamos novamente, sorrindo conscientes de que pensávamos exatamente o mesmo: Nossa, como eu tenho sorte. Passaríamos o resto da vida juntos, tão absorvidos um pelo outro que nem passaria por nossa cabeça a ideia de outros relacionamentos. Simples assim, minha mãe estaria certa.

Em meio a esses devaneios, minha mãe também sugeriu que meu aparelho ortodôntico pudesse estar retardando o processo. Isso nunca tinha me ocorrido, mas, naquele momento, fiz o juramento de cuidar religiosamente dos dentes e do aparelho. Dois meses depois, eu o tirei. Minha mãe foi uma ótima incentivadora.

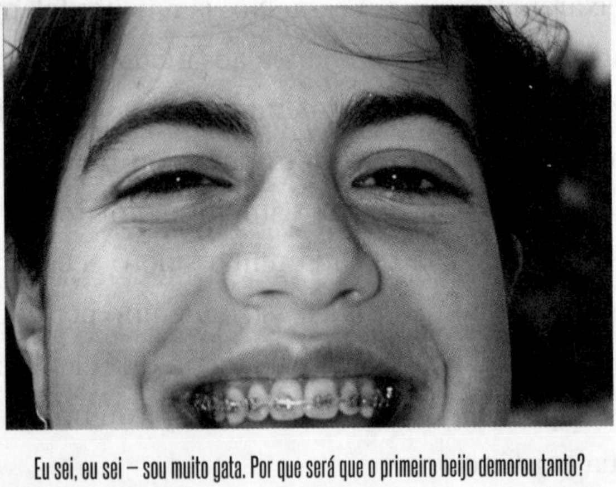

Eu sei, eu sei – sou muito gata. Por que será que o primeiro beijo demorou tanto?

Certa noite de sábado, três semanas após tirar o aparelho, surgiu uma esperança de consertar minha fobia social durante uma balada desconhecida e sombria em Nova York chamada Cream. O evento era patrocinado por uma organização beneficente que tentava arrecadar fundos para orfanatos no Terceiro Mundo, mas, na verdade, era apenas uma desculpa para os jovens de todas as escolas particulares da cidade se reunirem. Não haveria bebidas alcoólicas, claro. Apesar do desastre no jardim de infância com o vestido vinho em A, optei por um vestido em A marrom, de mangas curtas, estranhamente parecido, comprado em uma butique chamada Big Drop, na rua 76, para usar na festa do meu próximo aniversário. Aquele seria um evento monumental e aconteceria pela primeira vez sem a supervisão dos meus pais em um restaurante chamado Geisha, na Avenida Madison. Naturalmente, eu desejava um look especial. O vestido novo substituía o antigo na categoria melhor vestido de todos os tempos, e eu estava ansiosa para estreá-lo. Ele tinha até mesmo a gola Peter Pan, embora, desta vez, sem as folhas de videira bordadas. Também não possuía o forro de tule, só que aquela era uma concessão que eu estava disposta a fazer. O vestido mantinha o espírito de seu famoso precursor, e eu simplesmente não consegui esperar até meu aniversário (que, a propósito, aconteceria nove meses mais tarde) para usá-lo. Ele terminava cinco centímetros acima de meus joelhos. O plano era usar uma meia-calça grossa preta por baixo e um cardigã preto com decote canoa por cima. "Se a Prada pode fazer, nós também podemos", disse a mãe de Rose sobre o uso de preto com marrom — embora minha própria mãe insistisse que as cores não combinavam. Nos pés, eu usaria uma sapatilha Marc by Marc Jacobs adornada com cristais.

Em retrospecto, eu devia estar parecendo uma professora de escola religiosa judaica indo encontrar uma amiga para jantar, mas, no momento, eu me sentia a menina mais descolada desde Tara Reid na época de *American Pie*. Minha mãe concordou e até me forçou a posar para uma foto no saguão do nosso prédio.

— Você está mesmo crescendo — ela disse, enquanto aplicava um pouco de blush nas minhas bochechas.

— Estou mesmo, não é? — concordei.

Mas, quando cheguei à Cream e fui cumprimentar minhas amigas, percebi que não havia recebido nenhuma especificação do traje. Minissaias pretas com camisetinhas de alça e botas de couro na altura dos joelhos com salto alto invadiam o salão. De repente, minha roupa perdeu o brilho, principalmente a sapatilha — trocadilho intencional.

Alison tinha contrabandeado uma garrafa de água cheia de vodca para a festa. Eu nunca havia experimentado álcool antes e, embora estivesse curiosa, mantive a distância. Meus pais tinham me alertado sobre os problemas relativos ao álcool na adolescência. Eles diziam que eu acabaria engasgando com meu vômito e morrendo. Eu era crédula e não estava pronta para enfrentar minha própria morte. Nem mesmo havia dado meu primeiro beijo.

No meio da noite, eu me vi sentada em um sofá de couro preto, totalmente sozinha, enquanto minhas três amigas tinham encontrado meninos para beijar, porque é isso que você faz depois que ganha a batalha do primeiro beijo: continua beijando. Elas estavam ligeiramente bêbadas, e eu, completamente entediada. E com raiva por outra vez ter escolhido usar um vestido infantil, desta vez em uma ocasião que exigia revelar ao menos um pouco dos peitos.

Um menino desconhecido veio e se sentou ao meu lado. Ele parecia bêbado, mas eu podia estar enganada — naquela época, meu radar ainda era muito inexperiente para captar tais nuances com precisão. Ele se apresentou como David e disse que tinha gostado do meu sapato. Eu imediatamente me recompus e agradeci — que atencioso da parte dele reparar na minha sapatilha! Afinal, estávamos em um salão escuro, e esse tipo de atenção a detalhes requer treino.

Eu ainda não contava com o apoio de um telefone celular para aliviar a constrangedora tensão social, então, depois que agradeci pelo generoso cumprimento e a conversa esfriou, perguntei a ele qual era sua escola — não havia outra coisa para perguntar. "Horace Mann", respondeu ele, e uma tagarelice muito tediosa se desenrolou pelos cinco minutos que precederam a entrada da língua dele em minha boca.

O beijo não foi nada que o âmago do meu ser tivesse insinuado. Eu sentia como se uma lesma descansasse sobre minha língua enquanto eu fazia o possível para combater, sem sucesso, sua natureza preguiçosa. Nada de a perna se erguer, nada de terno Brooks Brothers, nada de etiqueta listando valores: meu nome e diversão, nesta ordem.

Ouvi Alison gritar:

— Ah, meu Deus! Aquela ali é a minha amiga; ela nunca beijou um menino!

Fingi não ter escutado e continuei beijando. Então, aquilo era beijar? O intercâmbio de saliva com uma língua inerte? Durante os últimos segundos de nossa troca de cuspe, finalmente me ocorreu que eu estava dando meu primeiro beijo. Pensei comigo mesma que talvez alguns homens apreciem uma mulher que não se exponha totalmente, ainda que a mulher em questão seja apenas uma menina de 15 anos. David tinha elogiado os meus sapatos, provavelmente porque, estando sentada, ele não poderia ver o brilho do meu vestido. Talvez o que nós estivéssemos construindo fosse o âmago da minha existência. E, embora aquele momento parecesse distante do retrato que minha imaginação havia desenhado, aprendi que existe uma diferença fundamental entre o que a mente cria e o que a realidade representa. Fiquei com a imaginação.

Quando terminamos de nos beijar, eu tinha todo tipo de pergunta para fazer a David — tinha a firme intenção de conhecê-lo melhor. Ele praticava esportes? Era vegetariano? Tudo bem se eu fosse? Ele gostava de ir ao cinema? Eu odiava cinema e esperava que ele não se importasse. Qual era sua banda favorita? Será que a mãe dele se apaixonaria por mim tão rapidamente quanto ele? Era óbvio que ele me amava. Mas, antes que eu pudesse soltar qualquer uma dessas perguntas, ele se levantou e saiu andando. Não nos falamos mais naquela noite — ele nem mesmo pediu meu telefone. Deve ter se esquecido. Graças às minhas avançadas habilidades investigatórias, eu soube, pelo mínimo de informação que trocamos antes do beijo, que ele era amigo de uma amiga minha, Erica. Eles frequentavam a mesma escola e, quis o destino, estavam na mesma classe.

— Espere um pouco. Você ficou com o David? David Feldman? — perguntou ela quando a consultei sobre o homem que para sempre ficaria na memória do meu primeiro beijo.

— Fiquei! — disse eu, esperando que ela contasse como ele era bonito e disputado.

— Ele tem um apelido — revelou ela. — Croc, o boneco de neve.

Aquilo não pareceu muito edificante.

— Por quê?

— Bem, a ex-namorada dele disse que a porra do David é crocante — entregou.

— E como ela pode saber disso, Erica? — perguntei, na defensiva, como se ela estivesse revelando informações íntimas sobre meu marido.

— Porque ela costumava chupar o David e me contou que a porra dele é crocante.

Meu primeiro beijo fora em uma boate chamada Cream com um menino que tinha sêmen problemático? Senti como se Larry David estivesse dirigindo minha vida.

Assim terminou o segundo romance mais curto da minha adolescência. Minha mãe estava errada quanto a duas coisas: nem todo mundo tem ciúmes de mim e o primeiro beijo não é perfeito. Pelo menos eu tinha finalmente passado por aquele marco, e os portões da maturidade feminina podiam se abrir. Mas, como as minhas amigas continuavam a contar suas conquistas em um placar mantido no armário de Jessica (de verdade), minha contagem permaneceu estagnada em um deprimente número 1. Eu não conseguia parar de pensar na minha breve e patética história de amor. Primeiro, eu tinha me apaixonado por um menino com cabelo de cuia que me passou catapora; depois, para completar, deixei que a língua grossa, imoral e pegajosa de um adolescente cujo apelido refletia a natureza não higiênica de seu sêmen deflorasse meus lábios virginais.

Foi muita sorte que, ao contrário de Kevin, David não fosse da minha escola, pois assim eu consegui evitar a humilhação de ter que assistir à sua bunda suja vagando pelos mesmos pátios e corredores que eu. Apesar disso, é difícil esquecer um primeiro beijo. Deve ficar mais difícil ainda, imagino, quando o Facebook está envolvido. Ano passado, fiquei sabendo que David Feldman agora é gay e está feliz em um relacionamento com Matthew Spielman. Quanto a Kevin, da última vez que tive notícias dele (li em seu mural), continuava morando com os pais, tendo terminado a faculdade com alguns anos de atraso.

A BermudA

Quando criança, eu não era magra nem gorda — quero dizer, até a oitava série, quando engordei 15 quilos durante as férias. A maioria dos acampamentos de verão se orgulha de promover atividades esportivas originais e competitivas. Mas eu não ia para esses acampamentos de verão. Não, eu fui para o Lago Seneca, localizado no meio das Montanhas Poconos, na Pensilvânia. Aquele acampamento estava lotado de crianças judias com mães neuróticas; cada uma delas chegou trazendo pelo menos um contêiner de plástico medindo 0,5 por 1 metro cheio de tranqueiras como biscoitos recheados, pipoca, salgadinhos de queijo, chocolate, confetes, Hershey's Kisses e Twizzlers. Ah, os Twizzlers...

Os campistas do Lago Seneca nunca precisavam se preocupar com o estoque de suas delícias, pois, quando acabavam, as mães enviavam freneticamente pacotes de reabastecimento. Nós ouvíamos histórias horríveis de acampamentos vizinhos onde pacotes cheios de comida eram confiscados, mas a equipe do Lago Seneca compreendia que estávamos em idade de crescimento, famintos e, talvez o mais importante: que éramos filhos de ansiosas mães judias cuja prioridade era nos alimentar.

No primeiro ano em que meus pais me enviaram para o acampamento (quando implorei ao meu pai para me deixar ir, ele me pediu para escrever uma lista de 10 boas razões), eles não conheciam o Protocolo Judaico-Americano que requeria o fornecimento de porcarias comestíveis em grande quantidade. Nem minha mãe nem meu pai eram norte-americanos, e o conceito de acampamento de verão era algo tão estranho para eles quanto eles eram para o país.

— Vamos gastar três mil dólares para que ela durma em uma cabana por dois meses? — perguntou meu pai enquanto preenchia o cheque para o Acampamento Lago Seneca.

Não era uma cabana qualquer; era o Dormitório da Princesa. (Sério, o nome era esse mesmo.) Nós tínhamos manicure aos domingos. Céus! Minhas amigas, veteranas do Lago Seneca, logo me avisaram da experiência excitante que o Seneca proporcionava. Eu mal podia esperar.

No começo daquele primeiro verão, logo percebi que era a única campista a chegar sem uma caixa grande. Também fui a única a levar roupas esportivas. Calça de moletom para o sábado à noite e short com camiseta branca (a minha tinha libélulas prateadas) para a manhã de domingo eram um pecado colossal no Lago Seneca. Aquele era um lugar exclusivo para jeans e seda. Minhas colegas campistas não criticaram tanto meu estilo relaxado, só que me questionaram. Isso não me incomodou. Mas, iluminada pela reação coletiva de todas as filhas de mães judaico-americanas, voltei para casa depois daquele verão compartilhando com minha genitora a sabedoria recém-adquirida.

— Preciso levar minhas melhores roupas e minha própria comida — lembrei-lhe diariamente durante os 300 dias seguintes, esperando até chegar a hora de voltar a Poconos.

Embora mamãe não me tenha deixado levar todas as roupas que quisesse — "Se você estragar seus vestidos e sapatos preferidos, nós não vamos comprar outros!" —, ela forneceu pretzels, Twizzlers, balas de goma e chicletes.

Quando voltei para casa depois daquele segundo verão, 15 quilos mais pesada, meus pais ficaram perturbados.

— Leandra! Você parece... você parece... parece feliz! — disse minha mãe, arrastando-me do ônibus do acampamento na esquina da Avenida Lexington com a rua 86, enquanto eu já me sentia deprimida, pois teria que esperar mais 300 dias para retornar ao Seneca.

— Ela está arrasada — meu pai retrucou, encarando minha mãe, ainda processando a imagem da minha barriga, agora quase do tamanho da dele.

Abracei meus pais e comecei a chorar — eu estava arrasada, mas certamente não por causa da minha aparência. Eu tinha passado dois meses sendo independente no acampamento, vivendo a minha própria vida, e agora teria que voltar a ser a filha dos meus pais, a dormir sob o teto deles e a aderir a suas regras. Tudo bem que eu não sentiria falta de esperar para usar o chuveiro nem da inevitável escassez de água quente na minha vez, mas, no contexto geral, o que é um pouco de água fria diante da liberdade?

Enquanto colocávamos minha bagagem no porta-malas do carro, mamãe cochichou na orelha do meu pai:

— Como foi que ela ficou tão gorda?

— Por que você mandou tanta comida para ela? — resmungou meu pai.

E daí se eu tinha ganhado um pouco de peso? Eu nunca tinha sido magra nem gorda — pelo menos, depois daquelas férias, eu começava a tender para algum lado. Fingi não ouvir a conversa infantil dos dois e continuei a pensar como eu passaria os próximos 300 dias até chegar a hora de voltar para o Lago Seneca.

Sei que é difícil enxergar algo além do queixo duplo, mas isto ao meu lado é um roteiro de teatro. Eu fui o príncipe em uma encenação de *Cinderela* no Lago Seneca.

No meu primeiro fim de semana em casa, surgiu uma solução. Eu passaria os dias comendo bolo de laranja. Havia um restaurante no Upper East Side, chamado Sette Mezzo, onde a minha família inteira — bisavó, avós, tia, tio, primos, pais e irmãos (um mais velho, dois mais novos) — se reunia para almoçar todos os domingos. Toda semana, após a refeição, minha avó pedia uma fatia do mais divino bolo de laranja.

A princípio eu odiei aquela ideia. Por que estragar algo tão mágico como um bolo colocando uma fruta? Mas, depois que o provei, fiquei viciada. Todo domingo eu comeria uma fatia de bolo de laranja com minha avó, enquanto sorriríamos e nos permitiríamos viver uma vida decadente sem preocupações e com calorias. Meus pais ignoravam, outras vezes faziam caretas, mas nunca diziam nada. Não; meu olhar inflamado e a natureza da minha precoce inquietação adolescente os calavam.

Então, quando pareciam ter passado muito mais que 300 dias, chegou finalmente a hora. Só que aquele verão seria diferente. Eu partiria três semanas antes das outras campistas por causa de uma viagem em família para a terra da minha mãe: Itália. Saber que eu teria que viajar mais cedo me deixou altamente suscetível a contrair MIPA (Medo Irracional de Perder Algo — uma doença real para uma menina de 16 anos). Em vez de aproveitar o momento que estava vivendo, eu não conseguia parar de pensar nos que inevitavelmente perderia. No entanto, quando chegou a hora de partir, eu me senti bem. O fato de duas amigas da escola irem com a família delas para o mesmo destino ajudou.

Um hotelzinho em Capri, na Itália, é o tipo de viagem com a qual a maioria das meninas sonha. O problema desse sonho é que ele se baseia em uma fórmula de cinema estabelecida por Mary-Kate e Ashley Olsen no meio dos anos 1990. Na verdade, não é muito frequente que homens atraentes de 20 e poucos anos, agindo como adolescentes, apareçam nas suas férias com barriga de tanquinho e cabelos perfeitos para se apaixonar por você e por sua irmã gêmea. Acho que a minha viagem foi, na verdade, do tipo com o qual a maioria das meninas deveria sonhar: tomates, muçarela, praia — êxtase.

Dois dos amigos de escola do meu irmão Haim ficariam no nosso hotel. Eles tinham irmãs da minha idade, com as quais eu tinha feito amizade por causa do meu irmão mais velho.

Agora, com 16 anos, as duas meninas haviam se tornado muito magras: ossos salientes no pescoço, joelhos projetados, dentes saltados no rosto esquelético. Elas passaram o verão juntas em Nova York, e parece que nesse tempo todo tinham comido apenas uma única maçã — as duas. Apenas seis meses antes, elas eram normais. A perda de peso era alarmante — o tipo da coisa que faz seu sangue gelar e deixa você desconfortável só de olhar. Gostosas, pensavam os homens ao meu redor, o que parece dizer bastante a respeito da categoria de homem que me cercava. Parece que eu vivia em um mundo onde meninas preocupantemente magras eram sexies.

Com os meus voluptuosos 16 anos, eu estava longe de ser sexy. Eu me vi cada vez mais vestindo blusas de tamanho extragrande — não porque estivessem na moda, mas porque serviam em mim. E, enquanto minhas amigas estavam preocupadas em acentuar os seios em crescimento e afinar a cintura, eu não ligava a mínima; elas provavelmente não sabiam nada da mágica do bolo de laranja. Eu realmente vivia em um mundo onde o peso era apenas um número. Nunca havia me ocorrido que eu pudesse ou devesse "fazer" algo a respeito desse número — a não ser, sabe como é, deixá-lo aumentar.

Durante toda a viagem, essas meninas se relacionavam em um nível que eu não conseguia compreender. Elas ficavam satisfeitas após ingerir uma migalha de pão, um grão de sal e um gole de água, enquanto eu atacava a Itália de frente e embarcava em uma orgia alimentar que incluía macarrão no café da manhã, no almoço e, se eu quisesse me sentir um pouco mais magra no jantar, paninis recheados com muçarela, tomate e vinagre balsâmico. O contraste da minha corpulência com os corpos magros delas não me impedia, contudo, de me divertir e de usar biquíni. Estava quente em Capri naquela época, eu não usava muita coisa e não enxergava o que poderia haver de errado naquilo. Mas um sentimento vindo das profundezas da minha barriga estava me deixando incomodada. Minha inquietação adolescente chegava ao seu ponto mais alto.

No ano anterior, eu tinha me tornado a menina que involuntariamente compensava o barrigão e o cabelo crespo — isso antes de surgirem a queratina e a escova progressiva — soltando piadas constrangedoras, fazendo coisas extravagantes e dizendo o que todo mundo pensava, mas ninguém tinha coragem de dizer. Minha interação com os meninos além dos meus parentes era limitada; eles só me pediam para arrumar encontros com as minhas amigas. Essa era a regra desde que coceiras viraram ereções, e eu não via nenhum problema nisso por não conhecer outra realidade. No entanto, não era burra e entendia a dinâmica: eu era acessível, não intimidava os meninos e era gorda.

Eu tinha me tornado uma paródia de mim mesma por ter construído exatamente isso. Tinha o poder de dizer não ou foda-se para qualquer coisa que quisesse. Mas, como não conseguia agradar esteticamente as pessoas, cultivei o que chamo de personalidade realmente divertida. Eu fazia os outros rirem, e ser chamada de engraçada evocava em mim a mesma sensação agradável que, imagino, a maioria das outras meninas sente ao ser chamada de bonita.

No fundo, eu invejava as mulheres que não eram engraçadas. Elas eram elegantes como a minha mãe. Ela falava muito bem, nunca erguia a voz, e sua aparência era sempre perfeita, vestindo uma impecável camisa branca e jeans, não importava havia quanto tempo estivesse usando aquela roupa. E lá estava eu, a palhaça principal com a bermuda manchada de vinagre balsâmico.

Pouco antes de embarcarmos para a Itália, minha mãe me levou para fazer compras na Bloomingdale's da rua 59. Comecei a provar as roupas, e a maioria daquelas de que eu gostava não ficava bem em mim. A maioria das peças de que minha mãe gostava eu detestava, mas nós duas tínhamos nos interessado por uma bermuda de anarruga rosa e branca. Eu provavelmente parecia um menino da Brooks Brothers com cabelo comprido e crespo. Pedi para minha mãe comprar duas daquelas bermudas em cores diferentes — também tinha em verde e branco —, e, num gesto incomum de generosidade, ela atendeu à minha solicitação.

A razão era muito clara. A verdade é que aquelas bermudas foram as únicas roupas do quarto andar da Bloomingdale's que me serviram naquele dia. Mamãe já fizera alguns comentários sobre minha aparência, relacionando-os à experiência no acampamento de férias, e declarou que eu precisava perder peso. Mas eu respondia bruscamente e a conversa nunca evoluía.

— Será que você já percebeu que eu não dou a mínima para ser magra? — eu dizia.

— Eu era igualzinha a você, até que um dia disse que emagreceria e emagreci — devolvia ela.

Parecia que eu estava conversando com uma parede.

— Comece a frequentar uma academia — ela continuava. — Vai fazer bem para a sua mente e ajudará no seu problema.

Problema? Eu não deixaria aquele "problema" estragar meu humor. Eu tinha me condicionado muito bem para pensar em outras coisas, mesmo nos meus piores momentos.

Agora, eu estava de férias e só queria me divertir. Certa noite, meu irmão, os amigos dele e as irmãs deles resolveram ir a uma boate que era metade ao ar livre. As meninas dançavam sobre as mesas e os homens jogavam notas de dólar aos pés delas — tipo uma casa de striptease, só que em Capri.

Eu estava muito animada para sair com meu irmão e os amigos dele. A vontade de começar uma vida social de forma mais madura crescia em mim, mas eu ainda não tinha idade para fazer muita coisa. Não era só isso; passar algum tempo com meu irmão e os amigos dele sem os nossos pais fazia com que eu me sentisse profundamente descolada.

Ao me arrumar para dançar sobre as mesas, escolhi um jeans branco tipo skinny que havia comprado antes do verão. Tirei-o do armário e comecei a enfiar meus pés pelas pernas da calça. Lutei enquanto tentava puxá-la para cima, e meu coração disparou. Percebi que tinha me esquecido de abrir o zíper, então sorri e pensei comigo mesma: "Nossa, imagine se esta calça já não estivesse servindo!". Ainda assim, ela não foi além do joelho. Continuei puxando e ela começou a subir, apenas para sufocar a parte inferior das coxas. Meu ânimo baixou e eu me senti derrotada. Em algum mundo distorcido de esperança sem razão, eu imaginava que a escolha dos sanduíches em vez de macarrão nos três últimos jantares houvesse me ajudado a emagrecer.

Tirei aquele jeans e o encarei como se ele fosse minha mãe me dizendo para perder peso; atirei-o ao chão sem dó. Reparei, então, que a etiqueta era de uma marca diferente daquela que eu tinha comprado antes do verão. Verifiquei o tamanho e percebi que estava tentando espremer meu quadril largo em uma calça da minha mãe. Jeans branco é básico em qualquer guarda-roupa de mulher, então acho que tínhamos misturado nossas calças ao fazer as malas. Fui até o armário dela e peguei a minha calça, um pouco mais esperançosa, preparando-me para tentar novamente.

Soltei o botão, o zíper e puxei. A calça subiu, na verdade — o caminho todo, até a cintura. Então, a minha ainda servia. Ótimo. Bem, ela estava, na melhor das hipóteses, justa. Tive que me deitar para abotoá-la e fiz alguns agachamentos na esperança de que as pernas laceassem um pouco. Com tudo aquilo, eu me senti um pouco desanimada.

Coloquei uma camiseta branca e fina. Ela era folgada e tinha um bolso sobre o seio esquerdo, e, o mais importante, escondia a dobra que a minha barriga formava sobre o jeans. Prendi o cabelo com um rabo de cavalo bem apertado. Eu parecia um menino de 12 anos, mas, com aquele cabelo crespo, a opção era mais atraente que o visual de "leoa eletrocutada".

Como o jeans começou a me machucar antes mesmo de eu sair do quarto, voltei para a minha bermuda. Ela era a opção segura.

Usei a verde e branca, mantive a mesma camiseta e calcei uma sandália preta de salto agulha.

Meu irmão ainda não tinha vindo me buscar (nós estávamos em quartos diferentes; eu ficava com meus pais), então fiquei sentada na minha cama assistindo à TV em um idioma que eu não compreendia até ele finalmente aparecer. Quando me levantei, ele simplesmente olhou para mim, permanecendo em silêncio. Então ele se virou e começou a mexer nas coisas do nosso pai. Ele penteava o cabelo para trás e estava pronto para sair, era óbvio. Perguntei o que estava procurando, e meu irmão respondeu que nosso pai tinha deixado algum dinheiro. Eu disse que o dinheiro estava comigo e que nós poderíamos ir.

— O que você está fazendo? — ele me perguntou.

— Como assim? — perguntei.

— Nós podemos ir? — imitou ele.

— Nós não vamos? — perguntei no mesmo tom.

— Nós? — indagou ele. Cansei rapidamente daquela brincadeira, pois, apesar de ele normalmente ser engraçado, aquela piada estava um pouco estranha. Forcei uma risada. Que idiota, pensei. É claro que *nós*.

— Você é menor de idade — ele falou, um pouco mais sério.

— As outras meninas também — lembrei-o, sabendo que só precisava ter 16 anos, que eu já tinha (havia seis meses), para entrar em uma boate na Europa. Precisaria ter 18 para beber, mas eu não beberia, tudo bem. Eu não precisava de pseudonarcóticos para me divertir; já estava naturalmente, sobriamente animada, cheia de energia, pronta para ter a melhor noite da minha vida.

— Por que você só usa essa bermuda? Você não trouxe mais nada? — Ele mudou de assunto, colocando calmamente a ponta afiada de um punhal no meio do meu coração.

— Eu ainda não usei esta. Você está pensando na bermuda rosa, que, mesmo assim, eu só usei duas vezes. Por que está mudando de assunto? — retruquei.

— Eu acho que você não deveria ir — comentou, quando não tinha mais o que inventar.

— O quê?! — exclamei, parando de rir.

Então ele falou:

— Quando é que eu também vou poder ter orgulho de sair com você? — perguntou. O "também" referia-se aos amigos, orgulhosos das irmãs, magras e esguias.

Veja o que é curioso na minha relação com Haim: embora eu tenha nascido em meio a três aberrações de cromossomo Y, sempre tive em Haim, meu irmão mais velho, o favorito. Nós mantivemos um tipo de ligação que tive dificuldade de estabelecer com meus outros irmãos. Éramos só nós dois, Haim e eu, navegando pela infância durante quatro anos antes que duas bombas adicionais fossem despejadas. O avassalador conhecimento de vida dele tinha me conquistado quando eu ainda era muito pequena. Ele sabia exatamente qual era o melhor trepa-trepa do parque, que salgadinho de queijo era um lanche muito melhor que batata frita, e, é claro, que, quando meu pai dizia: "Crianças, eu e sua mãe conversamos e achamos que [inserir conclusão desastrosa aqui]", o melhor era se fingir de doente e mudar o rumo da conversa.

Ele batia nos meninos do parque se debochassem do fato de, aos seis anos, eu ainda usar rodinhas na minha bicicleta, que era branca com maravilhosas fitas rosa-néon. Eu tinha um capacete combinando, que trazia um unicórnio com longos cílios e crina rosa. Todo dia minha roupa combinava com a bicicleta. Isso também era motivo para deboche, mas Haim sempre me protegia.

Eu já sabia que Haim era o meu melhor amigo mesmo quando era apenas uma batata com membros.

Quando eu ainda estava numa fase em que a maioria das minhas interações sociais era apenas com meus pais, Haim me ensinou o que era amizade. E, como o sotaque dos meus pais era forte e estranho, meu irmão me ensinou rapidamente a não forçar tanto os meus erres e tês.

Enquanto minha família crescia, levou anos até meus irmãos mais novos desenvolverem a personalidades deles. Quando enfim conseguiram contribuir com alguma conversa, foi simplesmente mais fácil continuar favorecendo Haim, o que indicou, para mim, como é artificial os pais negarem ter um filho predileto. É da natureza humana classificar pessoas, coisas e ideias. Então, por favor, desculpe minha franqueza quando digo que Haim era e é, de longe, o meu irmão favorito. Naquele instante, aprendi que ter o coração partido pelo único homem (além do meu pai) que supostamente seria incapaz de fazê-lo seria muito pior que decepções causadas pelas pessoas de costume.

O dinheiro que eu estava segurando caiu da minha mão e, sem esperar nenhuma resposta nem olhar para mim para avaliar o impacto que suas palavras poderiam causar em sua única irmã, Haim se abaixou para pegar a grana e saiu. Comecei a chorar enquanto desabotoava a bermuda — ela também começava a machucar minha barriga.

Logo depois, minha mãe veio e me encontrou deitada na cama, com a cara enfiada no travesseiro, chorando — desanimada e abatida.

— Está com saudade do acampamento de novo? — perguntou ela.

Aquilo não tinha nada a ver com o acampamento. Eu lhe contei o que havia acontecido, mas, em vez de me consolar, como eu esperava que fizesse, ela me disse que, se eu estivesse tão magoada com Haim, deveria fazer algo a respeito.

— Vá para a academia! — gritou ela enquanto saía do quarto, batendo a porta.

— Que droga! Ninguém consegue me entender! — gritei, furiosa e considerando a possibilidade de me atirar pela janela. Eu pensava no suicídio de forma romântica nessa idade. Se me matasse, aqueles que me magoaram saberiam o quanto teriam me prejudicado. Eles nunca mais agiriam daquela forma, e eu seria a heroína sacrificada altruisticamente que teria dado a vida por uma humanidade melhor.

Certa vez, cheguei a escrever um bilhete com caneta em gel cor-de-rosa e o enfiei no meu livro de história, no começo do capítulo sobre a Mesopotâmia: "Se você está se perguntando o que aconteceu comigo", dizia, "saiba que esta região, este livro e a prova na segunda-feira me forçaram a pular pela janela que você encontrará aberta à sua esquerda". Eu nunca faria isso, é claro. Apenas sou muito dramática. Quem sou eu para me matar, e, o mais importante, quem encontraria o meu bilhete de suicídio senão eu mesma?

Naquela noite em Capri, fiquei longe da janela e jurei que, quando Haim fosse para casa no feriado de Ação de Graças, eu estaria tão magra que ele teria um ataque do coração. Aquela situação era, no mínimo, bizarra; quantas meninas juram perder X quilos para impressionar... adivinhe? O irmão! É um conceito repulsivo, certo, mas devo mencionar que eu também esperava rever um ex-namorado por volta dessa época. Eu conseguiria, assim, matar eficientemente dois coelhos com uma cenoura.

Durante os meses seguintes, adotei uma dieta bastante restrita. Eu comia maçãs e aipo na hora do lanche, pedaços de salmão quando jantava fora e salada sempre que tinha vontade, e nunca, jamais, com molho extra. O que mais fazia falta eram os bagels, mas, da mesma forma que eu tinha aprendido a não dar atenção à minha irritante mãe me dizendo para fazer exercício e perder peso, passei a ignorar minha compulsão por bagels até que ela fosse esquecida. Mantive o foco no prêmio: a reação pública. Eu fazia exercícios — algo que odiava — três vezes por semana, correndo na esteira enquanto assistia à TV ao voltar da escola. Odeio admitir que minha mãe tinha razão, mas a esteira fez bem para minha mente.

Após seis meses, eu estava 15 quilos mais magra, e meu rosto parecia frágil. Sei que eu não estava lá muito saudável. Minha menstruação tirava licenças semestrais, e, embora eu adorasse não ter que lidar com as cólicas dolorosas e o inevitável sangramento, soube depois que aquele era o caminho para a infertilidade.

— Ainda bem que você veio agora — disse minha ginecologista enquanto estudava meus ovários e fazia meu primeiro Papanicolau. — Você poderia ter perdido a capacidade de ter filhos.

Aquilo era assustador mesmo aos 16 anos. Minha menstruação voltou duas semanas depois.

Quase me esqueci de que tinha feito tudo aquilo por Haim; agora havia bem mais vantagens a ser consideradas.

Eu me lembrei do verão anterior na Bloomingdale's com minha mãe, quando todas as roupas das quais eu havia gostado não serviram. Embora as combinações de roupa que eu pudesse imaginar parecessem tão perfeitas, atuais e magicamente capazes de contar uma bela história, elas nunca serviam bem em mim. Depois de eu emagrecer, elas ficaram bem até fisicamente. Aquele foi o momento, acredito, em que parei de rejeitar a moda. Apesar de tudo, eu sempre a havia amado, e é muito triste se privar do verdadeiro amor. Durante meu processo de perda de peso, eu soube que Karl Lagerfeld havia passado por um sofrimento semelhante, e, embora seja famosa sua afirmação de que ele só queria ficar bem dentro de roupas bonitas, tenho quase certeza de que alguém ou algo o motivara profundamente.

Aquela sombra de infelicidade que percebi pela primeira vez na Itália tinha se dissipado por completo. Parecia que eu adquiria um tipo diferente de autoconfiança, algo que não me obrigava a fazer caretas nem a agir grosseiramente. Meu comportamento anterior não era confiante; como dizem, parecia que eu estava tentando compensar algo.

Mas minha perda de peso não evitou as bobagens. Acontece que eu não queria ser "elegante" como minha mãe. Eu achava que queria a elegância dela, só que, na verdade, desejava a mesma tranquilidade dos olhos dela quando ela observava, contente, seu próprio reflexo. Era isso o que eu queria — amar quem quer que eu fosse, o que é imensamente diferente da elegância pura e simples.

A personalidade que eu tinha construído até então baseava-se em falar o que quisesse, na minha aversão a depilar as pernas e em falar palavrões quando me parecesse apropriado (embora, provavelmente, dissesse mais que o necessário). Eu gostava daquela Leandra. Todo mundo merece a oportunidade de construir uma personalidade sem ter que contar com a beleza exterior convencional. É como aqueles homens muito atraentes que são péssimos na hora do sexo — como se diz, normalmente, os caras mais bonitos são ruins de cama porque não precisam ser bons. É a mesma coisa com as mulheres que nunca precisaram ter personalidade para chamar a atenção.

Eu experimentei aquelas bermudas idiotas mais uma vez depois de perder peso. Não importa que a certa altura elas tenham ficado enfiadas na minha barriga; elas já não paravam na minha cintura. Acho que essa foi a única vez em que fiquei ansiosa para doar roupas.

Quanto a Haim, ele ficou chocado. Foi nos primeiros momentos em que o vi após minha drástica perda de peso que aprendi que um irmão mais velho será sempre um irmão mais velho, e não tem jeito. Os comentários (ou piadas, como ele preferia chamá-los) passaram de "Quando vou ter orgulho de sair com você?" para "Seus braços estão tão finos que vão se quebrar", acompanhados de gracinhas como abrir garrafas vazias e dizer: "Leandra, está tudo bem, você pode sair agora" para rir do quanto eu tinha diminuído.

Somente no obrigatório *brunch* de domingo, no Sette Mezzo, Haim percebeu quão profundamente tinha me afetado. Minha avó recebeu sua fatia de bolo de laranja, servida em sua perfeita apresentação triangular, fracionou a ponta do pedaço com a colher, derramou uma porção de sorvete por cima e me ofereceu o bocado. Eu apertei meus lábios secos e balancei a cabeça:

— Não, obrigada.

Haim viu a interação. Ele devia saber que rejeitar aquele bolo era tão difícil para mim quanto dizer a um Ryan Gosling apaixonado que eu não o amava (embora isso ainda não tivesse acontecido).

— Coma a porcaria do bolo! — gritou Haim. — Sua pele está ficando amarela porque você não come o suficiente. E você adora esse bolo. Coma um pedaço, pelo menos! — continuou ele.

— Não. — Eu não cederia.

— Mãe, isso deve ser culpa sua — ele disse, pedindo ajuda.

— Isso o quê? — perguntou minha mãe, despreocupada. Ela se lembrava de que Haim tinha me levado àquilo e estava do meu lado. Mais tarde ela me diria, em particular, que um pedacinho de bolo de laranja não me mataria.

— Isso que está acontecendo com ela! — ele se exasperou, ficando com o rosto vermelho. — Ela está anoréxica! Precisa de ajuda!

Eu me levantei e saí do restaurante batendo os pés enquanto ouvia meu pai gritando meu nome repetidas vezes, cada vez mais alto.

— Eu não lhe dei licença — gritava ele. E eu continuei andando.

Aquela foi uma atitude deliberadamente dramática para uma experiência que não tinha, na verdade, me afetado tanto. Fiquei muito satisfeita que Haim estivesse preocupado com meu bem-estar e até por me achar magra demais. Eu poderia não estar anoréxica, mas com certeza estava um pouco... doente.

Quando Haim voltou para casa, cerca de 20 minutos depois, entrou no meu quarto enquanto eu esperava o reconhecimento de sua derrota. Mas ele apenas disse:

— Tchau, Leandra.

Ele voltaria para a faculdade naquela noite, e eu não o veria novamente pelos próximos quatro meses. Nunca admitiu ter se livrado da vergonha de eu ser sua irmã, mas, no verão passado, apresentou-me sua nova namorada.

— Ouvi coisas fantásticas sobre você — disse a moça. — Haim tem muito orgulho da irmã dele.

A MaxissaiA

Aos oito anos, perguntei a minha mãe por que eu não podia usar miniblusa — um brilhante conceito de moda que eu havia aprendido com as Spice Girls. Ela me disse que eu era muito nova, mas não acreditei nessa explicação e pensei que fosse por causa da minha barriga flácida. Afinal, eu era uma criança de oito anos com uma queda por doces. Mas mamãe nunca foi de inibir minha criatividade ou negar meus desejos, principalmente os relativos à moda, então eu continuava a me perguntar por que ela proibia a miniblusa. Minha mãe imaginava que eu seria uma "miniela": alta e magra, louca por calças bicolores — jeans de um lado e camurça do outro. Só que, naquela época, eu era uma criatura de 1,20 metro obcecada pelas Spice Girls. Até recentemente eu não entendia por que qualquer uma das razões (eu ser muito nova ou muito flácida) seria impedimento para usar miniblusas. Não. Mamãe não me havia permitido acompanhar essa moda porque nenhuma filha dela seria pega competindo com as damas da noite — era assim que ela chamava as prostitutas.

Retomei essa conversa aos 22 anos, apenas para confirmar minha hipótese juvenil:

— Você se lembra de quando eu sonhava usar tênis plataforma e miniblusa? — perguntei.

— Lembro. Você achava que era uma Spice Girl.

Estávamos claramente falando da mesma época.

— Você me deixou usar tênis plataforma, mas não a miniblusa. Por quê?

— Você era muito nova — respondeu ela.

Revirei os olhos e a fiz lembrar do dia em que comprei o tal tênis. Eu esperara seis meses para que meus pés tamanho 31 chegassem ao 33 e coubessem no calçado Steve Madden dos meus sonhos. Economizara 70 dólares fazendo as tarefas de casa, que incluíam desde massagens no pescoço do meu pai a comer catotas do meu nariz (o que não me incomodava, pelos 20 dólares pagos pelo meu irmão mais velho), até juntar o suficiente para comprar o tênis com plataforma de 10 centímetros em que eu estava de olho. Ele era branco com cadarço e, pensando bem, além de pertencer às Spice Girls, parecia fazer parte de um uniforme de enfermeira.

Quando finalmente fui à loja com mamãe para comprá-los, minha bolsa listrada de amarelo, azul, roxo e verde foi comigo. Os 70 dólares eram compostos por notas de um e moedas de 25 centavos. Isso tornou o momento de pagar a compra um espetáculo constrangedor, mas nenhum orgulho do mundo me impediria de obter aquela droga de tênis.

Eu os calcei e soube instantaneamente como era ser uma adulta. Nunca tinha desejado tanto algo quanto aquelas plataformas e, com certeza, nunca tinha comprado nada que quisesse tanto com meu suado dinheirinho. Eu me sentia ilustre e autossuficiente. Preciso dizer que o ar 10 centímetros acima da minha humilde estatura de 1,40 metro era muito mais fresco. Os tênis estavam um pouco grandes nos meus pés, mas eu menti e disse que calçavam com perfeição. Claro que eu planejava já sair da loja com eles calçados. Depois de

20 minutos contando moedas e notas de um dólar, fiz exatamente isso. Finalmente, eles eram total e completamente meus.

Três passos diante da loja, tropecei em uma calçada irregular e torci o tornozelo graças aos tijolos de 10 centímetros que eu estava usando. Quando comecei a chorar, ainda no chão, olhei para minha mãe à procura de empatia em seu rosto. Ela apenas balançou a cabeça, desanimada, e disse:

— Você fez essa cama. Agora durma nela.

Acho que essa foi a única vez em que ela utilizou uma expressão norte-americana no contexto correto.

— Então eu não era nova demais para torcer o tornozelo, mas era para mostrar a barriga? — Lancei-lhe novamente um olhar questionador.

— Eu não queria que você parecesse... promíscua — ela confessou, finalmente.

Sorri. Era ótimo ter acertado, mas espere um pouco: eu tinha oito anos de idade, e parecer "promíscua" seria um exagero. Pensando melhor agora, eu apostaria aqueles 70 dólares suados que minha mãe teria cedido se soubesse que o assunto estaria resolvido hoje.

De qualquer modo, pensei na resposta dela. Mamãe não queria que eu parecesse uma vagabunda.

E foi então que me ocorreu: nós tínhamos sido inconscientemente afetadas pelos infortúnios culturais norte-americanos. Sim, éramos uma família norte-americana exposta aos perigos norte-americanos. Eu, a filha jovem, facilmente impressionável e manipulável, condicionada a pensar que tudo o que a mídia diz ser legal é, de fato, legal. E ela, a mãe, tentando desesperadamente silenciar o ruído e manter a cria afastada do mundo real e mau em que as Spice Girls reivindicam o girl power e usam blusas ousadas com saias combinando.

Até mesmo a Baby Spice, a mais inocente da turma, era devastadoramente sexy. Meu desejo, aos oito anos, de chamar a atenção para um decote que imitava o da Baby Spice reflete a maneira como a comercialização do sexo está impregnada na sociedade norte-americana. Anos depois do fenômeno das Spice Girls, videoclipes, especialmente de rap, tornaram-se virais (com as devidas limitações da década de 1990) por causa de mulheres seminuas que lavavam carros usando biquínis fio dental. Você se lembra das calças de cintura baixa, não?

O sexo não era vendido apenas em produtos que podiam ser comprados. O sexo vendia sonhos, carreiras e oportunidades. O escândalo de Monica Lewinsky e do presidente Clinton, em 1998, é uma história tão antiga quanto a civilização humana (uma mulher usando a sexualidade para subir na vida).

Eu queria tanto aquela miniblusa... Sabia que não ficaria bem em mim, mas eu era uma menina de oito anos que não se preocupava com os padrões convencionais de "caimento". Eu simplesmente queria. E, como nunca ganhei a miniblusa, ali ficou registrado um momento sagrado do qual fui privada em minha infância — um momento que não pude recuperar, pelo menos nos anos seguintes.

Frequentei a mesma escola particular judaica desde o jardim da infância até o nono ano. Comparando-nos com estudantes de escolas semelhantes, nós vivíamos em uma espécie de limbo: religiosos demais se comparados aos de outras escolas em Nova York; não tão religiosos a ponto de sermos levados a sério pelas escolas religiosas do distrito. Essa falta de identidade levantava questionamentos sobre o tipo de criança que uma escola mais ou menos judaica poderia formar. No entanto, parece que muitos pais ignoravam esse detalhe ao fazer doações para a escola da sinagoga e, assim, garantir que seus filhos fossem aceitos.

Os 13 anos que passei lá como estudante foram uma aventura em grande estilo. Eu podia usar calça e, se o clima permitisse, regata no jardim de infância. Eu gostava das minhas professoras, dos meus colegas e de mim mesma. É claro que houve momentos constrangedores, desses que ocorrem em escolas particulares, por exemplo, a conversa de uma colega de classe que surgiu com perguntas estranhas. No meu caso foi: "Você está usando Dolce & Gabbana?". Quando perguntei a minha mãe o que era Dolce & Gabbana — que, para mim, parecia mais o nome de uma sobremesa —, ela ficou pálida. Com o mesmo fôlego, mamãe me disse que não era nada que eu precisasse saber, depois chamou meu pai para lhe contar a história e sugerir que me tirassem daquela escola. Eu chorei e gritei, prometendo nunca mais fazer outra pergunta. Cerca de quatro anos depois, aprendi que Dolce & Gabbana era um tipo diferente de iguaria. Uma que não me era acessível.

Foi no Ensino Fundamental II que começaram as aflições relacionadas a roupas. Acho que, quando uma menina faz 13, 14 anos, ela começa a querer se definir. Esse processo não se completa até ela fazer, não sei... 65 anos? Sessenta e sete? De qualquer forma, a semente é plantada no início da adolescência, e é nesse momento que a menina começa a escrever sua própria história. Uma folha em branco é, talvez, o que existe de mais poderoso em ser tão jovem. Trata-se da sua vida, e você pode se tornar o que quiser. Quase sempre.

Nunca imaginei que não fosse gostar de moda; tinha passado muitos dos meus anos letivos sentada diante de um armário minúsculo ao lado da minha mãe, tentando escolher roupas para praticamente tudo. Essa atividade provocou muitas brigas, é óbvio, pois ela estava ocupada demais vivendo a vida para escolher trajes para feriados com seis meses de antecedência. Eu, de minha parte, só precisava saber o que vestir, mesmo que não soubesse ao certo quando seria a ocasião. Ainda hoje tenho o hábito de fazer listas de roupas quando sei que vou a algum lugar. Acredito ter percebido algum distúrbio em janeiro passado, quando comecei a visualizar em minha mente a mala que levaria na viagem para o México — em maio. Hoje eu só controlo o que vou vestir nos próximos seis meses.

A diversão do Ensino Fundamental I e a liberdade total para nos vestir e, portanto, ser quem quiséssemos ser, não existia no Ensino Fundamental II. Aquele era um lugar estranho, que rompia com a moda (e, portanto, com o cultivo de uma personalidade), obrigando as saias a descer até os tornozelos e as mangas das camisas a chegar aos cotovelos. Apenas cores sólidas, de preferência discretas. Para uma menina que tentava imitar o que as páginas da *Vogue* endossavam, eu me sentia uma *chef* de cozinha obrigada a comer pratos sem sal.

Eu ficava na escola cinco dias por semana, das 8 às 17 horas, então sobrava pouco tempo para manter uma vida social que incluísse jeans, minissaias ou regatas. A maioria das minhas conversas girava em torno de questões profundas como: "Ei, o almoço hoje tem carne ou queijo?"; e: "Quer fugir das orações hoje e ficar no banheiro trocando SMS?". Mas eu só fiz isso umas cinco vezes, e geralmente era por causa de alguma diarreia.

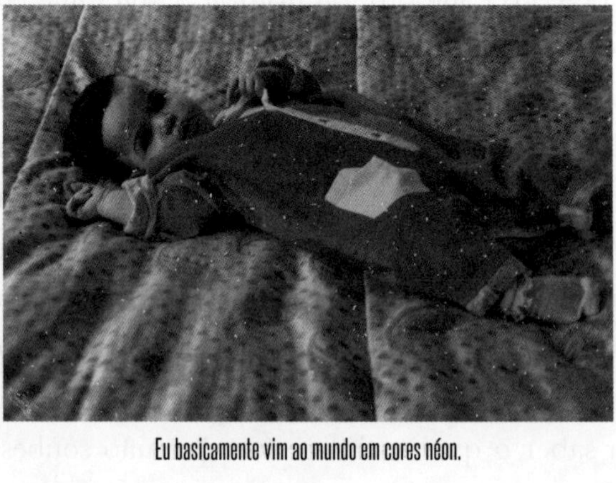

Eu basicamente vim ao mundo em cores néon.

É um desafio escapar dos perigos de se tornar um produto do seu ambiente. Digo "perigos" porque as pessoas, coisas e ideias que rodeiam você inevitavelmente moldarão suas opiniões. Se o que rodeia você é um bando de jovens fofinhos que usam saias longas iguais, camisas com mangas pelos cotovelos, mochilas, os mesmos tênis, com os mesmos professores, que vestem as mesmas roupas, fica difícil descobrir onde está a criatividade, a individualidade, o que torna alguém único. Ou seja, em uma época em que o jeans de cintura baixa e a calcinha fio dental eram as coisas mais sensacionais do mundo, eu tinha que me virar no meu ambiente.

Certo dia, a diretora da escola, uma ogra de meia-idade de olhar tão perdido que não dava para saber se estava falando com a gente ou com o Japão, me chamou no refeitório dos professores.

Com ela estavam três ajudantes malvadas: a professora de ciências do Minnesota, com seu cabelo crespo, conhecida por mandar para casa meninas que mostrassem muito dos seios, embora, na verdade, ninguém mostrasse nada: é que aquele era o único lugar que os olhos dela alcançavam, em sua impressionante altura de 1,40m. A segunda era a perpetuamente brava professora de história, que uma vez me mandou à psicóloga da escola porque eu menti para os meus pais sobre uma prova — eles me perguntaram se eu tinha recebido a prova corrigida e respondi que não. A professora deve ter imaginado que eu não revelaria em casa minha nota 78 e se deu o trabalho de telefonar para meus pais perguntando: "O que aconteceu?". Ela manifestou preocupação sincera, mas fiquei com raiva. Preocupação? Eu fiquei preocupada. Como é que a personagem de Reese Witherspoon em *Legalmente Loira* consegue me explicar rapidamente, em um curto monólogo, o que é *habeas corpus* enquanto minha professora de história não termina essa tarefa em um ano inteiro? Lá estava também a outra professora de ciências, que parecia boazinha, mas gritava (e chorava) muito. Ela se consolava assistindo ao fracasso de seus alunos. Eu podia jurar que, quanto pior nos saíamos, melhor ela se sentia. Se eu soubesse um pouco mais sobre a vida naquela época, com certeza teria sugerido a ela um pouco de sexo sem compromisso para relaxar sua testa permanentemente franzida — o boato era que ela tinha sido abandonada por três rapazes na juventude e jurara nunca mais se envolver com ninguém.

No dia em que a diretora me chamou, ela nem mesmo fingiu que queria conversar em particular.

— Você tem que parar de mostrar a barriga — disse ela. — Isto aqui não é um circo.

Eu poderia ter argumentado que, por causa do olho preguiçoso dela e da altura surpreendente da professora de ciências, aquilo certamente parecia um circo, mas... que culpa eu teria de tropeçar acidentalmente de propósito na barra da minha obrigatória saia longa, fazendo-a descer abaixo do quadril e revelando uma parte do abdome? Meu momento miniblusa tinha finalmente chegado; eu não podia acreditar que ela estava tentando estragá-lo.

— Desculpe — respondi, ajeitando a saia.

— Esta é uma escola religiosa, e eu peço desculpas, mas vamos ter que mandá-la para casa — replicou ela com suas três assistentes logo atrás, que repetiam irritantemente suas palavras.

Fiquei terrivelmente constrangida e não pude segurar o choro. Saí do refeitório para pegar minhas coisas enquanto pensava se conseguiria planejar o assassinato das quatro usando o apontador de lápis que tinha no meu armário. Na verdade, a diretora não me obrigou a ir para casa naquele dia, nem pediu desculpas por me constranger (depois eu alertei o rabino que constranger as pessoas, de acordo com o judaísmo, é o mesmo que matá-las, mas ele não aceitou minha argumentação). Durante o restante do Ensino Fundamental, eu me senti pisando em ovos — jogados no meu caminho por mulheres muito bravas que planejavam minha ruína. E é difícil pisar em ovos com sapatos bonitos. Pelo restante do Ensino Fundamental eu calcei tênis feios, que, com a roupa idiota exigida, me faziam parecer um manequim de butique para judeus ortodoxos. E foi assim que eu jurei, decididamente, abandonar a triste maxissaia assim que pudesse.

Quando cheguei ao Ensino Médio, fiquei entusiasmada com o espaço maior, com seus alunos descolados e professores que talvez permitissem, gentilmente, mais cores e estampas na escolha das nossas roupas. Porém, depois de passar quatro anos em masmorras de preto e cinza, às vezes azul-marinho, era difícil mudar de hábito. Eu juntara tantas saias durante aqueles anos todos que não queria gastar mais dinheiro comprando outras. O pacto ainda estava valendo, e seria hipocrisia alimentar a necessidade de adquirir roupas novas para a escola se em quatro anos eu poderia dizer adeus àquelas saias sinistras e nunca mais olhar para trás. Eu usava tênis New Balance e suéteres de tricô, prendendo o cabelo frisado com duas presilhas nas laterais da cabeça.

Enquanto isso, no entanto, eu estava ávida para ganhar individualidade de alguma forma. O Pinterest ainda não existia — estávamos em 2005, pessoal —, então fui forçada a criar um painel real de inspiração. Eu recortava imagens brilhantes de revistas e as colava na porta do meu quarto debaixo de um letreiro que dizia: "A Futura Eu". Eu achava que a moda poderia me ajudar a escapar do uniforme — e mesmo da personalidade — em que estava aprisionada. É engraçado como uma menina pode achar que tem talento para moda só porque é mulher. Mas isso não era o suficiente.

Quando comecei o segundo ano, abandonei A Futura Eu — talvez a moda fosse trivial; talvez ela não pudesse me dar uma identidade. Além disso, aquela identidade estava demorando muito para se desenvolver, e sou historicamente impaciente. Por último, minha mãe achava que a cola estragava a porta do quarto. Então tentei concentrar a atenção em outras coisas. Será que eu tinha talento para algo? Estavam começando as conversas sobre a escolha da universidade, e, com um simulado marcado para dali a três semanas, eu basicamente tinha um mês para decidir o que queria.

Durante uma aula de literatura, naquele mesmo ano, percebi que talvez nunca descobrisse quem eu era. Tínhamos sido instruídos a recitar versos de *A Tempestade*, de Shakespeare. Eu passara o fim de semana inteiro tentando decorar minhas falas, praticando-as em frente ao espelho e, finalmente, apresentando-as diante de uma plateia (meus pais). "Sois três pecadores" — começava assim.

Quando fui para a escola, na manhã seguinte, três alunas apresentaram suas falas com perfeição antes de mim. A terceira terminou, eu me levantei e me posicionei no palco (à frente da sala) para minha apresentação. Subi em uma carteira, com os braços abertos horizontalmente para imitar uma ave de rapina — ninguém tinha feito nada tão criativo até aquele momento. Eu estava pronta para começar.

Sois três pecadores...

Sois... que... o...

... Destino...

Todas as palavras que eu tinha decorado fugiram. Eu era apenas uma babaca empoleirada em uma cadeira com os braços abertos tentando parecer um pássaro. Comecei a chorar.

— Está bem. Pode descer, Leandra — a professora disse, rapidamente. Eu desci da cadeira e então ela comentou, entredentes: — Algumas crianças simplesmente não têm o dom.

Como ela podia ser tão cruel? Eu tentei, de verdade. Eu poderia ter o dom!

Em um dos primeiros dias mais frios daquele outono, em novembro, eu estava na aula de inglês, quando minha mente vagava pelas lembranças mais peculiares. Eu deixara para trás o fiasco de *A Tempestade* e, naquele dia, em especial, sentia-me envolvida pela lembrança de uma velha colega de classe. O nome dela era Lucy e, quando estávamos no primeiro ano, ela prendeu a cabeça em uma carteira. Estava tentando provar que era suficientemente pequena para passar pelo espaço de cerca de 10 centímetros entre as barras que separavam o assento do encosto da carteira. Óbvio que não era tão pequena. Depois que a cabeça passou, ela ficou entalada. Lucy gritou e chorou durante 30 minutos, até o zelador aparecer na classe com uma caixa de ferramentas. Aquilo foi traumático, com certeza — ela mudou de escola no ano seguinte —, mas eu não conseguia deixar de rir ao me lembrar da cena.

— Qual é a graça, Medine? — quis saber meu professor, o dr. G.

Parei de rir. O dr. G era rígido, mas eu gostava dele. Ele ainda não havia dito que eu não tinha "o dom".

— Não, sério. Pode nos contar — insistiu.

— Sério? — perguntei.

— Pode falar.

Enquanto eu contava minha história para a classe toda, não pude deixar de pensar em como o dr. G era legal. Em um mar de quipás de veludo preto e ternos enfadonhos, ele era literalmente um homem de gravatas chamativas e óculos de aros grossos que não fazia nenhum discurso de moda, a não ser "minha miopia é grande, e meu orçamento, pequeno". Ele tinha o nome da esposa tatuado no pulso, mas precisava escondê-lo por causa das regras da escola. Nós vimos a tatuagem uma vez, e ele nos contou que o casamento deles era aberto. Na minha cabeça, isso significava que eles eram absolutamente francos quanto ao amor infinito que sentiam um pelo outro, o que era extremamente cativante, mas eu logo soube que eles simplesmente faziam sexo com outras pessoas. Ouvi dizer que se divorciaram no ano passado.

O dr. G representava a realidade para a qual minha escola não queria nos preparar. No entanto, apesar do pensamento progressivo, libertário e claramente engajado que tentava nos transmitir, ele era o tipo de professor que os alunos tentavam evitar.

Quando recebemos a lista das matérias no verão anterior, dei uma olhada na minha lista esperando ser abençoada com o dr. Henag, o professor mais tranquilo de inglês. É claro que não fui. Toda vez que eu não queria muito alguma coisa, eu a conseguia. Uma vez eu pedi a Deus, com mais fé do que nunca, que meu professor de educação física não me escolhesse na única aula mista de softbol da história do judaísmo ortodoxo. Com os olhos bem apertados, eu prometi baixinho que nunca mais roubaria dinheiro do meu irmão mais novo se Ele prometesse evitar aquele momento difícil. É claro que fui a primeira escolhida para jogar softbol naquele dia. E até hoje não sei rebater.

Suspirei profundamente e me controlei. Eu ficava chateada quando as mães das minhas amigas telefonavam para a escola pedindo que suas filhas mudassem de turma. Quando pedi para minha mãe fazer o mesmo, ela riu. Eu teria que me virar com o dr. G.

No primeiro dia da aula de inglês, eu me sentei na fileira da frente; parecia uma imbecil entusiasmada — fichário novo, lápis na mão, faminta por ensinamentos. Imaginei que, se o dr. G me visse daquela forma no primeiro dia, sempre me associaria ao entusiasmo. Ele jamais saberia que eu era uma preguiçosa que deixava para fazer as coisas na última hora, esperando resultados medíocres. Eli Stein estava sentado ao meu lado, um menino muito decidido em seu apetite infinito por meleca de nariz. Enquanto eu o observava mergulhar profundamente nos tesouros de sua narina esquerda, o dr. G entrou na sala.

— Calma aí, você vai acabar desviando o septo — advertiu o professor enquanto se sentava.

Espera-se que no primeiro dia de aula de qualquer matéria a conversa gire em torno do programa e das apresentações entre professor e alunos. O dr. G, contudo, era diferente. Depois de uns poucos minutos, mergulhamos em *Bartleby, o Escrivão*, de Herman Melville.

— Ah, Bartleby! Ah, Humanidade! — exclamou o dr. G.

Este vai ser um longo ano, eu disse para mim mesma enquanto olhava fixamente para o mar negro de coisa nenhuma que minha saia proporcionava.

— Mocinha ortodoxa! — ele brincava sempre que chegava uma menina vestindo a característica maxissaia preta.

Ele sabia que poucas de nós mantínhamos aquele código de vestimenta nos fins de semana e, assim, não tinha medo de brincar conosco. Era inteligente e exigente, mas isso não prejudicava seu senso de humor.

Enquanto eu ainda explicava os detalhes da cabeça de Lucy entre as barras da cadeira, *plof*, o livro *Slouching Towards Bethlehem* caiu sobre a minha carteira.

Belém? Pensei. Quando se usa uma saia ortodoxa, dentro de uma escola religiosa, a palavra "Belém" parece fora de contexto em uma aula sobre a Bíblia judaica, bastante incomum até mesmo na sala do dr. G. Pensei que poderia ser um esforço para combinar o léxico da civilização ocidental com o antigo vernáculo hebraico da Torá, por questões de consistência, o que me incomodou. O dr. G era melhor que isso, mas eu estava enganada. Quando peguei o livro, percebi que não estávamos embarcando em outro curso-relâmpago de judaísmo. Não. A obra era de Joan Didion.

Folheei o livro antes mesmo que ele passasse a tarefa. Alguns títulos me chamaram a atenção, como Mantendo um Diário e Respeito Próprio. Eu não queria julgar os capítulos por seus nomes, mas não consegui evitar. Nunca tinha encontrado textos acadêmicos que me interessassem imediatamente. Eu também mantinha um diário e podia dizer algumas coisas sobre respeito próprio, principalmente com relação ao paralisante código de vestimenta da escola.

Quando comecei a ler, percebi que Didion e eu tínhamos o mesmo costume de fazer listas. Ela também dizia que sua memória era uma péssima mentirosa, pois se lembrava das coisas com muito mais cores do que na verdade tinham e concluía que a distinção raramente importava. Sim, ela contava "o que algumas pessoas chamam de mentiras". Esse pensamento era brilhante, aberto e implorava por uma demorada discussão sobre mentiras e "o que algumas pessoas chamam de mentiras".

— Os escritores podem refletir sobre coisas assim? — perguntei ao dr. G.

— É uma questão de estilo, mas podem — ele explicou.

Um estilo que eu poderia adotar, de maxissaia ou não. Ler Didion fez com que me sentisse dentro da mente dela, como se o que estivesse acontecendo lá fosse muito semelhante — embora mais fluente — ao que se passava na minha própria vida. De repente senti que eu tinha pensamentos profundos, refinados, inteligentes, embora na verdade fossem os pensamentos dela. Percebi que aquele poderia ser considerado um bom texto. E, se aquilo era um bom texto, era aquilo que eu queria fazer. Parecia que Didion escrevia apenas para si mesma. Será que um homem inteligente como o meu professor um dia pegaria o que eu considero uma frase inconsequente, criada com o mero intuito de encher o papel e acalmar meus processos mentais, e a usaria como plano de aula? Provavelmente não.

O dr. G estimulava nossa curiosidade e criatividade. Toda semana ele permitia que escrevêssemos um texto sobre qualquer coisa que desejássemos — um conto, uma poesia, uma carta, uma lista — e trouxéssemos para a aula. Minha inclinação por fazer listas me levou a escrever, certa semana, sobre como era estúpido ter um namorado. A lista incluía razões como "o telefone esquenta minha orelha", "quero dormir às 10 da noite", "somos jovens demais para fazer sexo" e "ficar com as amigas é mais legal". E o dr. G gostou. Ele destacou que minha lista sugeria uma mulher forte e independente, embora tudo o que eu quisesse mesmo dizer era que os meninos são babões.

Depois daquela tarefa, comecei a escrever mais sobre como eu me sentia e menos sobre como achava que os professores queriam que eu me sentisse. No passado, se recebêssemos a tarefa de escrever algo pessoal a respeito da nossa família, eu tenderia a redigir um texto fofo sobre a profunda relação entre uma menina e sua mãe, embora quisesse realmente expressar como me sentia sufocada sendo a única filha entre três irmãos que geralmente fediam, e como havia desigualdade de gêneros nos pequenos detalhes de nossa vida.

Quando chegou a hora de me inscrever para as faculdades, eu disse à minha orientadora do Ensino Médio que desejava me candidatar à New School. Nunca tinha ouvido falar dela até o dr. G mencionar que lecionava lá à noite e que talvez valesse a pena eu me inscrever. Visitei o site da New School e vi, em letras garrafais, uma citação de Joan Didion. Minha orientadora, no entanto, riu quando eu disse que queria me candidatar àquela escola. "Não mandamos nossos jovens para esse tipo de universidade". Aquele momento confirmou que provavelmente eu não era um deles — eu não tinha, na verdade, o "dom". Uma saia longa não é um disfarce tão bom.

Então, é claro que, em um ato de rebeldia, eu me inscrevi. Nem tinha certeza de que queria estudar lá, mas, quando fui aceita, nada me animou mais do que decepcionar meus antigos professores. Nos três meses anteriores à minha formatura, o mais divertido foi ouvi-los perguntar: "A New School? Sério? Mas por quê?". Até a secretária da escola, a srta. Malamy, tentou me convencer a não estudar lá. Certa tarde, ela me chamou à administração e perguntou, com enorme preocupação: "Por que se limitar assim?".

Ela morava na rua 8, pelo amor de Deus! Se alguém conseguisse entender a importância de se expor a algo diferente, com certeza a srta. Malamy, do alto de seus 1,42m, com seus vestidos plissados e um par de óculos de armação grossa diferente a cada dia, seria essa pessoa.

— Limitar? — perguntei, com convicção na voz. — Eu esperava isso dos rabinos, Linda. Mas não de você.

Ela quase me mandou para casa por chamá-la pelo primeiro nome, mas percebeu que tinha sido desagradável censurar a escolha de uma jovem impressionável de 18 anos. Deixamos a conversa debaixo do tapete e nunca mais falamos disso. Eu estudaria na New School, droga, e ninguém me impediria.

Quando cheguei lá, no entanto, odiei. E me odiei por odiar, ainda mais por quase querer admitir que talvez os demônios da minha escola religiosa tivessem razão. Eu sentia falta da familiaridade do Ensino Médio. Nem mesmo a liberdade dos jeans e camisetas podia esconder o quanto eu desejava ir todos os dias para um lugar em que me sentiria segura ao ver pessoas conhecidas havia muitos anos. Sentia falta de Eli e de suas melecas apetitosas. Sentia falta até mesmo de não ter que pensar no que vestir de manhã. Ali eu poderia vestir o que bem entendesse, e, se poderia usar o que quisesse, o que faria no meu tempo livre?

Passar de um ambiente escolar onde éramos estatística para um lugar de "me diga o seu nome e as suas paixões; vamos encontrar um modo de desenvolvê-las" me deixou confusa. Eu desejava continuar no meu bairro, que conhecia bem, com a família por perto. A New School era o mundo real, eu supus, onde os jovens tinham ideias brilhantes e o poder de expressar aquilo que quisessem. Era tudo o que sempre quis na escola judaica — e agora eu queria voltar para lá? Talvez fosse melhor permanecer ingênua a amadurecer de verdade, mas essa era provavelmente a minha ingenuidade falando.

Tive dificuldades terríveis para encontrar pessoas como eu na New School e demorei um pouco para perceber que isso era ótimo, na verdade. Uma das minhas colegas de quarto no dormitório da rua 20 era uma cristã ortodoxa grega que pintava na cozinha e frequentemente cochilava em cima de seus retratos; a outra era uma sulista ruiva, um doce de pessoa, que tinha se formado no colégio dois anos antes de vir a Nova York. Ela costumava tomar montes de Xanax só por diversão. As duas pronunciavam Gristede's como Gris-teddy's e gostavam de passear em Midtown, que, nos fins de semana, é o sovaco de Nova York. Ambas eram novas na cidade; aquele comportamento era normal, e eu não as criticava por isso — nem mesmo quando perguntavam se eu já havia ficado presa em um "garrafamento". Mas eu me sentia perdida. Com frequência voltava para casa com o coração pesado. Assim que entrava no apartamento dos meus pais, eu me sentia segura novamente. Tornei-me dependente dessa tranquilidade e, afinal, voltei para lá após passar menos de um mês no dormitório. Foi a chancela definitiva da derrota.

Estar em casa, no entanto, não foi o bastante. Comecei a sentir uma necessidade forte e inexplicável de me transferir para uma faculdade mais convencional. Eu queria estar com pessoas que me entendessem, ter amigos que me conhecessem, ou que pelo menos não me viessem com "garrafamentos". Senti inveja das minhas amigas que frequentavam faculdades normais, conheciam pessoas normais e assistiam a aulas normais. De algum modo, fiquei presa a uma matéria esquisita chamada A Peste Branca, que estudava a história da tuberculose no século 18. Se a faculdade devia nos dar instrumentos para a vida, que diabos a análise detalhada de uma doença contra a qual já temos a vacina poderia fazer por mim?

Reconhecendo que era preguiçosa demais para enfrentar outro exame de admissão (minha primeira redação foi sobre crescer em um lar multicultural, e acho que não conseguiria ser mais sincera do que aquilo), continuei na New School, sem amigos e confusa sobre o que aconteceria com a minha vida social nos próximos anos. Talvez a orientadora do Ensino Médio tivesse razão. Eu ouvia continuamente as palavras dela na minha cabeça: "Não mandamos nossos jovens para esse tipo de escola".

Talvez eu fosse um desses jovens e pudesse ter cultivado o "dom". Talvez minha vontade de ingressar na New School fosse apenas uma tentativa de rejeitar o ponto de vista da escola judaica. Aquela provavelmente não era a universidade certa para mim. E mais, talvez eu estivesse errada quanto à Futura Eu. Talvez ter a possibilidade de vestir qualquer roupa que quisesse — incluindo uma regata com Foda-se estampado na frente — não significasse nada no grande plano da construção do meu caráter. Talvez a moda fosse apenas a moda e eu estivesse procurando outra coisa.

Como a mudança acabou se tornando o novo padrão de normalidade, eu estava ficando mais à vontade na "nova escola". Percebi que me adaptaria e que me deslocar do meu bairro, no meio de Manhattan, até o sul da ilha não era tão ruim. Na verdade, eu gostava bastante do tempo que passava a sós com meus pensamentos no metrô todas as manhãs. Consegui me divertir até mesmo na aula de tuberculose

— mas só uma vez; entrei seis minutos atrasada, nervosa, esperando que a professora de nome comprido — Katayoundiahalani, que me forçara a lhe dar um apelido por ela odiado, K-Atum — pudesse me repreender. No entanto, ela faltara naquele dia. Para quebrar o silêncio, sugeri à classe que injetássemos em nós mesmos seringas cheias de tuberculose, a fim de que a professora tivesse um novo estudo de caso para acrescentar a seu currículo. Achei aquilo hilário, mas todos os colegas de sala — principalmente um ruivo chamado Blane, que nunca havia sorrido nos quatro meses em que nos conhecemos — olharam para mim espantados. Continuei a rir até os outros cederem e se juntarem a mim; foi o nosso primeiro momento de alegria.

Eu estava estudando outras matérias interessantes, como introdução à psicologia, pela qual aprendi a avaliar meu modelo de pensamento, e mulheres na literatura, que acabou se revelando um grande curso de introdução às primeiras experiências de Todd Haynes como diretor. No segundo mês do meu primeiro semestre de caloura, o mesmo *Slouching Towards Bethlehem* que aterrissara em minha carteira no Ensino Médio — e me fizera sentar naquela carteira onde eu me encontrava — voltou às minhas mãos. Foi somente então que, ao contrário das minhas especulações anteriores, compreendi que tinha tomado a decisão correta. É fácil ficar perdida e mudar constantemente de ideia quando se sai de uma redoma. Na verdade, a pressão para que alguém se defina é normalmente o que o impede de efetivamente fazê-lo. Joan Didion não tinha a intenção de me ensinar isso, mas ela o fez.

Esta última versão de *Slouching Towards Bethlehem* tinha uma seleção diferente de ensaios. Mais desenvolvidos, analíticos e intelectuais, ofereciam exatamente o conhecimento que eu não possuía, mas desejava. Não conseguia deixar de admirar como era denso o texto de Didion, o quanto podia significar. Eu queria estimular nos leitores o mesmo tipo de curiosidade que ela parecia provocar sem fazer esforço. Então, soube o que queria fazer.

Meu texto nunca chegou perto disso, mas, alguns meses depois de me formar jornalista na New School, comecei a notar o ressurgimento de algo que eu tinha prometido ignorar para sempre. Embora soubesse a verdade — que existia o rabinato antes de Rick Owens —, a maxissaia não era mais exclusiva das judias; todas começaram a entrar na onda do comprimento recatado. Eu resisti bravamente, mas me rendi, afinal, à tendência. Lugar diferente, contexto diferente, mentalidade diferente, decidi.

Descendo a rua Mercer, no Soho, em uma tarde de maio de 2010, vi meu reflexo na vitrine de uma loja. Ao me observar passando, não pude deixar de sorrir. Eu usava uma maxissaia preta que comprara em um brechó na rua 17 (imaginando se, em alguma vida distante, aquela saia teria pertencido a mim), um suéter cinza com mangas longas e justas de couro e uma bota vermelha sem salto. Vi aquele reflexo da nova eu — que já fora a Futura Eu — projetando uma antiga eu. Lembrei-me da minha infância e do dia em que me disseram para sair da escola por causa do meu abdome exposto, da confusão no Ensino Médio que tinha me atormentado, da ansiedade de começar a faculdade. Percebi que todas as lembranças amargas haviam cessado e que eu me recordava, principalmente, das coisas divertidas: empoleirada no vaso sanitário, com as pernas em cima dele, para que ninguém me flagrasse no banheiro durante o período de orações, enquanto eu brincava com o jogo da cobrinha no meu Nokia. Engraçado. Uma lembrança trivial pode te levar de volta ao passado, mostrando que um lugar que você considerava horrível pode não ter sido tão ruim assim.

Sete anos depois de terminar o Ensino Médio, eu continuo bem observadora. Embora tenha deixado de lado qualquer semelhança com a maxissaia, meu espírito é essencialmente judaico — se você me chamar para sair na sexta-feira à noite, pode ter certeza de que vou recusar, pois estarei ocupada comendo frango kosher com os meus pais, e digamos que o meu Ensino Médio é o culpado por isso. Embora eu odiasse a menina que era quando estava lá, ela é muito interessante quando analisada de perto. Talvez eu percebesse isso na época se tivesse mais controle da situação — os jovens deveriam ter liberdade para tomar suas próprias decisões, porque, quando a têm, suas decisões se baseiam mais no que é melhor para eles e menos no desejo desafiador de fazer o oposto do que as autoridades mandam. Diga-me que sou cria da escola judaica, e vou discordar veementemente. Mas me dê mais sete anos e você vai me ouvir admitir: sempre fui, sou e sempre serei cria da escola judaica. E eu tenho a porra do dom, ok?

Em uma máxi – por opção – no Bowery Hotel lotado de minissaias.

O Diabo Não Veste ValentinO

Em uma escura e sombria manhã de sexta-feira, em março de 2007, fui ao número 11 da rua 42 Leste para uma entrevista de estágio na Valentino sobre a qual eu tinha lido na internet. Vesti minha minissaia plissada preta favorita (uma Theory surrupiada do armário da minha mãe) com meia-calça preta grossa e botas cor de água suja até o joelho compradas havia duas semanas em um site chamado Delia's. Elas custaram 50 dólares, e eu estava orgulhosa por ter achado essa pechincha. Eu também usava um cardigã pesado de tricô chocolate abotoado até o peito, que revelava só um pedaço da regata branca que estava por baixo. Na mão, uma enorme bolsa vinho — era terrivelmente feia e parecia algo que seu professor de história usaria para guardar as provas corrigidas, mas era da marca Tod's, e isso impressionava uma menina de 18 anos, certo? Talvez impressionasse o bastante para eu conseguir uma vaga na Valentino, mesmo sendo de outra marca. Essa era a minha esperança.

Meu pai imigrante, que literalmente vivia o sonho americano, instruiu-me a entrar no prédio de escritórios como se fosse a sua dona. "Trate aquele lugar como se fosse seu", disse ele. Procurei me lembrar de suas palavras, mas, enquanto olhava para o teto alto, arredondado e complexo no átrio, encaminhando-me para os elevadores que conduziriam ao 26º andar, onde meus devaneios encontrariam as frustrações da vida real, fui barrada.

— Onde está o seu crachá, senhorita? — Era um homem baixo de terno, cerca de 1,60m, pele escura, olhos grandes e cabelo branco penteado para trás.

— Crachá? — Fiquei confusa. Sonhos não precisam de crachás.

— Aonde a senhorita vai? — perguntou ele, como se já fosse a vigésima vez naquele dia. (Eram apenas 11 da manhã.)

— Valentino, 26º andar — respondi, altiva. Eu esperava que ele ficasse impressionado com a menina de 18 anos segurando uma bolsa Tod's com uma entrevista agendada em um dos ateliês mais importantes do mundo.

Mas ele não pareceu impressionado nem interessado.

— Vá até o balcão da recepção e peça um crachá. Você precisa ter um para usar os elevadores.

Fui até o balcão e esperei. Eu pensava no que diria ao chegar ao 26º andar. E se me perguntassem qual era o meu estilista preferido? E o meu momento Valentino favorito? Se eu tinha alguma coisa da marca? Eu não tinha nenhum estilista favorito, e os únicos dos quais conseguia me lembrar eram ele e Chanel. Isso era um clichê. Nada podia ser pior.

— Aonde você vai? — perguntou o corpulento homem careca sentado atrás do balcão.

— Valentino — respondi, mais uma vez com orgulho. Eu me acostumaria fácil a me associar à Valentino.

Ele tirou uma foto minha com a pequena câmera circular que parecia uma miniatura de disco voador estacionado em sua mesa e me entregou o crachá. Retomei a direção dos elevadores, deixando à vista o adesivo que continha meu nome e a palavra VISITANTE em letras maiúsculas. Se tudo corresse bem, pensei, eu não seria mais uma visitante quando saísse do prédio.

Ainda obcecada pelo pé-direito alto — será que aquele edifício havia sido um banco em outra encarnação? Como a Valentino fora parar ali? Droga, será que isso era algo que eu deveria saber? Deveria ter pesquisado? Fui novamente interrompida.

— Onde está o seu crachá, senhorita? — Eu já tinha passado por isso.

— Bem aqui — respondi, incrédula, ao homenzinho. Ele me olhava sem expressão, como se ele mesmo não tivesse me instruído, havia menos de cinco minutos, a pegar um crachá.

Depois que finalmente passei por ele e entrei no elevador, minhas mãos começaram a suar. E se, por acidente, eu dissesse que Chanel era minha marca favorita? Por que eu estava com uma bolsa Tod's? E se eu fosse sincera demais? O que eu faria se não conseguisse o estágio? Onde trabalharia? Será que a profissional que eu me tornaria dali a cinco anos seria significativamente abalada se eu não conseguisse aquele emprego? Era muita coisa para administrar. Obviamente eu andava assistindo a muito Woody Allen.

As portas se abriram no 26º andar e eu fui recebida por uma parede branca com grandes letras de aço: VALENTINO.

Segui as brilhantes portas de madeira preta até a recepção, à esquerda. Lá estava sentada uma linda ruiva usando um vestido mídi Missoni de malha laranja e ankle boots vermelhas.

— Valentino, é a Cláudia — ouvia-a dizer ao telefone. Quando ela desligou, eu me apresentei.

— Oi, sou a Leandra. Estou aqui para ver a Judy — falei casualmente enquanto ela era obrigada a atender outra ligação.

— Valentino, é a Cláudia. — Ela provavelmente não fazia ideia de que meu coração estava acelerado.

— Só um minuto. Sente-se. — Ela apontou, quando desligou o telefone, para uma área de espera com tapete branco peludo e quatro poltronas de couro com pés de aço. Elas eram separadas por uma mesa de verniz branca contendo pelo menos seis livros decorativos Valentino.

O telefone tocou novamente.

Eu me sentei com as pernas cruzadas. Embora estivesse bastante satisfeita com minha roupa naquela manhã, depois do vestido Missoni laranja, da calça boca de sino verde, dos sapatos de couro preto Lucite e do blazer de veludo azul-marinho que passaram por mim nos oito minutos seguintes, comecei a me sentir derrotada. Minissaia plissada e uma bota de um site alternativo talvez não tivessem sido a melhor escolha para um dia tão importante.

Uma mulher de cabelo castanho longo e ondulado, usando blazer preto de corte ajustado, jeans skinny e uma bota de camurça com spikes (muito claramente da marca Valentino), interrompeu meu breve surto de pânico.

— Leandra? — Eu me levantei. — Oi, sou a Judy.

Fiquei impressionada. Lá estava aquela linda diretora de marketing de 27 anos. Será que eu teria essa aparência com a mesma idade? Ela me levou para uma sala de reuniões com sua assistente, Catie, que usava uma maravilhosa sandália plataforma em couro rosé com laços. Na Valentino, o clima lá fora não importava.

— Então, fale um pouco sobre você — disse Judy enquanto ela e Catie sorriam.

— Bem, meu nome é Leandra, tenho 18 anos, estou no último ano do Ensino Médio e adoraria entrar no programa de estágio da Valentino — expliquei. Nos últimos três meses do último ano, se conseguíssemos um estágio, éramos dispensados das aulas regulares.

— Quais são as suas competências?

Eu estava preparada para essa pergunta, porque meu pai tinha me avisado de que eles a fariam.

— Word, Powerpoint, Excel... todo o Microsoft Office, na verdade.

Em 2007 essas competências levavam a um caminho chamado Contratado. Se eu tivesse divulgado minhas verdadeiras competências — Facebook e Net-a-Porter —, a reunião provavelmente teria acabado ali mesmo. Cinco anos mais tarde, talvez essas fossem as duas únicas competências importantes.

Judy começou a descrever o trabalho e Catie a ajudou.

— Precisamos de uma estagiária que ajude a cuidar tanto das tarefas de RP como de marketing. O trabalho inclui o planejamento de eventos e tudo o que está ligado a isso: convites, espaço, bufê, florista, música. Além de manter organizadas as cabines de acessórios e prêt-à-porter, criando e atualizando nossos kits de imprensa mensais.

Assenti com a cabeça como se fosse uma profissional. Na verdade, eu não fazia ideia do que eram essas tais cabines.

— Vamos conhecer o escritório? — sugeriu Judy. Ela me levou em uma turnê pelo departamento de vendas, pelo setor de roupas masculinas, pela contabilidade, assessoria de imprensa e, finalmente, pelas cabines, que nada mais eram que grandes armários. Meus olhos devem ter brilhado. A experiência foi exatamente como em *O Diabo Veste Prada*: mulheres magras, lindas e elegantes, homens bem-vestidos, com gravatas finas e ternos perfeitamente passados.

— Da Silvano para o almoço? — perguntou um homem a Judy.

— Perfeito! — respondeu ela.

Da Silvano era um restaurante da moda, muito caro e concorrido, que ficava do outro lado da cidade.

Algumas modelos também apareciam por ali.

— Não ligue para elas — consolou-me Judy quando uma delas, especialmente magra, com um metro e infinito de altura, começou a ir e voltar da cabine para o showroom. Seu cabelo estava puxado para trás bem firme, e ela usava calça marrom de cintura alta, um casaco grosso com estampa espinha de peixe e gola de pele dourada.

— Estamos fazendo uma revisão pós-Paris.

Eu não sabia o que era uma revisão nem do que se tratava o "pós-Paris". "Depois da Semana de Moda", aprendi depois. Elas estavam mostrando a coleção para os editores em Nova York após a Semana de Moda de Paris.

Se aquilo era moda, eu queria muito participar. Já haviam me dito antes que eu me parecia com Anne Hathaway — talvez aquele fosse o meu momento.

Judy e Catie me acompanharam até os elevadores, enquanto Claudia continuava na recepção atendendo telefonemas como se estivesse organizando um Teleton. Agradeci, entusiasmada por me receberem. E, embora não quisesse dizer o que saiu em seguida da minha boca, não consegui evitar o clichê:

— A moda é, tipo, a minha vida. Eu ficaria imensamente grata se conseguisse essa vaga e sei que posso me sair melhor do que qualquer outra pessoa. — Eu já tinha entrado no elevador. No segundo em que terminei de recitar uma frase que elas com certeza ouviam mais do que: "Posso usar o desconto de funcionário?", as portas do elevador se fecharam.

Droga. Fiz merda. Me ferrei.

Saí do prédio levando na mão o adesivo de visitante para jogar fora. Eu provavelmente seria sempre uma visitante, isso se algum dia voltasse ali. Depois de a manhã nublada se tornar chuvosa, andei até a avenida Lexington para pegar o metrô. Fiquei remoendo o que realmente deveria ter dito. Por que não um simples "muito obrigada" ou "aguardo seu contato"? Imbecil.

— Como foi? — perguntou minha mãe, animada, quando entrei em casa, pingando. Joguei a encharcada bolsa Tod's sobre a mesa.

— Não deu. — Eu estava arrasada. — Sem chance.

— Mas por quê? — ela quis saber, ainda animada. — Eles disseram por quê?

— Não me disseram nada, mas eu disse que a moda era a minha vida — expliquei, com a mesma seriedade que usaria para confessar um câncer em estágio terminal.

— E daí? É verdade!

Ela não entendia, e nem poderia. O problema não era a veracidade da minha afirmação; era a minha péssima forma de comunicação. A moda é a minha vida? Aquilo fora equivalente a um xaveco grosseiro de bar. "Machucou, linda? Porque um anjo como você só pode ter caído do céu". Vulgar, brega e totalmente capaz de aniquilar qualquer simpatia que eu pudesse ter suscitado nelas.

Fui para meu quarto, tirei o suéter molhado, que começava a mofar, e pulei na cama. O que eu faria a seguir?

Teria sido perfeito. Viajei pensando em como aquele estágio poderia ter sido bom. Eu chegaria ao trabalho incrivelmente cedo todas as manhãs, ajeitaria minhas coisas na mesa a mim designada na sala da assessoria de imprensa por causa da minha ética, do meu charme e notável capacidade. "Da Silvano hoje?", eu perguntaria para Judy, arquivando, sem olhar, relatórios extensos e precisos. "Claro! Mas você tem que usar Valentino!", ela responderia. Então eu correria para a cabine — meu novo lugar favorito — e trocaria meu já esplêndido vestido de lamê por outro ainda mais maravilhoso, de organza. Eu pegaria emprestada a sandália plataforma de couro que Catie havia usado naquela manhã, e, por servir tão bem em mim, Valentino resolveria que eu ficaria com ela. Na verdade, Valentino me deixaria ficar com tudo. Eu acabaria me tornando a única embaixadora da marca, e, antes que qualquer uma de nós conseguisse dizer "Paris", eu ficaria indo e voltando da cabine para o showroom, participando como modelo não apenas durante a revisão, mas também no mês anterior, e durante o desfile na Europa.

Três horas depois, seguindo uma recomendação da minha mãe após perceber o meu desânimo, decidi escrever um e-mail para Judy.

> Cara Judy,
> Muito obrigada por arrumar um tempo para me receber hoje. Gostei muito de conhecer o escritório e espero receber notícias suas em breve!
>
> Atenciosamente,
> Leandra

Calma, séria, profissional — ela nunca saberia como eu me sentia desonrada por minhas palavras imbecis. Talvez ela nem mesmo as tivesse percebido, ou talvez não se importasse. Descansei meu BlackBerry no peito durante os 30 minutos seguintes, enquanto olhava para a televisão sem conseguir assistir a nada: eu ficava verificando o telefone como se aguardasse um SMS do namorado. Então, finalmente, ela respondeu:

"Ei, Leandra! Obrigada por vir. Você pode começar na segunda?".

Surtei. Meu coração disparou: era o melhor e-mail que eu já havia recebido na vida — e olha que uma vez ganhei uma viagem para Vegas por e-mail. Na mesma hora respondi: "Claro!". E assim eu me tornei uma trabalhadora.

Corri para o quarto da minha mãe, com o cabelo ainda molhado, um tanto frisado por causa da chuva, e lhe dei a notícia.

— Consegui! Consegui! — Eu pulava e gritava. O chão de mármore tinha sido lavado havia pouco e eu caí sentada. Ela me ajudou a levantar — enquanto ria com gosto demais para poder ser chamada de boa mãe — e me abraçou.

— Que orgulho! — ela disse, e então balançou a cabeça. — Viu? Dizer que a moda é a sua vida não foi ruim! Foi simplesmente honesto! Você vai ter descontos? — Desconsiderei essa pergunta. Preferi supor que Judy e Catie nem tinham ouvido aquele comentário, e obviamente eu não tinha permissão para pedir desconto.

— Vai ser igual a *O Diabo Veste Prada* — concluiu minha mãe.

Mas o que eu deveria vestir? Onde teria de me sentar? O que faria? E se no final elas me odiassem? E se estivessem me contratando apenas para ridicularizar meu entusiasmo-clichê pela moda? Seja elegante e relaxe, sugeriu mamãe. Mas como eu poderia ser "elegante"? Sempre odiei os trajes exigidos em casamento/Bar Mitzvah/baile de debutante. Quando é que, na vida real, nós nos olhamos no espelho e afirmamos: "Uau, isto é tão chique e praiano!", ou "Estou suficientemente casual?", "Isto é com certeza o mais elegantemente atlético que já vi!". O que isso tudo quer dizer? Só me diga: vestido ou calça? Curto ou longo? Vou ser obrigada a usar salto?

Para o meu primeiro dia, escolhi um jeans de cintura muito alta que tinha comprado na Forever 21 duas semanas antes. Esse jeans tinha quatro botões grandes fixados em um corte do meu quadril até cerca de cinco centímetros acima do umbigo. Enfiei uma camisa cinza no jeans e calcei um escarpim azul-metálico com estampa de cobra. Elegante e casual, sem dúvida.

Telefonei para minhas duas melhores amigas para me gabar do meu trabalho e pedir a opinião delas sobre a minha roupa. Nenhuma delas tinha conseguido um estágio, e, embora não estivessem com inveja de mim, resolvi tripudiar:

— Eles provavelmente vão me dar alguns sapatos — alardeei.

— Parece *O Diabo Veste Prada* — disse uma delas.

— Só que eu sei mais de moda que a Anne Hathaway sabia — corrigiu meu ego desinformado. Minha nossa, eu nem sabia o que era uma revisão até aquela manhã.

Quando meu pai voltou do trabalho naquela noite, ficou extasiado ao saber que, embora seu filho de 20 anos nunca tivesse conseguido um trabalho, sua filha de 18 estava se saindo muito bem.

— Você vai ser como a Anne Hathaway em *O Diabo Veste Prada* — observou ele. Aquilo estava ficando esquisito — por que todo mundo sentia necessidade de comparar meu estágio a *O Diabo Veste Prada*? Judy era muito mais amistosa do que a personagem de Meryl Streep, Miranda Priestly, e eu era muito mais bem informada que a personagem de Anne Hathaway, Andy. Aquilo não tinha nada a ver com o filme. Eu não voltaria chorando para casa e não perderia o controle. E com certeza não cortaria uma franja.

Na segunda-feira de manhã, saí do metrô na rua 42 (e troquei meus chinelos pelos escarpins de cobra). Eu me sentia muito maior que minhas amigas — nenhuma tinha conseguido um estágio com tanta rapidez, e a maioria delas trabalhava para os amigos dos pais para conseguir os três meses sem aula. Mas lá estava eu, adulta, madura, a caminho de meu primeiro dia de trabalho.

Reentrei no edifício que já conhecia, maravilhada com a ideia de que ele poderia se tornar minha casa. Mais uma vez, o homenzinho de cabelo branco me barrou.

— Por gentileza, o crachá.

— Mas agora eu trabalho aqui!

— Ande até o balcão da recepção à direita e peça um crachá. Você precisa ter um para acessar os elevadores.

— Eu sei, eu sei... — Com certeza eu sabia. Quando me vi de frente para o careca corpulento mais uma vez, expliquei que estava começando a trabalhar na Valentino, tomando cuidado para não chamar aquilo pelo nome verdadeiro: estágio.

— Trabalhar ou estagiar? — perguntou. Droga, como ele sabia?

— Estagiar — fiz a correção entre dentes.

— Você ainda é visitante. Aqui está o crachá; é válido por um mês. — Peguei o certificado de humilhação em forma de crachá e me dirigi aos elevadores.

— Aqui está. — Mostrei o crachá para o homenzinho, insatisfeita com seu conteúdo.

Quando cheguei ao 26º andar, apreciei a vista do logo da Valentino como se fosse meu, quase me esquecendo de que ainda era uma visitante.

— Oi, Claudia! — cumprimentei a recepcionista, certa de que ela retribuiria o entusiasmo. Mas ela não se lembrava de mim. Só tinham se passado dois dias; como era possível?

— Sou Leandra, a nova assistente da Judy — expliquei, apoiando-me nos calcanhares. Embora não quisesse admitir, uma semelhança desconfortável com a personagem de Anne Hathaway me veio imediatamente à cabeça. "Sou Andy, a nova assistente da Miranda".

— Ah, bem-vinda. Ok. O escritório dela é lá no fundo, à esquerda — ela disse, apontando para uma parede de mármore branco que separava os showrooms dos cubículos do escritório.

— Obrigada — respondi, embora já soubesse.

Fui entrando e passei pela cozinha, pelas salinhas da contabilidade e por uma sala pequena cheia de material de escritório onde trabalhava um homem negro careca chamado Alvin. Havia uma foto da Beyoncé na parede acima da mesa dele, e, sempre que eu precisava ir até lá embalar e despachar alguma coisa para Judy, a voz de Beyoncé cantava para mim.

Quando finalmente me aproximei do escritório de relações públicas e marketing, vi que Judy ainda não estava lá. Fui forçada a ficar desajeitadamente perto da mesa dela, sem saber para onde ir ou o que fazer. A diretora de RP, Anneliese, já tinha chegado e lia e-mails em voz alta para seu assistente, Matthew, enquanto um espanhol chamado Carlos, que ocupava o maior espaço na frente do escritório, gritava sem nenhum motivo em especial: "Ah-ne-liise!".

— Acho que ele está mesmo apaixonado por mim — disse a linda, loira, alta e magra Anneliese para Matthew. — Veja isto. — Ela sinalizou para ele se aproximar do monitor e me flagrou com o olhar fixo nela, o que a fez sentir necessidade de tentar esconder os detalhes de sua vida pessoal. Ele leu o e-mail e gritou:

— Ah, meu Deus! Vocês vão fazer bebês!

— Né?!

Continuei de pé ali, sentindo-me invisível, sendo efetivamente invisível e esperando que Judy não demorasse. Pelo menos eu não era estagiária de Anneliese. Cinco minutos depois, Judy entrou, de óculos escuros e segurando uma maxibolsa preta de pele de crocodilo com um laço na lateral.

— Bom-dia — ela disse para todos no escritório. — Oi, Leandra. — Ela se virou para mim. — Faz tempo que você está aí?

— Ah, não muito — Matthew respondeu antes de mim. — Uns 15 minutos.

Então ele sabia que eu estava ali e, ainda assim, não disse nada enquanto eu esperava, constrangida, de pé junto a uma mesa vazia. Que ótimo.

— Da próxima vez você pode ir direto para a cabine — ela explicou. — Você vai trabalhar lá com a Catie.

— Tudo bem — respondi, dando os cinco passos até a cabine. Lá, pude finalmente examinar as oito longas araras presas nas paredes, cheias de peças de tirar o fôlego. Muita organza, muita estampa, muito paetê, muito vestido. Eu não acreditava que estava diante daquilo tudo. Um vestido tomara que caia vermelho chamou especialmente a minha atenção. Ele estava pendurado sozinho em uma arara no meio da sala. Era de chiffon de seda, em A, com recortes nas costas. Talvez eu pudesse usá-lo quando fosse a Paris, comecei a sonhar acordada. Meus pensamentos foram cortados pela voz de Judy no comunicador da cabine.

— Leandra, você pode vir até aqui? — pediu a voz.

Voltei ao escritório dela, meus pés já começando a doer. Eram apenas 9h30 da manhã.

— Hoje eu preciso que você ligue para Ann Marcus e encomende 150 convites brancos, tamanho 20 por 25. Depois vou precisar que você ligue para o calígrafo e peça que ele escreva isto nos convites. — Ela me entregou um pedaço de papel onde estava escrito "Valentino convida você para vivenciar a moda" acima de um endereço em Los Angeles, com data e horário.

— Tudo bem. — Voltei para a cabine.

Catie, sentada ao meu lado, mostrou uma lista telefônica. Só que havia quatro Ann Marcus.

— Para qual delas eu devo ligar? — perguntei, na esperança de que ela me poupasse da humilhação de fazer uma pergunta simples tão cedo para minha chefe.

— Não sei, pergunte para a Judes — ela respondeu. Judes! Eu mal podia esperar para poder chamar minha chefe pelo apelido.

— Qual Ann Marcus? — perguntei, afoita, a Judy enquanto retornava ao seu escritório com a lista nas mãos, olhando fixamente para ela, como se estivesse fazendo algo extremamente importante.

— Pode falar mais baixo? — pediu Matthew.

— Desculpe.

— A quarta — confirmou Judy, olhando torto para Matthew. Voltei à cabine para fazer a ligação.

Aproximadamente 30 minutos depois, percebi que o número do calígrafo não estava na lista e tive que retornar à sala de Judy para pedir sua ajuda no que provavelmente seria a tarefa mais fácil que ela poderia me dar.

— Desculpe por atrapalhar — eu disse.

Ela me tranquilizou:

— Não se preocupe, é o seu primeiro dia. — Ela era, sem dúvida, muito mais simpática que Miranda Priestly.

Quando terminei a tarefa, perguntei se Judy precisava de mais alguma coisa.

— Bem, é legal você adquirir o hábito de verificar os sites de fofoca assim que chegar, logo de manhã — disse ela, entregando-me uma lista com 10 sites diferentes —, em busca de qualquer aparição de bolsas Valentino. Se vir alguma, envie o link para mim que eu continuo daí. — Rápido e fácil, pensei.

Enquanto eu navegava no Perez Hilton, olhei para o relógio e vi que eram 4 da tarde; desejei que as 6 chegassem logo. Ouvi a voz de Judy me chamar pelo intercomunicador mais uma vez. Fui até seu escritório e ela explicou que certa peça da arara deveria ser entregue na *Vogue*, a uma avenida de distância, mas que ela não poderia entregar um vestido tão valioso nas mãos de um mensageiro.

Eu não sabia o que era um mensageiro, mas logo aprendi que poderia me passar por um.

— Você se importa? — perguntou ela. Como se fizesse alguma diferença.

— Claro que não! — Sorri. Ela entrou na cabine comigo e apontou o vestido. Eu o guardei em uma sacola e parti. O vestido era muito, muito pesado, e meus pés tinham ficado dormentes por causa do salto de 10 centímetros. O que deveria ser uma caminhada de cinco minutos demorou impressionantes 15. Eu precisava parar a cada três passos para trocar a sacola de ombro. Nunca vi um vestido ter tanto adorno.

Quando cheguei ao edifício da Condé Nast, resolvi me endireitar. Eu estava para entrar na *Vogue*. E se Anna estivesse lá? Talvez ela amasse minha calça de cintura alta e, ao saber de onde era, da Forever 21, me contratasse ali mesmo por eu ser tão "elegante e casual".

— Mensageiros pela entrada de serviço — disse o porteiro antes mesmo de eu explicar que o meu destino era a *Vogue*.

— Você não compreende. Isto aqui é alta-costura — expliquei. Acredito que aquele tenha sido o meu primeiro momento fashionista.

— Tem razão, não compreendo. — E então o porteiro me mandou para a entrada de serviço do prédio, na garagem, onde ficava o setor de mensageiros. Com meus escarpins de pele de cobra, peguei uma fila repleta de homens usando roupas esportivas, tênis e mochilas enormes nas costas. Meu momento fashionista evaporou rápido demais. Deixei o vestido e voltei para a Valentino.

— Onde está o seu crachá? — perguntou o nazista à frente dos elevadores.

— Merda! Esqueci lá em cima!

— Dirija-se ao balcão da recepção, à direita, e solicite um crachá. Você precisa ter um para acessar os elevadores.

— Por favor — tentei argumentar —, eu trabalho aqui agora!

O rosto dele permaneceu estático. Por que era tão bravo? Meu pai tinha me ensinado que as pessoas bravas na verdade não têm amigos. Então, tentei me tornar amiga dele.

— Bonito terno — eu lhe dizia a cada manhã quando entrava, mas nada.

— Não vou deixar você subir sem crachá — ele avisava. Então eu ia buscar. Ao voltar, olhava feio para ele, começando a planejar seu extermínio. Comecei a imaginar as pernas dele penduradas em uma árvore, de cabeça para baixo, enquanto eu fazia cócegas em suas axilas com uma pena, forçando-o finalmente a sorrir. Me distraí com uma Judy afobada.

— Leandra, você deu baixa no vestido Echo?

O que aquilo queria dizer? Olhei confusa para ela.

Ela esfregou os olhos, ansiosa, e foi comigo até a cabine.

— Antes de enviarmos qualquer coisa para fora, temos que dar baixa no sistema de rastreamento. É ele que controla nossas amostras.

Ela me ensinou a acessá-lo no computador e a operá-lo. Então pediu gentilmente que eu voltasse à *Vogue*, pegasse o vestido, trouxesse-o de volta, desse baixa no sistema e o levasse de novo à revista.

— Você se importa? — perguntou novamente. Eu continuava não me importando.

Às 18h30, eu tinha transportado o vestido duas vezes e feito o percurso quatro. Não conseguia mais sentir os pés (após a primeira viagem de ida e volta, já tinha certeza de ter perdido o dedinho para o bico fino do sapato), mas era um preço pequeno a pagar, considerando a adrenalina de ter completado um dia inteiro de trabalho. Aquilo era muito mais empolgante que terminar um texto do Ensino Médio e entregá-lo para a professora. Às 18h45, após sair cambaleante do prédio, parei diante da loja do Mets na Quinta Avenida e troquei meus saltos altos, que ninguém sequer notara, pelos chinelos. Eu ia jantar com as minhas melhores amigas. Quando perguntassem como havia sido o primeiro dia do meu estágio "glamouroso", eu lhes diria, enquanto massageasse os pés doloridos sob a mesa de jantar, que tinha sido igualzinho a *O Diabo Veste Prada*.

A Meia BrancA

— Acho que não devemos fazer isso — ele disse.

— Por que não? — resmunguei.

— Não vai mudar nada — ele observou.

— Eu não quero que nada mude — garanti.

— Mas você pode se apegar — avisou ele.

— Eu? Apegada? Se liga! Sou mais fria que cubo de gelo! Não tenho como me apegar! — Tentei brincar.

Ele não achou graça.

— Vamos fazer isso logo — insisti, decidida.

— Tudo bem... — concordou ele, finalmente.

E assim terminou a primeira conversa da história da comunicação em que uma menina forçava um menino a tirar sua virgindade.

Eu tinha 19 anos, e nós estávamos brigados havia aproximadamente um ano, cinco meses, três semanas e dois dias (mas quem estava contando?) quando decidi que minha primeira transa seria com ele. Nós nos encontramos pela primeira vez quando eu tinha 17, durante o Halloween em Chelsea, mas nossa amizade virtual era mais antiga — ele me adicionara no Facebook duas semanas antes da festa. Eu não fazia ideia de quem ele era. Nós tínhamos uma amiga em comum, Donna Arloff.

— Quem é? — perguntei a Donna. Ela estudava na mesma escola que eu.

— Ah, é só um cara com quem eu fiquei nas férias. Ele ainda deve gostar de mim. Diga a ele que eu sou fantástica — sugeriu, e foi o que eu fiz.

— Ei, não quero parecer indelicada, mas nós já nos conhecemos? — perguntei em uma mensagem particular.

— Parece que você é amiga da Donna — ele respondeu.

— A Donna é fantástica! — escrevi, e ele respondeu "Haha" (não LOL, o que o fez marcar pontos comigo), encerrando o nosso papo. Aceitei o pedido de amizade e ele me cutucou uma vez.

Na noite de Halloween, minhas amigas foram ao meu apartamento se trocar e esvaziar uma garrafa de bebida — meus pais tinham viajado. Na semana seguinte, eles revogaram meus privilégios telefônicos e suspenderam minha mesada quando encontraram a garrafa cheia de gelo no freezer. Aos 18 anos, meu cérebro de ervilha ainda não sabia que, diferentemente da vodca, a água congela.

A princípio, optei por usar uma fantasia de pirata naquela noite: pesadas correntes douradas, blusa estilo camponesa, calça saruel de lycra e tapa-olho. Era um traje reciclado, já usado na festa de Purim, três anos antes; eu achava desnecessário investir em fantasias de Halloween.

Depois de juntar as peças e finalmente me vestir, minhas amigas olharam para mim espantadas. A expressão nos olhos delas revelava um profundo desgosto diante de minha decisão de esconder tantas partes do corpo.

— Estamos no Halloween, Leandra — disse Rose. — Você tem que mostrar um pouco de peito.

— Nós vamos encontrar meninos da faculdade — comentou Liz.

O problema era que eu me recusava a gastar os 80 dólares que elas gastavam em fantasias prontas. Eu calculava que, com todo esse dinheiro, poderia adquirir coisas muito mais interessantes — como uma jaqueta jeans ou um monte de refrigerante Dr Pepper diet.

— Bem, alguma de vocês tem uma fantasia sobrando? — perguntei, quase certa de que a resposta seria um não bem redondo.

— Por acaso eu trouxe de reserva uma fantasia de aeromoça que usei no ano passado — confessou Rose, puxando um vestido azul-marinho curto e justo de sua mochila. — Tome. Pode usar.

Peguei a fantasia toda feliz. Agora eu pareceria um membro platinum da tripulação do clube da sacanagem e ainda poderia tomar todo o Dr Pepper diet que quisesse! Tirei a roupa de pirata e entrei no apertado minivestido, que definia minha silhueta, com direito a detalhes em dourado, quepe, tudo.

— Você tem que tirar as correntes douradas — apontou Rose ao examinar o que restava da fantasia de pirata. Embora o visual tão exuberante me fizesse sentir uma potencial vítima de assédio sexual, quando chegamos à festa bastaram quatro minutos para um homem vir falar comigo. Aquilo não tinha precedentes. Imaginei se teria conseguido a mesma atenção se estivesse usando a fantasia de pirata.

— Gostei da sua fantasia — ele disse.

Obviamente não.

O homem em questão, Abie, tinha acabado de sair de um Bar Mitzvah e estava de terno cinza, camisa azul e uma ousada gravata vermelha. Conversamos por aproximadamente sete minutos até que o barulho absurdamente alto e a imensa quantidade de pessoas naquele galpão em Chelsea nos separaram. No final da noite, estávamos lado a lado novamente.

Eu nunca havia usado tão pouca roupa em público.
O traje realmente expunha a floresta que crescia nos meus braços.

— Sou o cara que adicionou você no Facebook! — anunciou ele, pedindo meu telefone.

— Você pode me achar no Facebook — respondi, timidamente. Ele ergueu a sobrancelha. Já tinha me achado lá. Eu não sabia brincar. Ele provavelmente nunca mais me escreveria.

No entanto, na manhã seguinte, minha caixa de entrada do Facebook mostrava aquele mágico (1).

— Qual o nome do seu perfil? — ele escreveu para me perguntar.

— Lápis Frio — escrevi.

— Hahahaha — respondeu ele. — Fala sério.

— Não... é sério.

Eu nunca tinha me sentido tão engraçada. Então nós conversamos por exatamente uma semana até ele, finalmente, digitar aquelas seis palavras encantadoras:

— Quando a gente pode se ver?

Marcamos um almoço de domingo, no início de novembro — no mesmo dia em que eu faria o exame de admissão para a universidade (o SAT). Estrategicamente, vesti um jeans skinny azul-claro, camiseta branca, cardigã preto e uma conservadora sapatilha Chanel bicolor. Eu queria ser uma tela em branco; não sabia que tipo de homem ele era, então me vesti como se não soubesse que tipo de mulher eu era também.

Nós nos entendemos muito bem — como um nerd e a internet, ou couro e jeans. Ele me acompanhou até em casa e disse as outras seis palavras encantadoras:

— Quando vou te ver de novo?

Em nosso terceiro encontro (fomos assistir a *Borat*), estávamos oficialmente namorando. Os nove meses seguintes foram simplesmente deliciosos. Lembro-me com muita clareza de pensar como era trágico ter encontrado minha alma gêmea tão cedo na vida. O frio na barriga me dizia que ele era o escolhido. Então não foi de estranhar que, na noite em que ele terminou comigo, apenas duas semanas depois de eu entrar na New School, me senti confusa, inconsolável, desalinhada e vagamente suicida.

Ele disse que queria terminar porque o relacionamento tinha chegado ao fim, o que para mim era uma forma meio codificada de dizer: "Eu não amo mais você". Foi culpa minha aquela conversa ter acontecido; eu o obriguei a me dizer o que havia de errado. Ele andava meio distante na semana anterior (Affff, "meio distante"? As meninas são um horror), até que sugeriu que eu não o procurasse quando ele estivesse com os amigos e que eu deveria me concentrar mais nos estudos.

Estávamos deitados na cama quando comecei a chorar.

— O que foi? — ele perguntou.

— Nada — respondi, naturalmente querendo dizer "tudo".

Ele disse que com certeza havia algo errado, então eu avancei:

— Sinto que você está diferente... meio distante — com pausas e tudo.

Ele explicou que estava começado em um emprego novo e que talvez por isso eu sentisse a mudança em seu humor. Sugeri darmos um tempo. Eu esperava, até ansiava, que ele dissesse que eu estava louca, que superaríamos aquilo e que ele não conseguia se imaginar vivendo sem mim. Mas, para meu desespero, ele achou boa a minha falsa sugestão. A princípio eu não acreditei. Então vi uma lágrima correr pela face direita dele (sim, ele negou, só que meu sensor de choro é forte) e, naquele momento, senti como se meus órgãos internos tivessem sido arrancados e sovados com o bastão de beisebol de David Wright. (Abie adorava os Mets.)

Eu me levantei e me recompus. Lembrei-o de regar a orquídea que eu comprara no dia anterior. Tinha usado minha mesada de 90 dólares naquela orquídea — e o dinheiro deveria ter sido usado para comprar livros. Eu não era muito esperta com minhas prioridades. Além de estar arrasada, eu não tinha o material necessário para os meus estudos.

Enviei um torpedo para Jamie, minha colega de quarto, preparando-a para meu retorno ao alojamento.

— Abie terminou comigo — escrevi. Eu ainda não tinha digerido a novidade.

— Haha, e eu cortei minhas pernas e as pendurei no seu armário — respondeu ela.

Jaime também não acreditou, mas, quando cheguei, ela viu que era verdade. Ficamos conversando, e eu chorei durante horas. Depois que ela caiu no sono, rascunhei um e-mail. É o tipo da carta que, analisada depois (geralmente em um momento menos dramático), soa tão patética que não permite nem reconhecer quem a escreveu. Vomitei frases do tipo: "Você tomou tudo de mim e só devolveu a única coisa que eu queria que guardasse — o meu coração" e expressei honestamente outros sentimentos amontoando tudo em um simples *Eu vou morrer sem você.*

Nós dois estávamos sofrendo. Meus e-mails constrangedores recebiam respostas ainda mais constrangedoras, pelos quais posso culpar suas frases extensas e gramaticalmente incorretas. Ele se referia a mim como "uma importante experiência de vida". *Experiência*?, eu pensava. Sou uma pessoa, com um coração batendo — não uma coisa pela qual ele passou. Ainda assim, eu me consolava por constatar que ambos sofríamos; fosse isso bom ou ruim, significava que continuávamos vivendo algo juntos, o que naquele momento era suficiente.

Durantes meses, não melhorei nem um pouco. Uma prima muito próxima se casaria no verão seguinte, e eu a acompanhei na prova do seu vestido de noiva, na Vera Wang. Vê-la observando seu reflexo, vestindo o potencial vestido que usaria em seu casamento — com organza branca e em A (cá entre nós, não era muito bonito) —, reconheci que ela estava em paz. Seu rosto mostrava um contentamento verdadeiro, obviamente não por causa do vestido. Fiquei despeitada por ela ter superado a fase do namoro. Ela nunca se sentiria como eu me sentia.

Em certa ocasião, me joguei no chão durante o banho e lá fiquei, chorando. Então Jaime (que na época virou minha conselheira de saúde mental) ficou comigo até eu parar de tremer. Parecia que meu coração tinha sido arrancado e minha alma tinha se tornado escura. A impressão era a de que observava a situação de fora: "Graças a Deus não é comigo", eu pensava. Então, me lembrava de que era, sim, e que, independentemente de quantas pessoas viessem me consolar, eu estava completamente só.

Costumo chamar esse período de A Pior Fase de Todos os Tempos, mas, como meu pai sempre diz, "o tempo cura tudo", e aquilo também passou. Eu me convenci de que ele só terminou comigo porque precisava de espaço, e não porque tinha deixado de me amar. Então resolvi lhe dar todo o Sistema Solar. Só que ele me esqueceu. Aí percebi que eu tinha dançado.

Dois anos depois, enquanto me recuperava da mais colossal decepção amorosa da história do amor não correspondido, eu estava em Tel Aviv, de férias com a família. Nessa semana, jurei esquecer meu ex-namorado Abie para sempre; eu seguiria em frente e começaria a viver minha vida em vez de ficar imaginando o que ele fazia, pensava e conversava. Os nove mil quilômetros de distância ajudariam nesse processo, e eu estava ansiosa para ser novamente eu.

Não passávamos muito tempo com os nossos pais. Aos 19 anos, nada é mais irritante do que uma autoridade pairando sobre a gente; e nada é mais divertido do que passar 10 dias em outro país com amigos e irmãos mais velhos legais. Jogávamos baralho ao lado da piscina durante o dia, comíamos melancia e queijo feta de almoço e tomávamos sol na praia antes de voltar para o hotel, tomar banho e nos arrumar para o que prometia ser uma série das melhores noites de todos os tempos. E foram: baladas ao ar livre eram o coração da vida noturna de Tel Aviv. Embora eu fosse menor de idade nos Estados Unidos, no solo em que pisava estava na idade de beber. Deixei o álcool me dominar em várias noites. Nunca de modo tão exagerado, porém, quanto na noite em que não perdi a virgindade.

Ao longo daquela viagem, comecei a flertar com um norte-americano chamado Mark. Ele era três anos mais velho que eu e xará do meu irmão mais novo (que na época tinha tenros 11 anos e pesava 70 quilos), mas eu estava muito entusiasmada com nosso florescente romance para me preocupar com isso. Mark parecia uma tartaruga peluda e escura, e isso também não importava. O fato era que eu estava interessada por um homem que não era o meu ex-namorado, e isso foi revolucionário. Haim, meu irmão mais velho, era colega de faculdade de Mark e nos apresentou no primeiro dia da viagem. Eu ainda não o conhecia, mas sabia como ele era. Entendeu? Nós tínhamos 35 amigos em comum na internet.

Ele era bem charmoso, se você gosta do estilo cara-bobo-sem-lábia — eu gosto, é claro. Na antepenúltima noite da viagem nós finalmente nos beijamos em um bar à beira-mar. Não foi nada romântico; eu estava bêbada e mal me lembro de qualquer coisa, a não ser de estar usando um short jeans de cintura extremamente alta que me deixava com o púbis indecentemente destacado. As costuras na virilha entravam tão profundamente nos lábios da minha vagina que até hoje eu consigo ver as marcas que deixaram. Combinei o short com uma blusa roxa de seda que vinha com um lenço florido.

Na verdade, acho que fiquei provocando o cara com aquele lenço misterioso. "Com o lenço? Sem o lenço? Foda-se. Apenas me beije". Imagino que a nossa conversa tenha sido mais ou menos assim.

Embora não houvesse tensão sexual anterior ao nosso beijo — o romance nascente era unilateral; ele me conhecia como a irmã mais nova de Haim, a conquista mais fácil de todos os tempos —, aquilo provocou uma sensação libertadora. Finalmente o gosto da saliva de Abie foi removido da minha boca. Apesar de substituído pelo da tartaruga peluda, era melhor que nada.

O restante da noite é um borrão na minha memória. Tudo o que sei é que, na manhã seguinte, acordei na cama dele. Teoricamente, meus pais poderiam ter ido ao meu quarto me chamar para o café da manhã, ou meu irmão procurar pelo seu colega. Mas, de algum modo, nada disso aconteceu, e lá estava eu na cama do Mark.

Observei Mark e percebi que ele era muito mais bobo do que eu havia pensado na noite anterior e nos dias que passamos juntos. Pensei que talvez aquilo — subestimar o outro — fosse resultado da bebida, mas, antes que eu pudesse continuar com a teoria, notei que não estava usando blusa nem sutiã. Eu tinha pelinhos ao redor dos mamilos que só a minha mãe tinha permissão para ver. Quando existia a possibilidade de tirar a blusa, eu os removia com pinça. Claro que não esperava que a noite anterior me levasse a mostrar os peitos. Me perguntei se Mark tinha percebido os pelos e fiquei apavorada. Quando olhei para baixo, vi que Mark estava tipo o Pato Donald: de camiseta branca e sem nada na parte de baixo.

Será que eu tinha transado? Mas eu era virgem! Não era possível que eu tivesse me entregado para alguém que se parecia com uma tartaruga. Sem chance.

Ansiosa e seminua, cutuquei-o no ombro. Ele acordou. Olhei para seu pacote e depois para o rosto. Ele entendeu o que eu queria perguntar.

— Não — ele respondeu.

Sem dizer nada, levantei e comecei a recolher as minhas coisas — nunca me vesti tão rápido. Respirei aliviada. Eu meio que sabia que não havia acontecido, porque a minha vagina parecia perfeitamente intacta; mas eu era virgem, então, como poderia saber? Peguei meu short definidor de lábios, a blusa de seda e fugi em paz do quarto dele. Disse "tchau", fechei a porta e parti para o meu quarto.

De certa maneira eu me sentia aliviada por finalmente estar livre do feitiço do meu ex-namorado; por outro, sentia-me um pouco promíscua, o que não era ruim. Talvez essa sensação sinalizasse a entrada na fase dos 20 e poucos anos. Uma época que teria muitas histórias divertidas, não muito diferentes dessa que me pôs na cama com o Pato Donald. Mas o raciocínio me trazia outro problema: eu ainda era virgem. Se continuasse tendo encontros casuais (embora certamente não fosse recorrer aos sites de relacionamento), deveria me livrar logo da carteirinha de virgem, para evitar outros constrangimentos matinais. Até hoje me pergunto por que Mark acordou sem cueca.

No dia seguinte, ao chegar a Nova York, telefonei para Abie. O voo de doze horas vindo de Israel permitiu que eu refletisse sobre quem deveria merecer minha virgindade. Apesar de nosso passado irrevogável, todos os sinais apontavam, com ênfase, para ele. Abie era o único homem que eu havia amado além do meu pai, e eu não queria ir parar em nenhum tabloide.

Veja bem, eu não recomendo perder a virgindade quase acidentalmente com um homem que você mal conhece. Mas também não recomendo transar pela primeira vez com um ex que tenha arrasado você a ponto de fazê-la vigiar maniacamente o perfil dele no Facebook todos os dias durante um ano, cinco meses, três semanas e dois dias.

Um mês depois de terminarmos o namoro — lembre-se, havia quase dois anos —, eu dizia o tempo todo para Abie que ainda o amava. E ele sempre pedia desculpas. Ele não poderia ter sido mais sincero com relação ao seu desinteresse sobre qualquer coisa relacionada a mim. Mas a conversa mudou depois que voltei de Tel Aviv. Em vez de lhe dizer que ainda o amava, comecei a mandar uma nova mensagem.

— Acho que nós deveríamos transar — tornou-se meu novo refrão.

Eu tinha convicção das minhas palavras. Jamais imaginei que ele pudesse resistir. Quem diz não para uma oferta como essa? Admiti (para mim mesma e para ele) que queria transar com Abie por razões egoístas — não é que eu quisesse aumentar a intimidade com ele; esperava me livrar de algo para seguir adiante. Isso o convenceu.

— Só quero me divertir e não me preocupar em transar acidentalmente com alguém com quem possa me arrepender depois — expliquei.

— Tudo bem — ele finalmente se rendeu, provavelmente sentindo que estava prestando um serviço à humanidade. No mínimo, prestava um serviço à minha anatomia. Uma coisa pela qual sempre respeitarei Abie é que, não importa quantas maluquices eu tenha colocado no caminho dele, e Deus sabe que foram muitas, ele sempre agiu como um cavalheiro.

Sim, nós íamos transar. Lá no fundo do meu coração eu pensava que talvez aquilo pudesse nos aproximar; talvez o sexo entre nós o fizesse perceber que não havia ninguém como eu, que nunca haveria alguém como eu e que tudo o que ele esperava da vida era eu. Tentei ignorar essa esperança.

Marcamos uma data para fazer sexo como se fosse uma reunião, e eu acho que era. Exatamente uma semana depois da nossa última conversa, fui ao apartamento dele me livrar da virgindade.

Vesti uma minissaia justa, de cintura alta, com faixas rosa, laranja e azul-vivo, uma camisa branca tipo colonial soltinha, com mangas três-quartos, e tênis branco com meia soquete branca. Eu sabia que ele adorava quando eu usava saias justas — elas acentuam minha bunda, e eu queria lembrá-lo do que estava perdendo, dar um gostinho e depois tirar, da mesma forma que ele havia tirado o seu amor de mim. Minha colega Nicole me parou quando eu me dirigia à porta. (Jaime continuava sendo uma das minhas melhores amigas, só que nós não morávamos mais juntas no segundo ano, quando voltei do apartamento dos meus pais.)

— Aonde você vai? — perguntava Nicole, desconfiada. Depois que terminei o namoro, eu só contei a ela que tinha ido ao apartamento de Abie dias depois, quando estava claro para mim que não voltaríamos mais.

— Tudo bem, fui ver o Abie. Nós ficamos juntos, nos beijamos, eu sou uma idiota e quero morrer. O que eu podia fazer? — Era o que eu sempre respondia.

Nicole tinha uma tolerância excepcionalmente grande pelas minhas recaídas. Ela raramente me repreendia pelo meu sofrimento. Embora minha mãe me alertasse que, se eu não superasse logo aquela fase, até mesmo Nicole me daria as costas, eu sabia que isso não aconteceria. Eu era a colega de quarto dela, e sem mim ela ficaria sem a metade do aluguel.

Naquela noite, fiquei em dúvida se deveria dizer aonde estava indo. Mas sabia que, se dissesse, ela tentaria me impedir — com certa razão —, pelo simples fato de que manter minha virgindade tornaria meu próximo relacionamento mais especial. Mas eu não estava pensando no próximo relacionamento; pensava no aqui e agora.

— Vou encontrar meus pais para jantar — menti.

— São cinco e meia — ela disse, sem acreditar.

— Eles jantam cedo, Nicole. Meu pai fica com fome. — Acalmei sua reação besta com uma justificativa ainda mais besta. — Volto lá pelas oito — eu disse. — Aí a gente pode beber alguma coisa.

Com certeza não sairíamos para beber com nossas identidades falsas em uma noite de domingo quando eu voltasse. Tenho o terrível hábito de fazer falsas promessas quando confrontada com minhas próprias mentiras. Eu nunca voltei para o meu apartamento naquela noite.

Abie morava a seis quarteirões, no Greenwich Village. Durante minha caminhada até o apartamento dele, pensei no que aconteceria. Eu não tinha ideia do sentimento que o sexo produziria, nem se eu ficaria apegada a ele. Quando terminamos o namoro, Jaime e minha mãe tentaram aliviar minha dor dizendo que pelo menos não tínhamos transado. Eu queria mesmo entrar naquela situação? Coloquei as apreensões de lado.

Entrei no saguão do prédio; todos os porteiros ainda me conheciam.

— Oi, Max! — cumprimentei o moreno alto que estava de serviço naquela noite.

— Como vai, senhorita Leandra? — Eu sempre me perguntava se o fato de ele me chamar de "senhorita" era para me lembrar de que eu nunca seria uma senhora e de que parecia uma idiota.

Será que Abie trazia meninas diferentes todas as noites? Será que Max achava que eu não sabia disso? Ou que nós continuávamos juntos e ele estava me traindo? Ou será que ele sabia do que aquilo se tratava? Uma visita sexual?

Às vezes eu dizia a ele:

— Sabe, Max, eu sei o que acontece. Eu sei. — Arregalava os olhos e o encarava à espera de uma reação. A expressão que eu identificava nele durante meus surtos neuróticos de desespero normalmente era de perplexidade e certo temor. Ele devia se perguntar se eu estava tomando os meus remédios.

No elevador, a caminho do 35º andar, olhei para mim mesma e admirei meu figurino. Naturalmente eu não poderia ter combinado minha saia delineadora de bunda com uma blusa justa, então a decisão de optar por algo mais soltinho foi fácil. A gola era canelada, e o tecido era transparente o bastante para Abie poder ver o sutiã roxo que eu vestira em sua homenagem. Eu sabia que ele ficava maluco com aquele sutiã; eu o havia usado uma vez quando estávamos juntos, e digamos que nem mesmo a NASA conseguiria fazer algo subir com a mesma eficiência. Embora preferisse usar salto

alto — um peep toe de ráfia bege com um laço de couro na frente e salto grosso dourado que eu ganhara durante meu estágio na Valentino —, eu não conseguiria caminhar direito. O tênis resolveu o problema (e dava a impressão de que eu não tinha me arrumado excessivamente).

Saí do elevador à direita, em direção ao apartamento, e parei em frente à porta, sentindo um frio no estômago. Toquei a campainha.

— Oi, Kimmy Gibler! — ele disse ao abrir a porta e me ver. — Bonita meia.

Como ele pôde reparar tão rapidamente na minha roupa? Enquanto ele avaliava meu visual e ainda fazia uma piadinha a respeito, eu não tinha conseguido nem mesmo digerir sua camiseta Henley azul-marinho de manga curta e sua calça cáqui. Mas ele tinha razão: eu realmente parecia Kimmy Gibler. A saia era colorida demais para não remeter ao início da década de 1990. E combiná-la com tênis branco e meia curta só poderia evocar a personagem mais boboca de todo o elenco de *Três É Demais*.

Isso quer dizer que ele assistia a *Três É Demais*? Em pouco tempo eu estava profundamente apaixonada de novo. Mas acabei rindo. Aquele foi um dos poucos momentos em que eu não soube o que dizer e só admirei a tranquilidade de Abie. Como ele podia estar tão calmo? Será que tinha tanta experiência em tirar a virgindade das meninas? Eu esperava que não.

Ele me deu passagem e entrei no apartamento. Notei velas acesas por toda parte. Duas perto do sofá, uma em cima da televisão, na mesa de jantar e no corredor que levava ao quarto. Ele colocou para tocar uma lista de músicas que tinha criado no iPod, que apelidei de "Lista do Sexo". Esses pequenos gestos me fizeram acreditar que ele realmente me amava, não importava o que dissesse.

Então, numa noite de domingo, nós fizemos.

Ele me conduziu até o quarto e me sentei na cama. Fiz um monte de perguntas irrelevantes, que tenho certeza de que ele não queria responder.

— Você lavou sua roupa esta semana?

— Como estava o tempo enquanto estive fora?

— Alguém sabe que eu estou aqui?

— Você vai contar para alguém?

Meu interrogatório continuou. Se eu fosse ele, teria me chutado para fora do apartamento. Em vez disso, empurrou meu ombro, sinalizando para que eu me deitasse na cama. Ele se deitou sobre mim, me beijou e se inclinou sobre minha cabeça para ligar o iPod. A música *I will possess your heart*, do Death Cab for Cutie, começou a tocar, e, como querem os clichês, ele possuiu meu coração.

Ele puxou minha blusa por cima e mandou que eu tirasse a saia. Fiz o que ele disse, e, embora tudo o que eu quisesse fosse parecer loucamente sexy diante dele com minha calcinha vermelha e meu sutiã roxo, a saia era muito justa, e eu precisei de ajuda para tirá-la.

— Não consigo sozinha... — Acabei com o clima. Ele se levantou e me ajudou a puxá-la.

— Vamos tentar pela cabeça. — Sugeri, depois que nós dois falhamos. A nova abordagem funcionou.

Ele tirou a camisa e se deitou sobre meu corpo, agora atravessado na cama; soltei o sutiã. Quando ele se levantou para tirar a calça e colocar o preservativo, deu um puxão na minha calcinha, e eu a tirei.

A sensação foi visceral quando senti o calor de corpo quente dele junto ao meu. Nossos corpos se encaixavam como as calças Balmain na Emmanuelle Alt; nós éramos feitos um para o outro. Só eu percebia isso? Ele encostou a testa na minha e, por um instante, pareceu que nunca tínhamos terminado. Como se eu nunca tivesse precisado pedir amor a ele e ele nunca houvesse negado.

— Oh, uau, o sexo é tudo o que dizem mesmo! — gritei bem alto, com a voz meio debilitada, enquanto estava sentada em cima dele e sentia, pela primeira vez, um pênis tocando o colo do útero. Era o colo do meu útero, certo? Eu consegui arruinar o romantismo do momento que estávamos compartilhando.

Ele riu — orgulhoso, imagino.

Nós dois chegamos ao clímax e compartilhamos algo que ninguém poderia tirar de nós.

— Esqueci de tirar a meia! — gritei, do alto do meu orgasmo.

— Foda-se — ele disse. — Foda-se.

Ele estava falando comigo ou com seu pênis? E então acabou.

I will possess your heart continuava tocando ao fundo, e eu permaneci deitada na cama enquanto ele retirava o preservativo no banheiro ao lado. Ouvi-o jogando no vaso, como uma bolinha de matéria fecal, enquanto eu me convencia de que tudo continuava como quando cheguei. Mas, quando ele voltou para a cama e abraçou de conchinha meu corpo nu, eu soube que nada estava igual. Ele me possuía por completo. Eu me sentia uma bolinha de matéria fecal.

— Desculpe pela meia — falei, mas ele não respondeu. — Isso foi bem estranho, né? Estraguei tudo? — perguntei, de olhos arregalados.

— Não — respondeu, suave e definitivamente, enquanto suas pálpebras começavam a pesar.

Adormecemos juntos. Quando acordei, na manhã seguinte, ele já tinha saído para trabalhar. Levantei; de olhos ainda meio fechados, vesti a roupa e saí.

Não consegui guardar esse segredo só para mim. Eu estava, além disso, furiosa por ter estragado os instantes finais do Nosso Momento com aquela meia idiota. Eu precisava contar tudo para minhas amigas — precisava descobrir se tinha sido normal. Eu esperava que elas agissem como Xanax e acalmassem meus nervos à flor da pele.

Quando olhei o visor do telefone para checar as mensagens, havia quatro de Nicole, todas especulando que eu obviamente não estava jantando com meus pais às 8h38 da manhã de segunda-feira.

— Eu transei com ele — escrevi para ela, que não respondeu rápido o suficiente. Eu tinha que compartilhar aquilo com alguém imediatamente.

— Eu transei com ele — escrevi novamente, desta vez para Jaime e para minha outra grande amiga, Arielle.

— Grey Dog em 15 minutos — responderam as duas.

Passávamos tanto tempo juntas que começamos a ficar parecidas.

Normalmente nós três nos encontrávamos no Grey Dog, um café do nosso bairro, uma hora antes da aula nas manhãs de segunda-feira. Naquele dia em especial, nos encontramos mais cedo — havia muita coisa para falar. Enquanto elas estavam vindo, fui até a Forever 21, a uma quadra do meu apartamento, na Union Square. Eu não queria ir para casa — não queria tomar banho e tirar o cheiro dele de mim. Encontrei um cantinho no térreo da loja, perto dos provadores, atrás dos caixas, para tirar a meia. Toda vez que olhava para ela eu me lembrava de que tinha estragado tudo. Esperava me perder nas emoções baratas da Forever 21 para apagar a visão repetida da minha reclamação sobre a meia enquanto transava com um ex-namorado que eu ainda amava, agora ainda mais.

Peguei uma calça skinny com estampa floral e estava pesando seus prós e contras quando começou a tocar *I will possess your heart*, do Death Cab for Cutie, no alto-falante da loja. Instantaneamente, voltei à noite anterior. Meu coração foi parar na barriga. Deixei a calça cair e saí da loja o mais rápido que pude. Durante 20 minutos, andei sem rumo pela Union Square, sentindo-me a maior idiota masoquista do mundo, até que finalmente encontrei Arielle e Jaime no Grey Dog.

— Eu sentia que, se não fosse com ele, não seria certo — eu disse, revivendo a perda da minha virgindade e, assim, apressando a chegada das rugas da meia-idade, franzindo tão profundamente a testa que dava para ler em Braille nela.

— Como foi? — perguntou Jaime, curiosa.

— É uma sensação que não consigo explicar — expliquei, romanticamente. Pela primeira vez na vida, me senti hormonalmente experiente: Arielle e Jaime ainda eram virgens.

— Olha, somos as suas melhores amigas, e eu não quero criticá-la — começou Arielle, obviamente criticando minha decisão. — Então, se você acha que fez o certo, o que as outras pessoas têm a ver com isso? Por que não transar com ele?

Ou talvez não estivesse me criticando. Adorei a tranquilidade dela.

— Isso mesmo! Por que não? — concordei, enquanto me preparava para revelar a parte da meia branca.

Mas Jaime fez um comentário em prol da sanidade:

— Não se apegue a ele. O que aconteceu não significa que vocês vão voltar. Ele deixou isso bem claro.

— É — concordei de novo, dessa vez com menos entusiasmo.

— Vocês já se falaram depois que aconteceu? — perguntou Jaime.

— Não. Nem uma mensagem ele mandou. — Senti um buraco na barriga, que foi ficando cada vez maior e mais fundo. — Será que devo me sentir usada?

— Usada? — Arielle brincou. — Você praticamente o obrigou a transar!

— Se teve alguém usado nessa história foi ele — completou Jaime.

Naquele momento, tive um estalo. Eu não me sentia mais uma idiota. Eu havia usado Abie. Aquilo tinha a ver comigo, com seguir em frente; não tinha a ver com Abie ou com a maneira como ele se sentia. Dormir com um ex-namorado é complicado; existem sentimentos envolvidos — sendo a maior parte deles minha —, mas é como uma droga: mais fácil se entregar do que resistir. Ouvi um milhão de vezes que a coisa mais difícil é a mais certa, mas o que há de errado em cometer alguns erros pelo caminho? Abie poderia fazer o papel de instrutor sexual para mim e nada mais. Eu não estava procurando romance nem estava me apaixonando mais profundamente por ele (eu conseguiria me convencer de que essas duas coisas eram verdadeiras). Só estava usando o sexo para recuperar o controle.

Para aliviar os pensamentos sombrios que se infiltraram na minha cabeça nas semanas seguintes, foi inevitável retornar à Forever 21 — em parte porque é um bom lugar para comprar roupas, mas também porque eu queria me lembrar de que o estava usando. Queria me testar e ouvir a música que marcava a perda da minha virgindade sem me abalar. Não queria pensar nas consequências dos meus atos, nem nas circunstâncias da minha vida amorosa, nem naquela maldita meia branca. Queria pensar em mim mesma e no egoísmo de ter 19 anos. Queria me sentir impaciente. E eu me sentia assim.

E estava ansiosa para transar de novo.

A Carteira de Couro de AvestruZ

Na primeira vez que meus olhos pousaram nela, eu soube que precisávamos ficar juntas. Escondida em Aventura, Flórida, dentro do armário da minha avó, atrás de um monte de chinelos enfeitados com flores de poliéster, boinas incrustadas de bijuterias baratas e uns pequenos dançarinos de flamenco de cerâmica, havia uma caixa da laranja Hermès, de tamanho médio, aparentemente conservada pelas camadas de tranqueira que a camuflavam. Embora desde pequena meus pais tentassem me ensinar que as verdadeiras coisas boas da vida são gratuitas, como felicidade e amor, rapidamente aprendi que as coisas boas vinham embrulhadas em caixas cor de laranja.

Naquele primeiro encontro, senti minhas mãos se deslocando em direção à caixa, e meus olhos provavelmente brilhavam. Claro que não tinha o direito de fuçar nas coisas da vovó, mas uma força muito mais poderosa atuava sobre mim. Suavemente, peguei a caixa e a segurei entre minhas mãos trêmulas. Eu estava fixada, enfeitiçada pelo logotipo mágico — uma carruagem e um pequeno cavalheiro. Era emblemático, tão suntuoso e superior que eu nem sabia se tinha permissão para observar tão de perto.

Tirei a tampa da caixa e a coloquei delicadamente sobre um grande sapo verde de cerâmica que usava óculos de sol vermelhos e chapéu amarelo. Desembrulhei o feltro marrom que protegia o conteúdo. Lá estava: uma carteira quadrada de 20 centímetros. Em um tom de bege cremoso, feita de autêntico couro de avestruz (a etiqueta interna confirmava), aquela carteira era o acessório mais divino da história do couro trabalhado à mão. Um fecho cortado em forma de H separava os cinco centímetros superiores da carteira dos 15 centímetros inferiores; uma tira fina, costurada na aba superior, passava pelo H para fechar a carteira, que estava perfeita, como se nunca tivesse sido usada.

Quanto mais eu olhava e examinava seus detalhes — até mesmo a costura demonstrava excelência —, mais os meus olhos se abriam, porém o meu coração começou a ficar apertado. Aquela carteira não merecia ficar presa dentro de uma caixa, escondida atrás de camadas daquela parafernália barata da Flórida. Perguntei-me como minha avó podia tratar aquela majestade com tão pouca reverência. E mais: me perguntei como ela pôde não ter me contado sobre aquela aquisição fantástica. Contudo, o que mais me doeu foi tentar entender por que ela não havia me dado a carteira de presente.

Geralmente os acessórios e as bugigangas passados de geração em geração não têm nenhum valor monetário real, somente um grande e intangível amontoado de "uhs" e "ahs". As histórias que as pessoas contam sobre a origem dessas coisas geralmente não são verdadeiras: "Este xale velho? Minha bisavó ganhou da realeza no início da década de 1920", ou "A tia-avó do meu marido me deixou este raro monóculo".

As pessoas perdem a memória, ou melhor, aumentam a memória na velhice. Os itens clássicos geralmente são exclusivos e raros, não discuto isso, mas, quando eles saem dos armários de nossos parentes, é o vínculo afetivo que os torna inestimáveis. Isso é extraordinário. Esse não era o caso, no entanto, das relíquias da minha avó Leyla.

Leyla é turca e, com três de seus netos sendo do belo sexo, sempre soube muito bem atender aos nossos interesses com presentes. Minha prima mais velha, Shari, por exemplo, sempre adorou as joias finas do Velho Mundo, então recebia sua parte em peças de ouro trabalhado, balangandãs esmaltados e acessórios ornados com pedras preciosas de diferentes cores da Turquia bizantina. Minha outra prima, Leyla (nome em homenagem à avó), gosta muito de cozinhar. Como resultado, panelas, caçarolas, pratos, cutelaria e até mesmo aulas particulares com professores de gastronomia entravam em seu apartamento com os cumprimentos da minha avó — às vezes, os utensílios eram usados na decoração. Quanto a mim, a fixação pela moda sempre ficou evidente. Nunca cheguei a ter uma oportunidade nem senti necessidade de comprar peças vintage e raridades, porque o armário da vovó servia como um templo de luxo que eu poderia acessar sem custo.

Começou quando eu era nova. Lembro-me de ir a seu apartamento de antes da guerra, na rua 68 em Upper Manhattan, para jantar no Rosh Hashaná. Inevitavelmente, eu sempre me perdia nas profundezas das trincheiras de seu armário. Cintos que tilintavam, sapatos de todos os modelos, cores e tamanhos (ela acreditava que os Estados Unidos tinham feito seus pés crescerem), vestidos que mais tarde eu viria a saber serem do mestre Azzedine Alaïa e exóticas bolsas de todas as variedades de couro. Sério, todas as variedades. Até mesmo couro de Tiranossauro Rex. (Vintage *mesmo*.)

Eu desejava tudo aquilo e não tinha vergonha de pedir. Ela geralmente atendia às minhas solicitações, mas, quando percebi a existência de uma carteira Hermès de couro de avestruz sobre a qual ela nunca havia me falado, senti como se todo o nosso relacionamento fosse uma mentira.

Eu estava no apartamento dela em Aventura, Flórida, porque era Dia de Ação de Graças, e meus avós pela primeira vez na vida não se reuniriam com a minha família. Eu a avisei que poderia me perder nas maravilhas que acreditava cegamente existir dentro do seu armário.

— Você vai ver que não tem nada lá para você — ela disse. Por acaso sabia que Hermès era "para mim"? Quem era aquela mulher?

— Como você pôde esconder isso de mim? — perguntei a vovó pelo telefone, uma hora depois da descoberta.

— Esqueci dessa carteira — disse ela.

— Esqueceu? Você esqueceu? Vó, esse é o tipo da coisa que está nos meus sonhos — lembrei-a, insinuando fortemente, embora não com todas as palavras, que ela deveria dar a carteira para mim.

— Me deixe falar com meu filho — pediu, referindo-se a meu pai e, assim, ignorando meu dramático apelo como se não fosse nada. Que ousadia!

Obviamente, aquilo se tornou uma questão pessoal para mim. Durante toda a nossa estadia, usei a carteira como se fosse minha. Nós éramos unha e carne, a carteira e eu. Como se ela tivesse sido criada com o único propósito de descansar entre a minha axila e o meu seio esquerdo, dando sentido até mesmo à roupa mais sem graça e combinando perfeitamente com meu tom de pele. Aquele acessório era do tipo que fazia tudo parecer completamente novo; ele me fazia sentir a pessoa que eu desejava ser, uma criatura das artes, altamente sofisticada, devastadoramente elegante, o tipo: "Ah, esta coisa velha? Eu a tenho há anos!". Em outras palavras, uma mulher francesa por excelência.

Aquela carteira definitivamente tinha que ser minha. E, quando nossa curta viagem estava próxima do fim, considerei as consequências de roubá-la.

Minha avó era uma mulher generosa, capaz de tirar algo que estava usando para presentear uma neta que tivesse simplesmente elogiado a peça. Com frequência eu cometia o erro de elogiar algo que não queria, então, nos últimos anos, estava me esforçado para economizar nos elogios. A estratégia me rendeu dois cintos Hermès dourados largos, uma bolsa Chanel verde-jade do final da década de 1970 e até mesmo uma corrente de ouro com microdiamantes incrustados de um joalheiro chique de Genebra.

Se roubasse aquela carteira — literalmente, roubasse —, eu estaria, talvez, limitando grandemente a perspectiva de adquirir mais itens do passado decadente da minha avó. Assim, o anjinho que combatia o diabão que se manifestava dentro de mim finalmente abriu as asas e pediu, formalmente, para a vovó minha nova companheira de braço.

A resposta dela?

— De jeito nenhum. Essa foi a primeira coisa cara que o seu avô comprou para mim quando ganhou um bom dinheiro.

Tudo o que ouvi foi: "blá, blá, blá, sentimentalismo, blá, blá, blá".

— Mas, vó, meu lugar é ao lado dela! Acho que você não entendeu — expliquei.

— Bem, arrume outro lugar — rebateu ela, e desligou o telefone.

Eu com minha avó Leyla. Ela não é podre de chique?

Mesmo que ela não tivesse desligado, eu não teria conseguido uma resposta. Essa é minha avó — não importava quanto eu fosse boa com as palavras, as ironias dela eram sempre melhores. Larguei o telefone e tentei aceitar o fim do meu relacionamento com a clutch. Nunca ficaríamos juntas. Eu lhe disse adeus e, embora tivesse certeza de vê-la derramando uma lágrima, percebi que era, na verdade, o resíduo de uma gota de óleo do jantar da noite anterior. Pus-me a caminho de Nova York — uma pessoa menor sem ela. Os meses seguintes foram uma tortura; eu sentia como se parte de mim tivesse morrido. Não conseguia comer, não dormia. Aquilo foi uma crueldade.

Brincadeira! Eu me esqueci da carteira uma semana depois. Tenho certeza de que achei outra coisa interessante para me obcecar já no aeroporto de Miami e, por isso, tive uma surpresa de proporções épicas quando, muitos meses depois, minha avó finalmente me deu a carteira como presente de despedida, pouco antes de eu ir a Paris estudar por um semestre. Acho que essa era a ideia dela desde o começo.

— Fico feliz que ela pertença a você. Use-a bem e tenha muito, muito cuidado — aconselhou vovó.

Eu soube, então, que a carteira não havia ficado esquecida em meio às posses dela. Vovó me deu a carteira em seu saco de feltro marrom, dentro da maravilhosa caixa laranja, e me contou a história da ocasião em que a usou para comemorar o Ano-Novo no Maxim's, um antigo estabelecimento parisiense perto da Place Vendôme, frequentado por Ernest Hemingway. Depois, contou que a levou para Mônaco, onde viu Frank Sinatra tocar no Hotel Hermitage.

— Quando seu avô me deu essa carteira, fiquei tão entusiasmada que era a única bolsa que eu usava — contou, efusiva, minha avó. — Eu a mantive no plástico durante meses, até que ele jogou a embalagem fora e disse que eu era louca.

Evidentemente, minha avó seria intransigente quanto ao fato de manter o acessório com aspecto de novo. Prometi que teria tanto cuidado quanto ela, e enfim estávamos juntas novamente, a carteira e eu.

Quando cheguei a Paris, sete horas de viagem aérea depois, eu arrastava uma mala enorme com o zíper estourando, estufada com 20 pares de sapatos que eu provavelmente não conseguiria usar. Eu carregava um bolero de veludo com mangas enormes que definitivamente não usaria. O bolero também era presente da vovó; ela o usara no casamento dos meus pais e me dissera que "ocasiões especiais exigem roupas especiais" antes de doá-lo para mim. Eu não sabia se o amava ou o odiava, mas esta é a maravilha da moda: frequentemente, o amor e o ódio por uma roupa estão na mesma embalagem. Finalmente, decidi pelo ódio após usá-lo em um jantar no começo de minha estada em Paris.

— Por que está vestindo o Papa? — um garçom perguntou, em inglês, mas com forte sotaque francês. Ele queria saber por que eu me vestia como o Papa. Enfim, concluí que o bolero não era muito chique. Na verdade, não foi porque aquele garçom havia dito que minha roupa lembrava as vestes de certo habitante do Vaticano e líder da Igreja Católica — isso era até um elogio. Não, ele concluíra imediatamente que eu não era francesa, e isso não era chique.

Desfiz a mala assim que cheguei a meu apartamento, na expectativa de ser transformada profundamente por aquela cidade. Será que eu me tornaria menos norte-americana, mais francesa? Eu conseguiria ficar menos norte-americana? E assim começou o esforço de consumir crepes (ou sanduíches de queijo brie e figo), beber *bouteilles de vin* e apreciar os momentos felizes inerentes a uma vida que só existia em Paris. Em meio a tudo isso, eu não largava minha carteira, que era meu passaporte para a vida em grande estilo na rue St.-Honoré, em Faubourg St.-Honoré e em um raio de cinco quilômetros da avenue Montaigne. Eu ainda não tinha uma boina, mas a intenção era essa, e isso era o que importava. Eu agia como francesa da forma que sabia: fumando (e depois tossindo muito); comprometendo meu visual com listras horizontais e comprando baguetes compridas com o único objetivo de carregá-las para casa debaixo do braço. "Bonne soirée", desejava-me o padeiro. "Merci", respondia eu com meu mais afetado R vibrante. "Alguém quer este pão?", eu perguntava ao chegar em casa.

Também comecei a admirar o despreocupado estilo *bobo* das mulheres parisienses — "*bobo*" é a gíria francesa para o termo norte-americano hipster, uma fusão das palavras *bourgeois* e *bohème*. Foi então que parei de lavar o cabelo, querendo muito imitar a aparência delas, mas rapidamente aprendi que só as francesas conseguem fazer isso. Nós, as americanas, simplesmente ficamos parecendo sujas. Eu usava uma calça jeans simples com camisetas comuns que incorporavam perfeitamente o *ethos* da moda francesa, mesmo desejando vestir camadas de linho, algodão, organza e seda. Na verdade, a calça jeans não era assim tão simples. Sua cintura era muito alta, terminando logo abaixo do peito, com pernas no formato de paraquedas. Comprei uma dessas na minha primeira semana em Paris, em uma loja chamada Bel-Air, em St.-Germain-des-Prés. A vendedora estava muito chique com sua calça branca, camiseta cinza-queimado e botas curtas de camurça com salto de madeira. Ela me disse que a calça ficara ótima em mim, e eu acreditei nela. Você não acreditaria?

Durante algum tempo, realmente achei que ela estava ótima. Eu parecia francesa, e era isso que importava. Minha forma perversa de agir era justificada pela posse da calça paraquedas.

Ir a outras butiques francesas e à Zara — era estranho que eu procurasse criar meu look parisiense em cadeias de lojas internacionais? — resultou em blusas com imensas ombreiras, blazers, camisetas, mais estampas do que eu jamais usara e, afinal, na fusão de todos esses trajes em combinações ridículas, embora sinérgicas. A noção de que ninguém em Paris sabia quem eu era permitia a manifestação de uma nova personagem — minha nova personagem. Eu não precisava ser a menina judia boboca do Upper East Side de Nova York se não quisesse. Eu podia ser Leandra: mulher misteriosa, sem sobrenome, com uma estranha propensão para sobrepor roupas em brilhante alienação. Há algo de interessante na capacidade de expor seu estilo livremente quando você está longe da zona de conforto do seu lar. Sem a pressão de adivinhar como as minhas combinações seriam recebidas, eu andava de cabeça erguida mesmo parecendo o resultado de uma explosão no corredor de bichos de pelúcia em uma loja de brinquedos.

Uma de minhas melhores aquisições aconteceu em uma noite de sábado, quando Arielle estava em Roma com o namorado e Roxana, outra colega de apartamento, estava em Giverny — cidade a 30 minutos de Paris, famosa por ter sido o lar de Claude Monet — para um projeto de escola, onde admirava pinturas de plantas aquáticas. Eu caminhava sem destino pelas ruas de Paris, à procura de nada em especial, mas atenta a tudo. Depois de dissecar o último andar do Musée d'Orsay e saborear meu segundo crepe de Nutella do dia, andei até o coração daquilo que é descrito como a versão parisiense da Times Square: o Boulevard Hausmann.

Havia uma enorme loja H&M ao lado de uma Zara ainda maior, em frente às Galeries Lafayette. Uma botinha de amarrar em camurça preta na vitrine da Zara me atraiu para o seu interior, passando por cima de quaisquer produtos que suas vizinhas pudessem oferecer, o que acabou me deixando frente a frente com o mais incrível casaco de pele falsa de leopardo. Ele tinha duas faces, sendo a outra de malha cinza — para as pessoas menos aventureiras, imagino. Tirei-o do cabide e o experimentei. As mangas três-quartos complementavam com perfeição as longas mangas listradas da camiseta que eu estava usando, e seu comprimento, apenas dois centímetros acima do meu quadril, ficou fantástico com minha calça skinny. Uma gola imensamente grossa funcionava como lenço, e eu me rendi. Ficaria lindo com minha calça paraquedas, e, ah, sim, a botinha preta da vitrine.

Cento e setenta euros depois, eu me sentia a francesa mais autêntica que conseguiria ser. A pele era falsa, o que garantia o bem-estar da minha consciência. Voltei para casa agarrada à sacola que continha minha nova identidade — uma verdadeira fantasia que eu criaria apenas para me ajudar a desempenhar um papel — e pensei em quando a usaria. Na próxima vez em que fosse me misturar aos franceses, claro.

Passeando no Champs-Élysées. Um pouco sobre o contexto: essa foto foi tirada momentos antes de um desconhecido apalpar o peito esquerdo de Arielle e sair correndo.

Na maioria das minhas noites em Paris, eu me via sentada na sacada do meu apartamento, bebendo sozinha uma taça de vinho branco enquanto escutava os motores das Vespas dos executivos zunindo pela rua. Observava as crianças rindo ao voltar da escola e imaginava como teria sido crescer como uma delas. Quando a noite avançava, o barulho cessava e a escuridão invadia as ruas. Eu deixava a sacada e caía na cama com meu computador, tentando evitar a inevitável conexão com Nova York pelo Facebook e me concentrar na minha efêmera existência francesa. Como eu poderia tornar o tempo em Paris menos fugaz? Talvez com o personagem que minhas roupas novas ajudassem a criar. Hemingway disse que Paris é uma festa, mas isso provavelmente só é verdade se você conseguir se disfarçar de parisiense. As roupas eram, com certeza, um passo na direção certa. Uma clutch francesa em pele de avestruz era outro. Eu só precisava de um lugar para ir.

Quando voltei para meu apartamento, naquela noite de sábado, Roxana já tinha voltado de Giverny.

— Nós vamos sair — ela disse.

— Ótimo! — exclamei, um pouco animada demais. A noite não incluiria reflexões introvertidas; não, ela prometia um bom uso do meu casaco novo. Fiquei eufórica.

Era aniversário do amigo de Roxana. Quando digo amigo, quero totalmente dizer namorado. Atribuí aquele relacionamento à calça de couro apertada dela. Estávamos indo a um apartamento no Marais, que é, em sua essência, uma versão glorificada do Lower East Side em um continente diferente. Talvez porque há muito tempo eu não saía em uma noite de sábado, ou porque tinha acabado de comprar uma nova identidade, minha roupa naquele dia era, vendo agora, bastante artificial. Para o momento, contudo, foi perfeita. Ela incluía uma camiseta branca bem grande enfiada em uma minissaia preta justa, tudo isso debaixo do casaco de leopardo. Era um misto de Marilyn Monroe com Goldie Hawn no século 21, possibilitado por uma meia-calça preta e uma bota de camurça vermelha com assombrosos saltos de 15 centímetros. Minha carteira-relíquia de couro de avestruz participou da excursão — foi o detalhe perfeito para completar o conjunto. Além disso, se ela me acompanhava ao supermercado, obviamente estava convidada a experimentar a agitação da noite parisiense.

Antes de sairmos, Roxana e eu bebemos um pouco de vinho na cozinha (também nossa sala de estar, lavanderia e quarto de hóspedes). Em nossa temporada em Paris, rapidamente aprendemos que o vinho era mais barato que a água, por isso, geralmente optávamos pelo vinho. Por apenas três euros ele fornecia um tipo especial de entusiasmo que nenhuma água conseguia.

Um pouco de vinho virou muito vinho, e, antes que uma de nós pudesse dizer *Je suis fatiguée*, partimos para a balada. Bem, primeiro tínhamos que sair do apartamento. Eu já tinha torcido o tornozelo com aquela bota ao descer três lances de escada em nosso prédio. Naquela noite, tive um cuidado especial para sair lenta, firme e definitivamente segura. Quando chegamos ao térreo, elogiei meus tornozelos por permanecerem firmes. Um Mini Cooper esperava por nós do outro lado da rua, com o namorado de Roxana abrindo a porta para nós.

— Que cava... — comecei a gritar quando iniciamos a travessia em direção a ele, mas minhas palavras foram interrompidas por um escorregão no meio da rua que me deixou espatifada debaixo do carro. Minha sobriedade comprometida havia me traído. Levantei-me, entrei e então partimos para a balada.

Quando entramos no apartamento onde seria a festa, percebi que ou eu estava muito, muito bêbada, ou estávamos mesmo naquela série de TV *Além da Imaginação*. Aquele não era apenas um lugar cheio de gente. Não. Parecia um bordel com tema de discoteca. O que era branco parecia néon, o preto parecia invisível e havia feixes de luz e serpentinas por toda parte. Aquele era um verdadeiro, estranho e triste apartamento de solteiro.

Roxana e eu éramos as únicas mulheres da festa, o que não me incomodaria se não fosse o estado dos homens presentes — um mais peludo que o outro. O sotaque francês deles era forte, e o odor que emanava de suas axilas era minimamente perceptível por trás da dispendiosa colônia almiscarada. Mas uma colônia cara não funciona se você não toma banho, e isso é algo que eles obviamente nunca aprenderam. O fedor era inebriante (e não digo isso de forma romântica). É verdade o que dizem: os homens franceses cheiram a merda coberta de Hermès.

O dono daquele apartamento em particular, um homem acima do peso, baixo, careca, com não mais de 30 e não menos de 28 anos, era um anfitrião muito bom. Reparei em seu bar, ao lado do extenso cardápio de variedades alcoólicas, três caixas de macarons Ladurée para degustação e prazer de seus hóspedes. Em questão de minutos, os macarons (todos os 18) foram direto da mesa para dentro da minha barriga. De repente, comecei a me sentir muito enjoada. A sala parecia tão quente que tirei o casaco (embora fosse parte vital da minha roupa) e prendi o cabelo para trás para aliviar o pescoço suado. Meu rosto estava quente, e eu não sabia por quê. Não podia ser o vinho — como é que três euros podiam me fazer tão mal? Fui em direção ao banheiro.

Ao entrar, eu me perguntava onde minha amiga tinha encontrado aquele cara e seus amigos esquisitos. O banheiro tinha vista para o quarto, que também estava iluminado por luzes fluorescentes, com apenas uma janela de acrílico separando os ambientes. A sensação de náusea tinha diminuído, em parte por causa do meu estado de estupefação, mas, em poucos segundos, eu teria que me sentar para urinar. A vontade era tão urgente que nem mesmo uma janela de acrílico com vista para o quarto, podendo revelar a verdade sobre a calcinha absolutamente broxante que eu estava usando, poderia me deter.

Levantei a saia, arriei a meia-calça, a calcinha e me agachei, na esperança de que ninguém me visse. Tentei ser rápida ao me levantar e, como resultado, urinei um pouquinho em mim mesma. Consegui me endireitar, lavei as mãos e agradeci a Deus por ter me esquecido de levar a carteira ao banheiro. Eu possuía um talento especial para deixar que coisas caíssem no vaso sanitário quando alcoolizada; na verdade, eu já tinha perdido três celulares nas águas do esgoto nos últimos três anos.

Por um instante me senti aliviada, tanto do enjoo quanto da urgência em urinar. Mas a náusea voltou, vingativa. A dor no estômago e a sudorese se tornaram violentas. Tive uma forte indisposição estomacal, e minhas axilas pingavam de tão molhadas. Pensei que poderia estar fedendo mais que os homens da festa. Seriam os macarons? Ou o vinho barato? De repente, me dei conta de todo o álcool que consumira além da garrafa dividida com Roxana antes de sair. Ao chegar à festa, tomei uma taça de rosé — e eu nem gosto de rosé. (Existe qualquer coisa grosseiramente arrogante em sua relação com os homens que dançam techno nas boates do sul da França.)

Quando percebi isso, quis voltar para casa, mas não conseguia diferenciar minha amiga dos estranhos, então fiz sinal em uma linguagem qualquer para alertar todos na sala de que eu precisava ir embora. Consegui me enfiar em um táxi — embora eu ainda não saiba como. Seria bom se essa história acabasse aqui, com minha luta contra três lances de escada para chegar a meu apartamento, talvez outro tornozelo torcido como efeito dramático, eu me despindo a cada passo, deixando as roupas espalhadas em uma trilha até meu quarto. Mas não.

No banco traseiro do táxi, eu me sentia muito orgulhosa de que, apesar do meu estado de embriaguez, meu sotaque francês estava perfeitamente à altura do povo francófono.

— Cent-soixante-seize, rue de Grenelle — eu disse ao taxista.

E ele respondeu em francês! Normalmente os taxistas responderiam: "Eu falo inglês".

Enquanto eu me parabenizava, reconhecendo a ocasião como mais relevante que a perda da minha virgindade, de repente vi que não tinha escolha a não ser ficar sóbria. Estava diante de uma situação que exigia bom senso imediato — e, francamente, era incrível que eu pudesse reconhecer que havia um problema. A questão estava na minha garganta, onde um bolo ficava cada vez maior. Sentia a respiração ficando pesada, o conhecido suor transbordando, e minhas glândulas salivares, antes confiáveis, recusavam-se a funcionar.

Inspirei fundo várias vezes e fechei os olhos, tentando relacionar meu mal-estar ao movimento do carro. Só que não tinha nada a ver com isso; estávamos parados no trânsito, mal nos movíamos. Então, inspirando mais fundo, eu arrotei. O tráfego se dissipou e o carro voltou a andar, mas eu sabia que não conseguiria chegar a tempo até minha casa. Eu ia vomitar, e aquilo aconteceria a qualquer instante. Por que tinha que beber tanto vinho? Maldito rosé.

Estávamos em uma avenida parisiense equivalente à FDR de Manhattan, sem nenhuma parada à vista. Não havia semáforos e os carros corriam a uma média de noventa quilômetros por hora. Eu tinha que tomar uma decisão importante. Se vomitasse no táxi, eu seria sem dúvida jogada para fora e deixada para morrer ao lado da avenida. Aqueles motoristas eram malvados o suficiente para reprimir minha capacidade (ou falta desta) de falar francês — tinha certeza de que aquele taxista bateria minha cabeça no meio-fio se eu deixasse a menor mancha em seu banco. Imagine se realmente vomitasse e fosse chutada para fora. Para onde iria? Bêbada e jogada no meio da avenida entre carros velozes que, eu sabia, não parariam para ninguém. Era ali que a Princesa Diana tinha morrido? Pensar em tudo aquilo me deixava mais tonta.

Meu apartamento ainda estava a pelo menos 10 minutos, e, embora gostasse de fingir que conhecia perfeitamente os caminhos de Paris, o fato era que, se eu saísse do táxi, não conseguiria mais voltar para casa naquela noite. Na verdade, provavelmente nunca mais veria a luz do dia. Mesmo que soubesse o caminho e conseguisse navegar de volta para casa, estaria no meio da avenida, pelo amor de Deus! Como é que eu sairia dessa? E, mesmo que conseguisse chegar até a calçada, como chegaria ao apartamento? Era quase impossível encontrar táxis em Paris durante o dia — imagine a dureza às duas da manhã de sábado.

Eu sabia que, se perdesse a viagem naquele táxi, perderia tudo. Precisava improvisar. Onde poderia vomitar? O que conteria o vômito? O bolo na minha garganta ficava cada vez maior. No estado que parecia de puro torpor, olhei para o único recipiente à vista: minha relíquia em couro de avestruz. A essência da minha alma.

Eu sabia o que precisava fazer em meu estado inebriado. Ainda não tinha decidido se faria aquilo ou não, mas a movimentação dos meus braços sugeria que provavelmente sim. Vi minhas mãos retirando o conteúdo da bolsa. Em uma pequena pilha ao meu lado estavam meu celular, minhas chaves, um pedaço de papel, um absorvente e um elástico de cabelo. Minha cabeça ainda não tinha chegado lá, e não sei se em algum momento chegou. Olhei a pilha de objetos e então aconteceu. Golfadas de bile laranja saíram da minha boca. Tudo estava sendo contido; nem uma única gota caiu em outro lugar. Mas o que estava contendo partia meu coração.

Como eu suspeitava, em um ataque de fúria, o puto do taxista parou o carro de repente, provocando caos e lentidão atrás de nós. Sua freada agressiva jogou meu corpo para a frente, forçando minha testa contra o assento dele. Eu o ouvi sair do carro e bater a porta. Estava pronto para me chutar.

Mas eu já estava fazendo isso.

Ele chegou à porta traseira, abriu-a e começou a puxar meu braço em uma tentativa de me remover fisicamente de seu táxi quando percebeu que eu estava usando meus próprios pertences para segurar o vômito. De repente, ele pareceu grato. Retornou ao banco da frente e me entregou uma pilha de guardanapos.

— Merci — eu disse, com lágrimas de rímel Dior escorrendo pelo rosto, transformando-me no estrupício que todos os cidadãos franceses pensam que nós, norte-americanos, somos. Pelo menos eu tinha respeitado o carro dele.

Merda, minha carteira.

Eu tinha quebrado as duas promessas feitas a minha avó: não a usei bem e não tomei cuidado.

Quando finalmente cheguei a meu destino, recolhi meus pertences — até mesmo o pedaço de papel — e me arrastei pelos três lances de escada até o apartamento, sentindo-me profundamente melhor, apesar da carteira cheia de vômito que segurava na mão direita.

No apartamento, joguei o vômito no vaso e fechei os olhos na tentativa de evitar ver aquela imundície. Levei a carteira para a cozinha e a lavei por dentro com detergente. Lavei as mãos e corri para o quarto. Quando acordei, na manhã seguinte, ainda completamente vestida, com a jaqueta de leopardo, blusa branca, saia preta e bota vermelha, minha cabeça latejava. Levantei-me para pegar um Advil. Eu já tinha quase me esquecido dos eventos da noite anterior quando, em meu breve percurso até o banheiro, reparei na carteira, aberta no balcão da cozinha como a prostituta em que eu a havia transformado. Bati na testa com a mão esquerda enquanto flashes da noite anterior me vinham à mente.

Meu coração batia rápido — como eu pude fazer isso? Nunca mais confiaria em mim mesma. Eu não merecia uma Hermès. Nem agora nem nunca. Caminhei até a carteira, lembrando-me do quão imaculada e pura ela já havia sido, e vi como estava: suja, desfigurada, deprimida. Embora não restasse nenhum vestígio de vômito dentro dela, a pobre ainda estava bem úmida. Será que eu conseguiria a salvação? Teria que esperar ela secar.

Quando Roxana acordou e me perguntou como tinha sido minha volta para casa, eu simplesmente disse "ótima".

Ela notou a posição inusitada da carteira, aberta perto da pia da cozinha. Fui obrigada a contar a história. Depois que comecei, não consegui mais parar — aquela era a coisa mais notável que tinha acontecido comigo em Paris. Eu havia driblado a morte ao vomitar dentro de uma carteira clássica e inestimável.

Aquela história foi recontada e depois ouvida pelos francos que tomaram parte nos festejos da noite anterior. Na manhã seguinte, um dos homens fedidos que me viram tropeçar gloriosamente em tudo enquanto eu enchia a cara de macarons me convidou para sair. *Um encontro*! Um verdadeiro tête-à-tête. Ele até me pôs um apelido carinhoso — Rosa — para simbolizar o desentendimento que tive com aquele vinho. Aceitei a proposta, mas, pensando bem, seu interesse em me conhecer deveria ter sido o primeiro sinal de alerta para manter distância. Seu constante mau hálito, uma mistura definida de café *espresso* com cigarros demais e comida de menos, deveria ter sido o segundo.

Foram apenas três encontros até nosso romance esfriar e eu ter que voltar para minha vida real em Nova York. Jurei nunca contar para minha avó o ocorrido com a carteira — que, milagrosamente, recuperou quase integralmente a saúde, e, embora a história tivesse rendido risadas abundantes no exterior, essa lembrança não faria parte da minha festa: o que tivesse acontecido em Paris permaneceria em Paris.

Dois anos depois, eu estava em um café com minha avó.

— Não consigo acreditar que você ainda carrega essa coisa por aí — ela comentou, olhando para o meu seio esquerdo, onde eu segurava a carteira.

— Bem... — eu disse hesitante, tocando a carteira enquanto a vergonha começava a cobrir minha integridade.

— Você a adora mesmo, não é? — perguntou, parecendo orgulhosa por ter me dado o acessório mais importante que eu já tinha possuído, mesmo anos depois.

— Sabe, vó — comecei —, eu realmente amo esta carteira.

— Estou vendo — ela admitiu enquanto passava o dedo indicador pela bolsa. — Mas não precisa ficar segurando ela aqui dentro. Ninguém vai te roubar!

Ri nervosamente antes de continuar.

— Você se lembra do que me falou antes de eu ir viajar?

— Que você a usasse bem e tomasse cuidado — respondeu ela imediatamente.

— Bem — eu disse, depois de soltar um grande suspiro —, não fiz nada disso.

E assim contei para ela, cheia de remorso, a história de dois anos antes, explicando o que havia se passado entre a carteira e mim durante uma noite de muita bebedeira perto do Marais, em Paris. Minha avó começou a rir.

— Qual é a graça? — perguntei. A diversão dela interrompeu minha história bem no momento em que eu sobriamente reconhecia resíduos laranja em volta do vaso sanitário na manhã seguinte.

— Você esperou dois anos para me contar isso? — Ela ergueu a voz. Teria eu detectado um tom de satisfação?

Enquanto eu me preparava para reconhecer minha culpa, desculpar-me abundantemente e declarar que entenderia se ela nunca mais deixasse qualquer coisa de valor sob a minha guarda, ela me jogou um balde de água fria.

— Comprei aquela carteira em um mercado de pulgas de San Remo, na Itália, há cerca de seis anos. Não me custou mais que 30 euros.

Olhei para a carteira. De repente, o acessório altivo fora reduzido a um recipiente de couro onde eu havia vomitado uma vez.

— Por que você não me contou quando eu a pedi? — furiosa, quis mais informações.

— Você estava tão animada com a carteira e se sentia tão especial com ela, que eu não quis estragar sua festa — vovó respondeu.

Então nós duas começamos a rir.

— Enganada pela etiqueta — declarei. Eu nunca tinha sido tão enganada por uma etiqueta. Mas não importava. Embora a carteira não fosse mais uma autêntica Hermès, marca emblemática da mulher em que eu queria me tornar, ela não deixava de ser o instrumento que guardava os segredos das minhas arrebatadoras aventuras francesas. E mais: era uma ligação tangível, indestrutível (obviamente) com minha avó, e um dia também a darei para minha neta, contando as histórias de sua vida anterior do modo mais exagerado possível. Eu lhe pedirei que use bem a carteira e recomendarei que tenha muito, muito cuidado. De fato, as relíquias de nossos antepassados são inestimáveis.

A Lição da Calça Saruel

Eu sempre soube que as roupas têm uma capacidade quase sobrenatural de remediar situações enlouquecedoras, mas foi questão de tempo até reconhecer que essa solução é paliativa. Minha raiva eventualmente ressurgia e as roupas se tornavam obsoletas. Embora esse tipo de fúria, inata a mim, fosse inexplicável, também era dolorosamente indicativo de uma mulher de 21 anos em Nova York, terminando a faculdade com uma expectativa de pós-graduação tão confiável quanto a força do meu arremesso no beisebol (que não é grande coisa — na verdade, a força do meu braço é risível). Solução paliativa apenas.

Logo após uma aula especialmente intelectual (mas apenas no sentido em que meninas que gostam de cinema de arte são intelectuais) de Introdução à Estética, fui até a Zara, a três quarteirões da faculdade, pensando que meu corpo externo poderia usufruir do conforto de uma roupa nova após a guerra de palavreado incoerente de adormecer o cérebro que meu corpo interno acabara de enfrentar. Naturalmente, eu me sentia carregada em termos filosóficos. Não compreendia as reflexões de Hannah Arendt ou Walter Benjamin (não se deixe enganar: costumo usar esses nomes, entre outros notáveis, para impressionar as pessoas ao meu redor), mas concluía que, por conseguir aguentar aqueles debates existenciais sem morrer, eu merecia uma recompensa. Sim, um presente de mim para mim mesma era definitivamente obrigatório, apesar de eu não ter sequer olhado para o trabalho final da disciplina.

— Belo sapato — disse o segurança que ficava junto à porta quando apareci naquela loja pela terceira vez na semana.

Teria sido uma atitude delicada se não fosse um golpe irônico em minhas tendências de moda. Aquele sapato era bem comum: uma botinha sem salto, na altura do tornozelo, de cor berinjela (não confundir com roxo nem com violeta), com zíperes dourados e franjas delicadamente espalhadas por todo o calçado, com cinco centímetros entre uma e outra. Como eu disse, bem comum. Eu a usei todos os dias naquele mês. Não tinha escolha, pois tinha pagado 200 dólares por ela — uma semana inteira da minha mesada, que deveria cobrir custos de alimentação, diversão e vestuário. Calcular o uso do vestuário seria vital, já que eu me privaria dos direitos humanos à comida e ao lazer em favor de coisas legais como botas berinjela com franjas. Racionalizei essa lógica lembrando que tinha macarrão instantâneo à vontade no armário e que não existe festa tão boa quanto a que você pode dar para si mesma no conforto de seu sofá. Então, embora estivéssemos em abril, a bota continuaria no meu pé — provavelmente até o fim de maio.

Além disso, embora eu admire um homem que repare em roupas de mulher, penso que não é algo bom quando ele mesmo se veste de modo bem ingênuo (sapato marrom de bico quadrado com calça cinza folgada) e está em uma loja de roupas apenas para cuidar de sua segurança. Pior ainda se ele puder reconhecer e até criticar a rotina das minhas tendências. Sorri, agradeci sem ironia e continuei em frente.

Com 80 dólares sobrando da semana anterior para gastar, vasculhei as araras buscando as anotações mentais que eu tinha feito durante as visitas anteriores naquela semana:

Uma delicada blusa branca sem mangas de crepe de seda: era comprida e quadrada, o que seria perfeito dentro ou fora do jeans, criando a ilusão de uma bunda bem firme ou cobrindo a minha bunda flácida, respectivamente. Ficaria perfeita também com uma minissaia e poderia até se transformar em minivestido. Uma jaqueta de couro complementaria perfeitamente a gola careca. Boa para uma manhã de segunda ou uma noite de sábado. Versátil, apenas $59,90. Comprei.

Blazer boyfriend laranja: o caimento ficou perfeito, com a barra na altura do meu quadril e retangular na medida perfeita. A cor estava em todas as passarelas, e, ei, também parecia com algo que Joseph e eu tínhamos visto na Intermix no dia anterior — tão na moda. Só que este custava $99,90 em vez de $995, e provavelmente ninguém notaria a diferença. Mesmo assim, estava fora do meu orçamento. Tive que devolvê-lo à arara com muita hesitação.

Mas espere, e se eu devolvesse a blusa branca e esperasse até a próxima semana para comprar o blazer? Aquela era uma peça perfeita, que daria vida a uma simples combinação de camiseta e jeans, atribuindo personalidade a qualquer vestido. O formato retangular era realmente perfeito. É, eu provavelmente deveria esperar até a semana seguinte, quando teria os 20 dólares que faltavam. Ah, os raciocínios complexos que as mulheres desenvolvem pelo bem da moda.

Balancei a cabeça e disse para mim mesma que frequentemente peças que parecem perfeitas dentro da loja não conseguem se expressar do lado de fora. Como o caso das botas de couro de cano alto que eu comprara naquela mesma Zara apenas três meses antes. Na loja elas eram praticamente Jimmy Choo, mas, libertas e imersas na sociedade, ficaram muito arredondadas nas pontas, folgadas no tornozelo e perto demais dos joelhos. Ao me ver usá-la, meu pai disse que eu parecia uma prostituta — e isso acabou com a bota. Meu pai nunca comentava minhas escolhas de moda a não ser para me dizer que eu parecia uma colona, sempre se referindo a uma blusa camponesa que eu vestia com frequência. Parecia uma piada muito engraçada para ele, só que na verdade não era. A não ser na primeira, talvez na segunda e na terceira vez. De qualquer modo, colona era um elogio. Prostituta, não.

Durante minha onda de consciência consumista, reparei em uma mulher bem alta, muito magra e superloira andando pela loja. Ela tinha aquele *je ne sais quoi*, só que eu sabia exatamente *quoi* era: uma estética tranquila de modelo-em-momento-de-lazer-imitada-com-frequência. Eu sabia que, não importava o que ela vestisse, sempre ficaria ótimo, porque esse era o tipo de mulher que ela era. Mark Twain disse, certa vez: "A roupa faz o homem". Ele não devia ter muita experiência com supermodelos.

Dobrada em seu braço, vi uma calça que eu havia observado atentamente na arara de ofertas alguns dias antes. Era do tipo MC Hammer, e eu sabia que esse estilo provavelmente voltaria às tendências em breve. Só não conseguia decidir se tinha ficado bem em mim. Esse é o problema de ser uma compradora com muito senso crítico: você acaba comprando emocionalmente, como um cupcake para comer. Eu tinha mesmo gostado da regata branca de seda? Quando vi que a calça aparecia no radar da modelo, mandei minha insegurança se foder e corri loucamente para a arara de ofertas para pegar a mesma calça de antes e me enfiar no provador. O blazer laranja ficou para trás.

A modelo e eu acabamos uma ao lado da outra em nossos respectivos provadores. Vesti a calça: ela era de tecido fino e fluido na cor cinza, e seu estilo era violentamente ofensivo. Lembrei que uma calça cáqui adquirida algumas semanas antes poderia fazer o papel de calça saruel, mas percebi, naquele momento, que aquela era apenas a droga propulsora para a calça que eu provava. Ela terminava logo acima dos tornozelos e tinha zíperes que subiam pelas panturrilhas. Enquanto eu a provava, pensei em deixar o zíper aberto, pois esse era meu *modus operandi* — o zíper não oferece uma possibilidade adicional de estilo? —, mas percebi que não tinha escolha a não ser deixá-lo fechado. Aquela calça não atingiria seu pleno potencial a menos que o zíper ficasse fechado e o tecido fluido sufocasse a região que ia do tornozelo até o alto da panturrilha. Do joelho para cima, eu quase parecia exatamente a *Jeannie é um Gênio*, ou, pelo menos, a empregada de uma casa de banho turco. Imaginei que a calça só funcionaria com salto alto, coisa que eu não usava com frequência. Eu fazia faculdade e passava a maior parte do tempo andando, principalmente porque gastava todo o dinheiro com roupas e não sobrava nem para o metrô.

Demorei no provador, fiquei com a calça presa nas pernas e espiei pela cortina três ou quatro vezes até finalmente pegar a modelo saindo do provador. Ela desfilou pela área dos provadores como se fosse uma passarela, e aquilo fechou a venda para mim. Rapidamente me esqueci da regata branca. Peguei o caminho mais curto para o caixa com minha calça de $49,90 — ainda me restariam 30 dólares, e eu gostava de aproveitar as promoções — e fiquei criando combinações na cabeça. Minha regra ao comprar roupas é: se eu não conseguir imaginar pelo menos três combinações com a peça em questão, provavelmente não devo comprá-la. Vi aquela calça dando certo só com uma camiseta branca e uma sandália preta plataforma, e não me importei. Quando a vida lhe dá a oportunidade de parecer uma modelo, você tem que aproveitar. Calças saruel eram uma tendência do passado e do futuro, raciocinei. Além do mais, se eu engordasse, aquela calça ajudaria a disfarçar. Afinal, era uma calça para qualquer mulher insegura com suas coxas — ela deixa nossas pernas livres. Não se pode pôr um preço na liberdade, pode?

Peguei orgulhosamente a sacola plástica contendo minha nova liberdade pela metade do preço e fui para casa. Experimentei a calça com praticamente todas as blusas do meu armário. Combinou, não combinou, combinou, não combinou. Aquela calça ficou no meu armário por dois meses, no mínimo, antes de eu usá-la. Só então ela viu a luz do sol, pois eu sabia que ela precisaria ir ao equivalente à Fashion Week das garotas que não vão à Fashion Week: o café da manhã das garotas. "Calça da hora", disseram minhas amigas. Eu não discordaria.

Foi somente no verão seguinte que comecei a usar a calça sem a necessidade de um tema. Ela foi um importante exercício de experiência social e um bom disfarce para a cerveja e o sorvete da noite anterior. (Parece que a Corona Light não é assim tão light.)

Eu havia começado um estágio duas semanas antes, trabalhando em uma start-up de moda em uma época em que os projetos de investimento ainda não eram legais como Kanye West. Fiz tudo que uma estagiária não deveria fazer: usei short jeans em reuniões com investidores, ri alto e incessantemente quando a ocasião pedia calma e seriedade, fiquei bêbada com os colegas (alguns 15 anos mais velhos, enquanto eu ainda não tinha idade para beber) e até mesmo me permiti ter um caso. E não foi o típico romance entre colegas — o meu foi do tipo estagiária-com-menos-de-20-anos com o gerente-executivo-de-quase-30.

Nos meus primeiros dias como estagiária, eu não pensava muito na pequena atração que sentia. O sobrenome dele era judeu (embora seu nome, Peter, me fizesse pensar sobre os detalhes de sua circuncisão), minha alma era judaica e já fazia quase nove meses que eu tinha dormido pela última vez com Abie. Depois de perder minha virgindade com ele, continuamos transando até ele exigir que parássemos para que eu fosse capaz de continuar vivendo. Qualquer interação que excitasse minha virilha dormente era, àquela altura, impressionante e precisaria ser investigada. Mas, ao fim da primeira semana de estágio, percebi que a pequena atração poderia ser recíproca. Eu recebia e-mails personalizados de Peter a respeito do meu desempenho e até mesmo uma mensagem de seu rabino que ele me encaminhou. Recorrer a Deus como meio para promover uma conquista imprópria já fazia parte do conjunto dos múltiplos sinais de alerta que começavam a surgir.

Enquanto praticávamos um leve flerte por intermédio de nosso e-mail corporativo, em uma tarde de sexta-feira, eu me preparava para ir embora quando ele escreveu: "Então, quando você vai me levar para um drinque?".

"Você é o chefão", respondi menos de um minuto depois. E eu falava sério. A mensagem não dizia muita coisa, mas era suficiente para levantar mais um sinal de alerta. Mesmo assim, eu estava encantada. Eu só tivera um relacionamento útil — ultimamente, nem tão útil assim. Minhas experiências românticas até então só tinham servido para me deixar com catapora, ficar com medo de fazer um homem virar gay e perder a virgindade.

Aquele e-mail foi a primeira vez que alguém do sexo oposto provocou arrepios em mim desde que Abie terminou comigo. Você sabe o que é viver a vida sem arrepios? É triste, solitário e solicita muita atenção de gente que não quer, necessariamente, dar atenção a você, como seu irmão mais velho, seu pai e seu cabeleireiro gay (dependendo da gorjeta subsequente). É difícil conseguir companhia, e esta não deve ser subestimada. Em uma sequência rápida de e-mails, marcamos um drinque depois do trabalho na segunda-feira.

No decorrer daquele dia, três colegas queriam marcar um happy hour, o que me forçou a mentir sobre meus planos para aquela noite.

Não sou uma boa mentirosa de improviso; minhas desculpas foram de "Preciso levar meu cachorro para passear" (eu não tenho cachorro) para "Vou sair com minha irmã" (também não tenho irmã).

Optei por vestir um macaquinho florido em tons pastel com fundo acinzentado e uma jaqueta perfecto de couro sintético por cima. Aquele macaquinho era tão curto que minha mãe já tinha avisado várias vezes que, se o usasse no metrô, eu seria estuprada. Calcei uma bota de cetim preta aberta nos dedos com um laço no tornozelo. Em volta do pescoço, passei um lenço bege comprado em um camelô por cinco dólares, que eu tinha usado para proteger o cabelo do excesso de chuva em uma manhã a caminho do trabalho. Aquele look não fazia sentido. Amei.

Fiquei no computador, na maior parte do dia, toda alegrinha e sem produzir muita coisa. Naquela época eu escrevia fofocas de celebridades. Eu me sentia uma espécie de cascavel humanizada , mas pelo menos os meus textos estavam sendo publicados. "Publicados". Um dia que eu faltasse ninguém notaria, a não ser as fãs de Lindsay Lohan, imagino.

Por volta das três da tarde, percebi que não tinha pensado em Abie naquele dia. Para falar a verdade, não tinha pensado nele durante todo o fim de semana. Concluí que, mesmo se os drinques com Peter não dessem em nada, pelo menos eu seria capaz de amar novamente — aos 20 anos de idade, essa era uma preocupação verdadeira e sincera.

Quando terminou o expediente, às seis da tarde, percebi que não tivera notícias de Peter o dia todo. Eu o tinha visto andando pelo escritório, dando algumas piscadinhas furtivas enquanto ajeitava a cueca, e é provavelmente por isso que ainda não tinha me dado conta de que não tínhamos nos falado. Eu me deparava com o conflito constrangedor de não saber se ia embora ou se ficava, na esperança de que ele me dissesse algo por e-mail, SMS, Facebook, Twitter, sinal de fumaça ou o cacete. Decidi ir embora — minha amiga Jamie morava a dois quarteirões dali, o que me permitia ficar por perto caso ele finalmente enviasse o sinal de fumaça. Era bem conveniente ela morar tão perto: eu estava usando uma jaqueta de couro sintético em junho, o que significava que minhas axilas estavam suadas e que eu provavelmente fedia mais que um trabalhador russo. Culpa dos hormônios. De qualquer modo, qualquer interação social a mais com Peter exigiria uma aplicação de desodorante, de modo que, quando cheguei ao apartamento da Jamie, eu me lavei.

Assim que saí do escritório, recebi uma mensagem de texto: "Aonde você foi? Não vamos sair para beber?". Claro que vamos!

Eu disse a Peter que havia passado no apartamento de uma amiga porque ela tinha acabado de se mudar e queria ver as coisinhas novas dela. Coisinhas novas? Devo ter parecido uma idiota. Além de mentirosa sem-vergonha — Jamie morava lá havia dois anos. Ele perguntou onde era e disse que passaria para me pegar. Trinta minutos depois, estávamos em um bar do West Village. Eu me sentia tão adulta.

Ele se ofereceu para segurar minha jaqueta quando chegamos ao destino. Que cavalheiro, pensei. Graças a Deus controlei meu problema odorífico, também pensei.

— Bela jaqueta de couro — ele disse.

A jaqueta era da Forever 21 e tinha custado 30 dólares.

— Quer me dar seu lenço de caxemira, também? — perguntou.

— Vou ficar com ele — respondi.

— Então, quem são os seus músicos preferidos? — ele começou, pedindo duas taças de vinho para nós.

Por favor, não peça a minha identidade, pensei. As coisas vão ficar muito constrangedoras se o homem de quase 30 anos ao meu lado tiver que ir embora deste bar por causa de sua acompanhante que não tem idade para beber.

— O quê? — pedi que ele repetisse a pergunta depois que o garçom saiu sem questionar a minha idade.

— De que tipo de música você gosta?

— Qualquer coisa que faça meu coração bater rápido.

— Adoro esse seu jeito.

Adora o meu jeito? Ele nem me conhecia. Em vez de parecer assustador, aquilo fez os arrepios começarem a surgir. Embora eu tivesse respondido à maioria das perguntas de Peter (o que eu teria para esconder?), ele driblou a maior parte das minhas dizendo coisas como: "Adoro seu cheiro" ou "Você é exatamente o tipo de garota que tenho procurado". Em determinado momento, até beijou meu ombro. Os arrepios voltaram com força total — parecia que eu tinha injetado heroína.

— Você nem me conhece! — eu disse em voz alta desta vez, tentando acalmar os arrepios. Ele não me conhecia mesmo, eu tinha razão. Então, por que estava beijando meu ombro? Ainda assim, nada parecia realmente esquisito. Estava muito ocupada me parabenizando por ser responsável o bastante por passar mais desodorante — mas também não conseguia acreditar que estava mesmo... tocando a minha vida.

Nosso encontro chegava ao fim e eu estava muito envolvida na química que finalmente sentia para prestar atenção às esquisitices de Peter. Ele me colocou em um táxi e me deu boa-noite.

— A gente se vê amanhã — ele sorriu.

As coisas tinham ido bem.

Mas e depois? Ele ficou mudo. Um dia, dois dias, três dias se passaram sem que ele sequer olhasse em minha direção no escritório. Enviar um e-mail para mim, nem pensar. Fiquei tão confusa —

achei que tivéssemos gostado um do outro. Ele beijara meu ombro. Aquilo tinha sido um encontro, então? Que jogo terrível, deplorável. Eu me reconfortei com a ideia de ter sido apenas uma vez. Meu orgulho estava um pouco ferido, mas passou rapidamente.

Na semana seguinte, eu me sentia especialmente inchada, o que me fez mergulhar as pernas na calça saruel, que combinei com uma camiseta branca de decote V e uma sandália plataforma preta. Esse era o plano original, então fui para o escritório. O transporte era o mesmo de sempre: entrei no metrô na rua 77 para saltar na rua Spring. Normalmente, consigo me sentar perto da rua 51, e aquele dia não foi exceção. Eu me sentei assim que vi um lugar livre e, ao fazê-lo, inalei um aroma muito familiar. Era o cheiro de Abie.

Olhei para cima e o vi junto à porta, de terno, com a cabeça enfiada no *Wall Street Journal*. Sua roupa de trabalho acabou comigo; não existem muitos homens no mercado financeiro que usem ternos finos e bem cortados como ele, ou que fiquem tão bem quanto Abie. Com o cabelo penteado para trás e o rosto barbeado, ele estava muito bonito. Qualquer autêntica nova-iorquina sabe que o melhor lugar para conhecer um homem ou encontrar aquele que você ainda ama é no trem 6 com destino à Ponte do Brooklyn entre sete e nove da manhã. Como eu poderia me esquecer disso?

Ele não tinha reparado em mim, só que eu sabia que minha parada era antes da dele e, assim, nossos caminhos logo se cruzariam. É claro que eu podia sair pelo outro lado do vagão, mas qual seria a graça? De repente, lembrei que ele morava no Soho. Por que então estava entrando no metrô da rua 51? Será que tinha dormido na casa de uma nova namorada? Será que estaria saindo de uma aventura noturna? Senti que meu coração poderia sair pela boca. Peter já não existia em minha mente, e fiquei alguns segundos pensando se não deveria me levantar, andar até ele e bater despreocupadamente em seu ombro para dizer "oi". Afinal, era uma grande coincidência estarmos no mesmo trem e no mesmo vagão; talvez sua reação ao me ver pudesse revelar as respostas quanto às suas aventuras na noite anterior. Como era verão e eu estava bronzeada, imaginei que não teria muita coisa a perder.

— Que engraçado encontrar você aqui! — eu disse, parecendo uma babaca.

Ele ergueu o olhar, surpreso.

— Ei! — Abie parecia sincero, como se estivesse feliz por me ver. Não pareceu nem um pouco nervoso, e imaginei se ele conseguiria me ver tremendo. — Você está ótima.

— Você também não está mal — respondi. O que havia de errado comigo?

Conversamos durante aproximadamente sete minutos sobre coisas desinteressantes como o irmão mais novo dele, o clima ótimo daquele verão, o índice Dow Jones. A rua Spring se aproximava rapidamente, e eu perguntei, como quem não quer nada, se ele tinha se mudado ou algo assim. Ele respondeu que não e, sem qualquer estímulo adicional, explicou que estava naquele trem, naquela manhã, porque tinha dormido na casa dos pais. Senti minhas nervosas faces vermelhas voltarem ao tom de rosa natural. Ele continuava solteiro e, no que me dizia respeito, continuava a meu alcance.

— Bem, esta é a minha estação — eu disse quando o trem parou.

— Foi bom te ver, Lea. — Ele se inclinou para um beijo no rosto. Eu não tinha pensado nisso, de modo que apenas acenei, mas, quando reparei que ele tinha se inclinado, também me inclinei, mas ele já havia recuado. O que poderia ter sido um final tranquilo para nosso encontro rapidamente se tornou uma despedida constrangedora. Saí do metrô e parecia que meu sangue tinha voltado a circular como devia pelo corpo, mas meu coração continuava fazendo alguma maluquice e quase parecia que minha vagina, meu estômago e meu sistema cardiovascular tinham se tornado uma coisa só. Fui andando até a saída mais próxima enquanto procurava pelo celular em minha bolsa enorme. Não era a opção ideal de bolsa para o trabalho, mas ela ficava muito bem com meu look.

"Foi bom te ver, Lea", fiquei ouvindo Abie repetir isso durante as três avenidas em que caminhei até o escritório. Com certeza ele ainda me ama, pensei. Quando parei para pegar um café gelado, senti o celular vibrar.

Era uma mensagem de texto dele:

— Um drinque hoje à noite?

Um drinque? Hoje à noite? Você pega meu coração, pisa nele e então se propõe a recolher os pedaços para estilhaçá-los também? A pior parte era que ele nem sabia disso. Eu fingia que estava tudo bem, como se já tivesse superado, e ele também. Como se tivéssemos algum tipo de amizade. Como se ele pudesse me chamar de Lea e mandar uma mensagem me convidando para beber como amiga. Como amiga! Como se nunca tivéssemos sido íntimos. Como se eu nunca tivesse decorado o apartamento dele com uma orquídea de 90 dólares. E agora ele, escória da terra, queria beber comigo?

— Claro — respondi imediatamente. As mulheres são bobas demais.

Eu tinha combinado jantar com meu pai naquela noite — no verão, as quintas-feiras eram a nossa noite, mas cancelei rapidamente. Eu não podia dizer aonde estava indo, então menti e disse que era por causa do trabalho. Ele respondeu que estava orgulhoso da minha ética e eu me senti uma imbecil. Mas meu coração estava se mesclando com a minha vagina novamente. Entrei no escritório sorrindo e bebericando meu café gelado.

— Calça legal! — disseram, imediatamente, minhas colegas de trabalho.

A verdadeira calça saruel Zara correndo livre e selvagem perto da Place Vendôme, em Paris. Essa calça merecia viajar pelo mundo.

Minha mesa de trabalho estava sem cadeira naquele dia, então saí da minha baia para procurar uma — foi quando Peter e eu fizemos contato visual pela primeira vez desde o nosso encontro. Eu sabia que ele estava vindo do banheiro e me perguntei se havia lavado as mãos. Ao fazer isso, pisquei acidentalmente para ele. Continuei andando como se nada tivesse acontecido, mas, depois que encontrei a cadeira, voltei com ela para minha mesa, onde fui agradavelmente surpreendida por outra mensagem de texto em meu BlackBerry. Era um número de contato. O número de Peter. Nós nos tornaríamos amigos no BBM? Lembre-se de que estávamos em 2010, quando o BlackBerry ainda não tinha ultrapassado o telégrafo como equipamento de comunicação mais obsoleto, de modo que aquilo era sério.

Adicionei-o e, antes que me desse conta, estávamos conversando.

"O que você vai fazer hoje à noite?", perguntou ele.

"Ora, se não é o grande chefe", respondi. Por que eu estava reagindo como uma babaca o dia todo? Eram apenas nove da manhã.

Ficamos nos falando durante um tempo, mas não tive coragem de dizer a ele que não poderia sair naquela noite. Embora tivesse me esquecido completamente dele no metrô naquela manhã, ele conseguia produzir em mim a mesma quantidade de arrepios que Abie. O que era aquele sentimento estranho?

"Tenho um compromisso mais cedo, mas vamos jantar", escrevi. Dois encontros na mesma noite! Que divertido.

Eu me indagava sobre o súbito aumento na minha atratividade com relação à espécie masculina. Por que os dois únicos objetos do meu afeto estariam interessados em mim naquele dia em especial? Em todas as outras noites daquela semana eu tinha voltado para casa, tomado banho e escovado o cabelo enquanto assistia a reprises de *Friends*. Seria a calça? Provavelmente não. Se eu entendo alguma coisa de homens, eles não ligariam para um figurino equivalente a Ice Ice Baby.

Às sete da noite eu estava pronta para sair do trabalho e encontrar Abie no bar perto do escritório. Ao entrar e localizá-lo, tirei da cabeça o constrangimento da despedida com beijo *versus* aceno e, com base no acontecimento matutino, decidi apostar na beijoca. Ele estendera a mão para apertar a minha, o que só percebi quando a senti batendo na minha barriga. Foi esquisito.

Falamos de banalidades por meia hora, sobre os mesmos assuntos abordados pela manhã. Alguns drinques mais tarde, finalmente perguntei a ele:

— Então, por que você decidiu me chamar para beber hoje?

— Bem... — ele começou. Aquilo seria bom. — Vi você saindo do trem hoje com essa calça descolada e não consegui não pensar: Nossa, ela está ótima. Feliz e independente. Não sei, você estava brilhando.

Será que ele tinha mesmo gostado da minha calça saruel? Calças saruel! Elas são um anticoncepcional garantido — todo mundo sabe disso. São historicamente conhecidas por desanimar a genitália masculina. E Abie, um financista, um homem que ostensivamente não compreende nem se importa com nada a não ser vestidos justíssimos, gostou da minha calça.

Ele diria qualquer coisa. Eu esperava algo como: "Bem, eu sinto falta de você, eu te amo, quero me casar com você", mas "Seu bronzeado está ótimo e eu queria pôr o assunto em dia" e até mesmo "Meu encontro para o jantar foi cancelado" teriam servido. Obviamente, sua resposta era mesmo um sinal de que, de fato, ele estava profundamente apaixonado por mim. Então, perguntou o que nenhum homem hétero jamais perguntaria:

— Você quer ir para o meu apartamento assistir a *The Real Housewives of New York*?

Como eu poderia rejeitar aquela proposta? Fomos para o apartamento, tomamos outra bebida e não demorou muito, depois de ligar a TV, para que a mágica calça saruel fosse tirada. Por volta das nove da noite ele me pediu para dormir lá, só que eu não podia. Tinha planos para encontrar Peter.

Bem que eu gostaria que as coisas tivessem sido mais apimentadas, mas sou uma covarde certificada. Quando saí do apartamento de Abie, enviei uma mensagem para Peter pedindo para adiarmos o jantar. Eu não conseguiria ir a dois encontros na mesma noite. Mal conseguia mentir para o meu dentista sobre o uso do fio dental.

Abie e eu não voltamos a ficar juntos naquela noite nem na noite seguinte. Na verdade, eu o vi um mês depois, no final do verão, em um bar no Lower East Side com uma loira. Uma vez, ele sugerira preferir o celibato a sair com ela.

— Que porra, Abie, você se tornou celibatário? — perguntei, cinicamente, parada ao lado dela. Acabamos passando aquela noite juntos também. Eu estava de novo com a calça saruel, só que com uma camiseta preta e um colete branco. A calça parecia abrir um portal, e nosso relacionamento voltou do limbo.

Simultânea e ironicamente, as coisas ficaram mais decentes com Peter. Depois de cancelar o encontro daquela noite, nós começamos a construir um relacionamento mais útil. Em nenhum momento fomos oficialmente declarados namorados, mas, ao longo do ano, ficamos muito próximos, passando tempo juntos e permitindo que a mágica do BBM nos mantivesse conectados enquanto eu perambulava por Paris. Foi um romance possibilitado pelo excesso de emoticons e mensagens indiscriminadas tarde da noite que compartilhavam ambiguidades como "traga-me para perto", que, na prática, não significavam nada, mas diziam tudo ao mesmo tempo. Passei dias analisando as mensagens enigmáticas dele, e nunca as atribuí a bebedeiras noturnas. Essa distração me ajudou: minha condição de coma social induzido-por-Abie poderia ter acabado comigo, e ninguém quer ver um desastre, principalmente em Paris. Peter foi uma distração fantástica. Ele se tornou o foco dos meus infortúnios românticos, mas nunca do sucesso.

Logo após voltar para casa, conheci outro homem, Alex, e comecei a sair com ele. Era um bancário inglês absurdamente bonito, devastadoramente eloquente, que tinha acabado de se mudar de Londres para Nova York. Mas meu coração continuava distraído pelo meu ex-chefe. Para todos os efeitos, Alex era um achado, mas, em se tratando daqueles arrepios fugazes, intrínsecos, mais do que importantes, ele não produzia nada além de tremores ligeiros em mim. Pelo menos nós tentamos.

Em meio àquele romance que terminava, Peter e eu nos vimos em um encontro muito aguardado no Washington Square Park, à noite, quando minhas pernas se viram novamente dentro da calça folgada cinzenta. Ele vinha do que chamava de "happy hour de negócios". Resolvemos andar quatro quarteirões até a Sexta Avenida com a rua 11, onde poderíamos nos deliciar com comida chinesa barata, engordurada e santificada. Ao nos sentarmos para jantar, ele reparou na minha calça.

— Você entrou no escritório com essa calça, no verão passado, e tudo o que eu consegui pensar foi: "Nossa, como ela é sexy".

— Sexy? — perguntei, satisfeita comigo mesma. Desejei encontrar outro modelo para substituir aquela calça da próxima vez que entrasse na Zara.

— Você parece o Gumby, gata. — Ele estava me chamando de gata? E, o mais importante: eu deveria me sentir elogiada pela comparação com um bicho feito de massinha verde? Era melhor deixar para lá.

Fomos para o apartamento dele. Eu desejava ficar sozinha com Peter desde a primeira carinha sorridente piscando os olhos que ele mandara para o meu BlackBerry, cinco meses antes. Passaria aquela noite com ele. Quando fomos para a cama, lembrei que ele não tinha escovado os dentes. Pensando bem, eu poderia contar nos dedos de uma mão as vezes em que o vi escovar os dentes à noite. Resolvi questioná-lo.

— Você não vai escovar os dentes? — perguntei.

— Eu masco Trident em vez de escovar — respondeu.

Evidentemente, na parte baixa da cidade, as calças saruel são sexies e o Trident é uma alternativa plausível à pasta de dente.

Perplexa, fui dormir pensando: Eu posso fazer concessões... nós ficamos ótimos juntos.

Na noite seguinte, enfrentei, acidentalmente, um fantasma do passado dele enquanto esperava para usar o banheiro de um bar em uma cobertura no West Village ao lado da minha amiga Kate e da amiga dela, Melissa. As duas pareciam tão vagamente entediadas quanto eu. Kate olhou para meu telefone, então olhou para o celular de Melissa e depois repetiu esse padrão várias vezes. Quando começou a ficar estranho, Kate exclamou:

— Vocês duas estão escrevendo para a mesma pessoa! — Quê? Melissa e eu olhamos para o telefone uma da outra e realmente estávamos conectadas por BBM a alguém que tinha o mesmo nome e sobrenome. A princípio pensei que a coincidência era fortuita e cômica, mas então percebi que poderia ser motivo de preocupação. Existem tantos Peters judeus em Nova York quanto judeus que usam docksides e colete Barbour. Olhamos uma para a outra, confusas.

— Eu sou a namorada dele — disse Melissa.

Espere um pouco... quê?, foi a resposta estampada no meu rosto.

— Bem, ex-namorada — continuou ela. — Mas nós vamos voltar. — Senti cheiro de esperança na voz dela.

Com fúria reflexiva, o ano anterior passou diante dos meus olhos. A calça saruel — aquilo era tudo culpa da calça saruel. Poucos homens — ou nenhum — tinham interesse em ver mulheres vestidas como figurantes de videoclipes dos anos 1990, então como é que, nos últimos dois anos, os dois únicos homens com quem estive romanticamente envolvida de forma bem-sucedida manifestaram interesse em mim enquanto estava vestida daquela forma? A calça era um potente anticoncepcional em 98% das situações. Nos outros dois por cento, contudo, fui considerada atraente. Pensei um pouco na situação, refletindo sobre meus encontros com Abie e depois com Peter. Cheguei à conclusão de que um tipo notável de homem é capaz de se tornar suscetível aos encantos de uma mulher disposta a vestir calça saruel. Esse tipo pode ser subdividido em dois tipos separados:

Primeiro, o homem da moda. No caso mais estereotipado (o meu), esse tipo de sujeito é incrivelmente egoísta. Ele gosta da calça saruel na mulher não porque pensa que ela é uma pessoa fantástica, com a capacidade de fazer uma bifurcação superbaixa parecer mais graciosa que uma fantasia de cisne, mas porque isso o entretém. Ele compreende que a escolha dela tem apelo entre tribos muito modernas e muito específicas — comunidades não distantes da alta moda. A atração não diz respeito à garota, na verdade, mas à sua aura, à estética e à vibração que ela emana. A intenção perturbada dele faz, em última análise, com que a atração esteja fortemente baseada não no que ele pensa dela, mas no que outros membros da tribo moderna em questão pensam dela. Esse homem é motivado demais pelo exterior feminino — e qualquer homem com esse tipo de motivação tem tudo para ser mulherengo. Referir-se a uma calça saruel como "sexy" é simplesmente falso, pois não há nada de atraente ou lisonjeiro na figura de uma mulher que esteja vestindo uma calça que passa a impressão de que ela está andando por aí com cocô na fralda. Isso também faz desse homem um mentiroso. E esse é, em alguns casos, a categoria de homem que esse tipo de mulher atrai.

Na extremidade oposta do espectro, o outro tipo. Quando perguntei a Abie por que ele quis me ver na noite em que retomamos nossa (leia-se: minha) história de amor, ele mencionou a calça saruel. Não porque ela fosse sexy, mas porque eu parecia "feliz e independente", o que me levou a reconhecer que ele compreende mais profundamente o que a minha roupa pretendia retratar. Francamente, há uma razão para que os estereótipos existam; o do homem de finanças e o da fashionista que viveram felizes para sempre não apareceu do nada, sem nenhuma premissa ou estrutura que o ajudasse a se manter. Parece que existe algo de estranhamente complementar na combinação do tipo criativo com a figura que tem uma calculadora no lugar do cérebro. O envolvimento e a atração mútua aqui podem se dar por causa do desencontro. Ele a admira pelo que ela é, não pelo que os outros pensam dela. E ela o admira porque ele a admira.

Acontece que namorar é um processo complexo de eliminação, que permite à mulher podar o que não presta e deixar que apenas o bom floresça. Como acontece com a jardinagem, contudo, o cultivo leva tempo e às vezes exige muito esforço, mas quase sempre resulta em lindas flores, produzindo uma linda estampa floral melhor que a coleção Céline Resort 2012 — e não venha me dizer que não se lembra disso.

O Smoking CanadensE

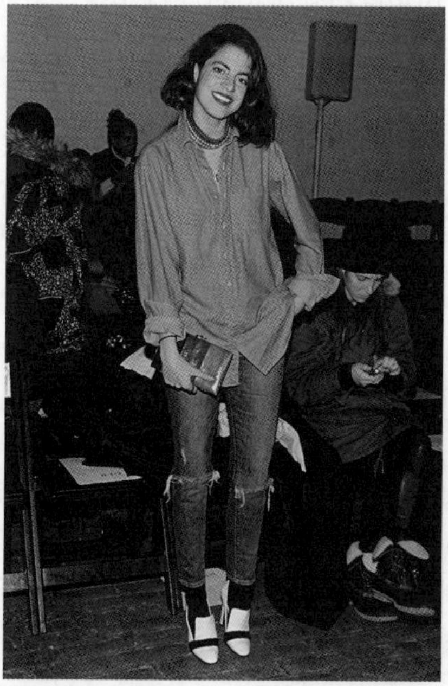

Eu estava me arrumando para encontrar minha amiga Rachel em uma manhã ensolarada de sábado, em junho, quando me peguei olhando para o armário cheio sem saber o que fazer. Enquanto algumas mulheres sofrem de depressão sazonal, quando o inverno rouba a umidade do ar que o verão fornece, meu desespero vem em sentido contrário. Como é possível, com o sol quente, tirar as bases sobre as quais minha existência é construída? Me dê uma regata, a praia, e eu lhe direi que não tenho interesse em contrair câncer de pele, muito obrigada. Mas me dê uma chuva, um guarda-chuva, três camadas de suéteres e um lenço comprido que dê duas voltas em meu pescoço, paralisando temporariamente os meus movimentos, e ficarei feliz da vida.

Ao perceber que meus dias de idílicas camadas de roupa estavam sendo suspensos, adquiri, duas semanas antes, uma leve blusa de cambraia de algodão com linho, daquelas com aspecto de jeans, da Madewell, a prima descolada da J.Crew. Parada diante do armário, eu segurava a blusa em frente às outras roupas imaginando o que poderia combinar com ela.

Algumas mulheres — eu, inclusive — são fascinadas pela mecânica da maneira de se vestir das outras mulheres. Quanto mais opiniões tivermos, melhor será nossa rotina de vestir, e, quando duas pessoas compartilham rituais semelhantes, forma-se uma camaradagem não declarada. Quando me perguntam como eu me arrumo, sempre faço a mesma piada, que nunca envelhece e nunca tem graça.

— Bem — digo eu —, primeiro eu ponho a calça. Perna direita, perna esquerda. — Tcha-ram!

Não existe, na verdade, um método para isso; pelo menos não para mim. Mas eu também gostaria de saber como outras mulheres se vestem, na esperança de que elas possam me ensinar alguns truques que apressem ou melhorem minha própria e triste rotina.

Segurando a blusa, considerei as opções: calça cáqui? Está muito quente. Saia preta? Mas está sol lá fora! Short de cetim roxo? Eu estava indo para o Soho, não para o Chelsea. Calça capri branca? Por que eu tinha comprado aquilo, mesmo? E, como faz a maioria das garotas que olham para os seus armários cheios, de costas arriadas e testa franzida, eu finalmente disse:

— Merda, não tenho nada para usar.

Essa declaração é geralmente seguida por "Porra, estou atrasada!". Dilemas de guarda-roupa são conhecidos por provocar boca de estivador.

Mas é raro que o "merda, não tenho nada para usar" seja realmente o caso, para mim (short de cetim roxo, oi) ou para qualquer outra. A menos que alguma circunstância atenuante tenha acontecido, como deixar o ferro de passar ligado com um suéter encostado, que pegue fogo e se alastre por todo o guarda-roupa, deixando-a sem nada a não ser um short velho de ciclista com um rasgo na virilha. Aí, sim, você tem que voltar para o armário e tentar de novo.

Sempre existe algo para vestir. Pode ser um cardigã vermelho de tricô decorado com bonecos de neve, que você comprou para a festa de Natal do ano passado, ou um top esportivo batido que você jurou, ao comprar, que ele a faria ir para a academia, mas que você tem usado para tirar o pó da estante. Ou pode ser o short velho de ciclista com um rasgo na virilha que você salvou do incêndio. Ele ainda serve, não serve? O verdadeiro problema aqui é o humor, e todas nós somos versadas sobre a ira das mulheres mal-humoradas. Às vezes nós simplesmente não temos vontade de vestir a roupa que possuímos há uma eternidade (mesmo que sejam apenas algumas semanas). Costumo atribuir a culpa dessa sensação às revistas de moda; elas têm um modo sutil, mas garantido, de tornar inadequado o que quer que haja em nosso guarda-roupa.

Já pensei em diversas soluções para esse problema unilateral. A primeira é uma abordagem do tipo "pro caralho com a polícia", mas só do jeito do N.W.A. em seu rap, e, nesse caso, eu simplesmente não me visto. Após sair de casa usando apenas um maiô, certo dia em que estava cheia disso tudo, percebi que provavelmente aquela não era a melhor solução. Afinal, eu moro em Nova York; acabaria ficando com frio.

Uma vez tentei diminuir o conteúdo do meu armário. Algumas teorias dizem que o estilo inato de uma mulher francesa é tão superior ao de sua contraparte americana porque ela vive de acordo com um "código do guarda-roupa" que lhe permite apenas cinco itens por estação: uma calça boa, uma blusa boa, um vestido bom, uma jaqueta boa e bons sapatos. Mas onde ela consegue encontrar tanta bondade? De qualquer modo, meu estilo é variado, e cinco itens são insuficientes: e se um dia eu tiver vontade de usar uma saia lápis estampada? Sobreposta a uma minissaia absurdamente curta? E polainas? Eu não poderia abrir mão de tudo isso.

Aceitando a estressante inevitabilidade de que nunca serei francesa, pensei um pouco mais e finalmente surgiu a solução funcional para meu pequeno problema.

Ainda segurando a camisa, deixei que meus olhos corressem até o canto inferior esquerdo do armário, onde três shorts estavam presos no mesmo cabide — todos jeans, mas absolutamente diferentes.

Jeans. Um tecido que atende ao humor de todas as mulheres, mesmo às grávidas no terceiro trimestre que esperam na fila para entrar em um cinema porque esse é o único lugar com ar-condicionado em sua cidade naquele dia quente de agosto. Ela pode estar suada, precisar de ar-condicionado, mas o jeans, que cobre sua barriga e se prende a sua bunda de um modo que faz com que seu corpo pareça com o que era nove meses atrás, é que está fazendo o verdadeiro trabalho.

Um certo Levi Strauss havia instituído essa resposta para problemas de modelagem décadas antes. Funcionou lindamente durante algum tempo, mas, quando as coisas ficaram mais complexas — calça flare, cintura alta, skinny (não confundir com slim), cropped, boot cut, curta, rasgada —, usuárias perplexas tiveram que se perguntar novamente: com tantas opções para a parte de baixo, o que usar em cima?

Bem, que tal um pouco mais de jeans? Por que eu não tinha pensado nisso antes?!

Tirei os três shorts do cabide e comecei a examinar o que tinha diante de mim. O primeiro era de lavagem clara e justo no quadril, com um pouco mais de personalidade que uma parede branca. O segundo já era mais interessante: também justo no quadril, em um tom de índigo mais escuro, com um rasgo de fábrica no bolso direito. Por que eu o tinha comprado? Então, peguei o Levi's clássico — ou melhor, o short jeans retrabalhado pela Urban Outfitters. Cintura alta, lavagem clara, seis botões com o mais alto logo acima do umbigo. Esse short também tinha rasgos que pareciam autênticos, como se tivesse passado pelas garras do primo de Edward Mãos de Tesoura, o Mãos de Navalha, o número exato de vezes.

Esse foi o mesmo short que eu usara para ir ao hospital quando minha bisavó foi internada com pneumonia. Não acho que a doença dela tenha relação com meu short, mas nunca se sabe... Entrei no hospital e a encontrei em um estado muito vulnerável de exaustão. Foi difícil vê-la, uma mulher moderna, excêntrica, viúva e absolutamente independente, obrigada a permanecer deitada, com dificuldade para respirar. Ela se esforçou para abrir os olhos e olhar para mim. Com apenas uma pálpebra entreaberta, ela buscou forças para dizer, em seu carregado sotaque britânico:

— Querida, sei que estamos em recessão, mas certamente seu pai tem dinheiro para lhe comprar um short sem furos. — Então ela me pediu para ir embora.

Parti arrependida, mas não o bastante para me livrar do short de 28 dólares da Urban Outfitters. Embora ele fosse claramente uma calça jeans de mãe cortada na coxa, praticamente projetado para oferecer a ilusão de uma bunda grande, oval e imoral, aquele era meu objeto mais estimado.

Esta foto foi tirada no mesmo dia em que minha bisavó me mandou embora de seu quarto no hospital. Não acho que a roupa esteja tão ruim. E você?

Depois de enfiar minha camisa de cambraia no short naquela manhã de sábado, eu soube que meu uniforme de verão estava completo. Admirei como minha bunda ficava diferente enquanto imaginava o que calçar. Decidi que aquela roupa era do tipo que funcionaria apenas e tão somente com uma botinha rasteira de camurça preta. O par que eu cogitava tinha três laços grandes de camurça enfeitando a frente de cada pé, que às vezes desatavam, o que me obrigava a refazer os laços. Isso seria irritante se eu tentasse realizar uma alegre caminhada durante um, digamos, encontro com, digamos, um homem, mas eu acreditava que, se ele não tivesse paciência para me deixar amarrar os sapatos, como teria paciência para lidar com o resto de mim? Eu venho com muitos laços manuais.

Eu me encontraria com Rachel na butique Isabel Marant, no Soho. Ela era repórter freelancer de moda, e a nova loja que incorporava tão bem o estilo despreocupado da mulher francesa — que eu nunca assimilaria — era sua pauta do mês. Aquele era o sonho de um fotógrafo de moda de rua. Mas, no meu sonho, o fotógrafo de moda de rua deixaria a loja de lado e juraria querer fotografar apenas a mim e ao meu modelito.

Quando finalmente encontrei Rachel na esquina da rua Broome, bolhas já se formavam nos meus calcanhares.

— Smoking canadense. Legal — disse ela, com franqueza, antes de entrarmos na loja.

Meus conhecimentos na arte do smoking canadense eram limitados, assim, eu me perguntei como esse nome tinha surgido, pois os verdadeiros heróis dessa tendência, Justin Timberlake e Britney Spears, não eram canadenses nem usavam smoking. Foi em 2003 que essa união, hoje extinta, tornou-se emblemática como retrato do romance norte-americano. Em roupas feitas inteiramente de jeans, eles popularizaram a tendência, ainda que apenas em um esforço para dar aos tabloides algo sobre o que falar. Sim, depois aprendi que a bandeira canadense é praticamente feita de jeans, mas esse modo de se vestir não deveria ter sido chamado pelo que é, um trocadilho fantástico: Just'Brit[1]?

Passamos cerca de 30 minutos sentadas em um banco nos fundos da butique enquanto Rachel tentava descrever a estética da loja e identificar o estilo das mulheres que compravam ali. Rachel fazia suas anotações sobre o projeto do espaço — piso de madeira, recortes arquitetônicos impressionantes no teto feito dessa mesma madeira —, enquanto eu não conseguia tirar os olhos das roupas, tão modestas, simples e enigmaticamente caras. Como é que uma camiseta branca de algodão podia custar mais de 20 dólares? Na Isabel Marant, onde as mangas da camiseta eram pré-enroladas e

1. *Just'Brit* é uma contração dos nomes Justin e Britney, e também pode significar "simplesmente britânico". (N.T.)

a malha era obviamente tão francesa quanto a mulher para quem a roupa era feita, a camiseta simples custava 300 dólares. Amei. Eu queria. Precisava dela.

A baba que escorria pelo lado esquerdo do meu lábio inferior enquanto eu acariciava uma jaqueta mongol de pele tingida com preço de 3.785 dólares era uma indicação clara para Rachel que já estava na hora de irmos embora.

— De volta à realidade — disse ela, puxando meu braço para sairmos da loja.

— Por apenas 3.785 dólares eu poderia parecer francesa, Rachel. Francesa! — gritei. De repente, meu smoking canadense parecia tão impróprio quanto meu armário naquela manhã. Eu precisava de uma alegria rápida, um remédio instantâneo de moda que saciasse o apetite que queimava em mim sem me custar um órgão. — Topshop? — sugeri.

E lá fomos nós.

No trajeto de dois quarteirões até a Broadway, Rachel afastou meus sonhos de proprietária do mongol tingido e começou a manifestar o descontentamento em seu relacionamento, que tinha terminado mal. Seu ex-namorado parecia, a princípio, muito divertido e interessante, mas, com o tempo, revelou-se igual a todos os outros: estúpido, mau e provavelmente jogando no outro time com uma camiseta do musical *Cats*. Ele terminou com ela pelo telefone. Como é escritora, Rachel desligou o telefone e enviou para ele uma desamparada carta de amor. Ele respondeu às emoções dela dizendo: "Você deve estar ficando menstruada", o que me revoltou por completo. Sinceramente, ele não era gay, mas eu achava que, se ele pensava que podia reduzir o turbilhão emocional dela a "deve ser aquela época do mês", nós tínhamos todo o direito de extirpar sua heterossexualidade.

Amigas que repelem unidas permanecem unidas.

Agora eu precisava afastar os sonhos dela de voltar com ele. Então, fiz o que faço de melhor: voltei a conversa para mim. Nessa época da minha vida eu estava me encontrando com um ex-chefe, um ex-namorado e um expatriado. E nenhum deles queria compromisso. Na escada rolante da Topshop, a caminho do segundo andar, expliquei a situação.

Estava com medo de contar a ela sobre Peter. Ela tinha me alertado quanto às tendências ostensivamente sociopatas dele, mas eu não conseguia acreditar nela — pessoalmente, ele era um amor. Mais tarde, aprendi que algumas das pessoas mais encantadoras são sociopatas.

Contei que Abie tinha olhado para mim como se eu fosse louca quando sugerira que talvez pudesse ser interessante voltarmos. Uma vez ele até dissera: "Ora, Lea, já faz três anos".

Alex dizia que não queria começar um relacionamento porque tinha acabado de se mudar para os Estados Unidos, e eu não conseguia discutir com seu sotaque britânico.

— O que há de errado comigo? — suspirei. — Belo blazer! — interrompi a mim mesma ao passar por araras cheias de ponchos coloridos e minissaias iridescentes a caminho do provador.

Rachel olhou para mim, confusa. Eu tinha reunido uma grande pilha de roupas para experimentar em meu braço direito: um blazer de paetês, short saruel de Tencel, jeans saruel com lavagem ácida, uma regata branca com a palavra "Mãe" escrita no peito, uma saia de miçangas com cintura alta, um colete jeans com estampa floral e um vestido marfim longuete, de mangas longas, totalmente de crochê.

— Isto é o que há de errado com você — explicou ela, pondo a mão sobre a pilha de roupas no meu braço.

Não lhe dei atenção — estava muito concentrada no short saruel de Tencel para me preocupar em compreender o ataque cifrado dela às minhas escolhas de vestuário e por que isso estaria errado.

— Nunca mais vou precisar de outro short — eu disse assim que o vesti. Fiquei diante do espelho do provador, com a cabeça inclinada para a esquerda, admirando meu reflexo.

— Você não pode estar falando sério, Leandra — censurou ela, e imaginei que se referia à minha pergunta retórica anterior. (Era óbvio que não havia nada de errado comigo; eram os homens que tinham parafusos soltos.) Achei que ela fosse me dar algum bom conselho feminino que me traria de volta à vida e me lembraria de que todos os homens não interessados por mim obviamente seriam gays ou idiotas, ou gays e idiotas.

— Por que eles iriam querer compromisso? — Rachel perguntou. A princípio, fiquei chocada. Eu achava que aquela vaca era uma das minhas amigas mais próximas. Mas então ela continuou:
— Como é que você pode gostar desse short? Você é uma repelente de homem, uma autêntica repelente de homem.

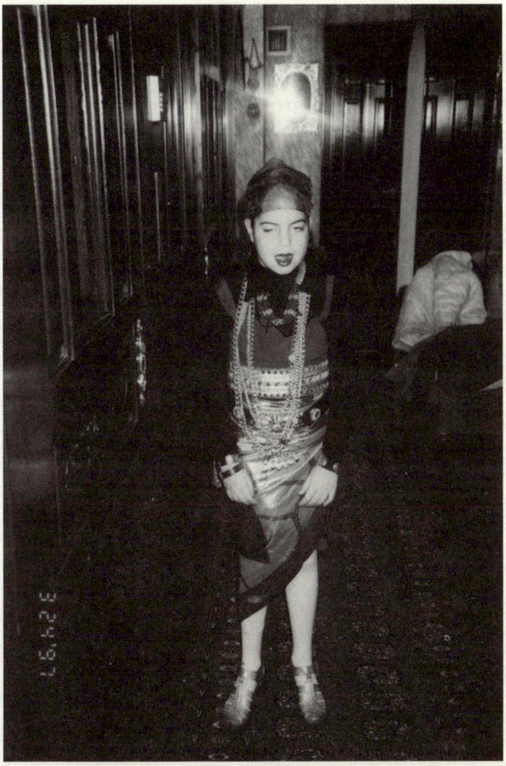

Desde a mais tenra idade, minhas roupas não eram, obviamente, pensadas para atrair alguém do sexo oposto.

Ela disse aquilo com tanta naturalidade que parecia ridículo sugerir que minha vida amorosa fosse um desastre por qualquer outra razão; como se a resposta fosse tão óbvia e eu, tão ingênua. Nós já tínhamos comentado antes sobre o conceito de repelente de homem — as mulheres muito envolvidas em suas explorações no mundo da moda estão destinadas a uma vida de pouca companhia, mas muitos sapatos — diversas vezes antes da revelação naquela tarde ensolarada de junho. Mas isso nunca tinha me afetado tanto até então.

Desejando muito acreditar em qualquer conselho que alguém se dispusesse a me dar e que explicasse a armadilha romântica em que eu estava presa, não tive escolha senão pensar um pouco nas palavras dela. Repelente de homem? Eu? No fundo da mente, eu podia ver os tipos que se enquadravam nesse gênero, porém não me identificava com o restante da tribo repelente-de-homem. Não porque não quisesse, mas porque essa tribo contava com antepassadas pioneiras como Diane Keaton (na época de *Noivo Neurótico, Noiva Nervosa*) e uma Daphne Guinness mais atual. Com quem eu deveria me comparar?

— Então você está dizendo que os caras não se interessam por mim por causa das roupas que eu uso?

— Por que você está tão surpresa? — ela replicou. — Nós falamos sobre esse tipo de roupa o tempo todo.

Como um desenho animado ruim, as três semanas anteriores se passaram diante dos meus olhos...

— Tudo em você é atraente, a não ser esse short idiota de cintura alta — dissera Alex, o expatriado, enquanto bebíamos e jogávamos pingue-pongue no Standard Biergarten. Naturalmente ele estava falando do short jeans da Urban Outfitters. De repente, nossa correspondência subsequente fez muito mais sentido.

— Acabei de chegar a Nova York — ele explicou. — Eu gosto de você. Muito. Você é linda, mas acabei de chegar a Nova York.

Nosso terceiro encontro deve ter deixado alguma pista sobre como minha coordenação motora é terrível e tê-lo feito pensar que, se ele fosse namorar em Nova York, teria que ser com alguém que usasse shorts melhores e soubesse remar.

Foi na noite em que vesti o mesmo short jeans com uma camisa branca de abotoar e um sapato roxo de salto alto que Peter se viu obrigado a usar uma teoria rudimentar sobre o desenvolvimento celular para acabar com a possibilidade de uma união duradoura e exclusiva.

— Nós vamos viver até os 300 anos de idade — ele profetizou. — Por que nos comprometer aos 28 quando temos uma vida tão longa pela frente?

Finalmente, lembrei-me da noite no Mexican Radio quando, apenas alguns dias depois, enquanto bebíamos mojitos sabor coco (e eu estava com meu short jeans, claro), Abie riu quando sugeri que tentássemos novamente.

Para me distrair da recente revelação de que o companheirismo entre gêneros poderia simplesmente não fazer parte do meu destino, enfiei os braços no colete de estampa floral que havia levado para o provador.

— Este ficou ótimo! — declarei para Rachel, usando apenas minha camisa e uma calcinha bege de microfibra por baixo do colete. Olhei novamente para meu reflexo. — O que você acha?

Ela estava fixada em outra coisa.

— Quando foi a última vez que você depilou a virilha? — Rachel perguntou.

— Em 2002 — respondi.

Eu estava só brincando; na verdade, não fazia mais que, sei lá... oito meses? Do meu ponto de vista, depilar a virilha regularmente era um privilégio; um privilégio que vinha com um companheiro exclusivo. Até que um dos três suspeitos estivesse pronto para ser meu, e só meu, eles teriam que sobreviver na mata.

Brincadeira! Não deixo qualquer um chegar lá embaixo.

— Definitivamente, uma repelente de homem — proclamou Rachel mais uma vez.

Vesti novamente o short de Tencel para analisar como ele ficava com o colete.

— E você quer saber por que ninguém quer compromisso... — ironizou Rachel ao ver como minha bunda de 21 anos parecia caída dentro daquele short de fundo baixo; algo como o rosto de Mufasa, de um dos meus filmes favoritos da Disney, *O Rei Leão*. — Sério. É por isso que você está sozinha.

— Supositório de diarreia! — respondi, ignorando os comentários dela.

Quando tirei a camisa, Rachel enlouqueceu.

— Você está usando um sutiã esportivo? — ela gritou.

Olhei para ela e sorri enquanto levava as mãos aos seios.

— Meus amigos são pequenos.

— Então compre alguns sutiãs com bojo e dê um pouco de peito para si mesma!

Mas eu não queria peito. Eu não queria parecer uma mulher — qual o problema em parecer um garotinho? A diferença fundamental entre Rachel e mim é que ela considerava Bethenny Frankel uma mulher de estilo inspirador, enquanto eu a considerava desmotivadora. Embora fosse hilariante e estivesse em ótima forma, Bethenny usava vestidos justíssimos e escarpins. Eu olhava mais para uma mulher como Chloë Sevigny, ou, digamos, para um homem gay muito magro, em busca de orientações para meu estilo. São essas pessoas que têm os melhores sapatos.

— Quero dizer, deixe para lá o que você está provando agora, eu não ligo — continuou Rachel —, mas pense no que você estava usando quando entrou aqui. Short jeans de cintura alta com camisa jeans combinando? Muito sutil e sexy.

Não fiquei ofendida. Ela estava absolutamente certa, e eu, completamente admirada. De repente, a condição dos meus relacionamentos não dependia mais da assombrosa conjectura de que talvez, apenas talvez, eu não tivesse nascido para o namoro porque minha personalidade era horrível; em vez disso, recebi o controle das circunstâncias dos meus relacionamentos em uma bela travessa de prata com laços, diversos relógios de pulso e braceletes coloridos.

Todos esses anos, todos esses relacionamentos fracassados — por mais jovem que eu pudesse ser — finalmente fizeram sentido. Sempre preferi uma bata a uma blusa justa. Um colar tipo babador a uma gargantilha. Sapatos plataforma a salto-agulha. Turbantes a bonés de beisebol. E, cá entre nós, eu usava óculos com armações grossas não porque fosse míope, mas porque achava legal. (Não sei por que isso está no passado; ainda faço a mesma coisa.)

Culpar minhas roupas pelos romances fracassados seria tão mais fácil. Eu amava demais as roupas para ser tão dura com elas como já havia sido comigo mesma. Após um instante de reflexão, percebi que sempre me preocupei mais em parecer "descolada" que "bonita". Roupas atraentes do tipo convencional, como pretinhos básicos, jeans skinny, blusas acinturadas e saias curtas nunca despertaram meu interesse tanto quanto formas interessantes — um vestido que parece um triângulo, calças que em vidas passadas poderiam ter pertencido a Jared, do comercial da Subway — e cores escandalosas. Percebi rapidamente que essa minha preferência era libertadora. Por que isso não tinha me ocorrido antes? Eu era uma repelente de homem. Era tão óbvio!

— Vamos transformar isso em um blog — eu disse para Rachel.

Como estudante de jornalismo, era difícil inserir muito dos meus interesses ou do meu humor nas histórias que os professores me mandavam escrever. Enquanto estudei em Paris, mantive um diário de viagem contando sobre minhas aventuras. A natureza fácil, coloquial e livre do meu texto me recordava por que eu tinha escolhido me tornar uma escritora — queria sentir isso novamente. Estava enrolando para começar outro blog desde que havia voltado do exterior e, embora tivesse renomeado aquele blog de "Quatro Meses em Paris" para "Melecas e Bagels: Brincadeira, Isto Não Tem Nada a Ver Com Bagels", "Man Repeller" tinha uma sonoridade muito mais natural.

— Man Repeller! — repeti. — É do caralho!

Rachel concordou com o mesmo entusiasmo.

Assim que saímos do provador, decidi comprar apenas o short de Tencel. Eu nem tinha certeza de ter gostado dele, mas aquela peça era um atestado da minha identidade recém-descoberta. Entreguei o cartão de crédito para a caixa da Topshop e me vi com a missão de continuar autêntica com a definição do meu novo pseudônimo — se aquilo significava bunda de diarreia, que assim fosse.

No trem número seis com destino a Parkchester, voltando para casa, Rachel e eu continuamos discutindo algumas das tendências que as mulheres adoram e os homens odeiam. Nós deveríamos fazer experimentos sociais, e decidi que ali mesmo, naquele momento, era o lugar perfeito para começar. Dois homens sentados bem à nossa frente vestiam o que pareciam ser roupas esportivas, indo ou voltando da academia. Um deles era, evidentemente, um nova-iorquino dedicado (e fã de beisebol), usando boné dos Mets, short dos Knicks e tênis Nike preto de corrida. O outro tinha uma faixa vermelha em volta da cabeça e algo que percebi ser uma referência nostálgica a seu tempo de faculdade, uma camiseta do time de basquete da Universidade de Michigan. Concluí que eles não estavam indo à academia David Barton.

O trem estava bem vazio, e, como os dois estavam de pé à nossa frente, tive que me levantar para chamar a atenção deles.

— Com licença — comecei. Os dois ergueram o olhar. — Vocês se sentem repelidos?

Silêncio.

— Bem, e aí? Vocês se sentem repelidos pelo que eu estou vestindo?

Àquela altura, o rosto de Rachel tinha assumido um tom específico de vermelho-imperial. Ela cobriu os olhos, espiando através de uma fresta mínima entre os dedos, como se o filme de terror que se desenrolava diante dela estivesse prestes a atingir o clímax.

Os homens se entreolharam, provavelmente acreditando que era algum tipo de piada, e então olharam para mim com ceticismo. Eu podia ver os olhos de Michigan ficando cada vez mais incrédulos a cada segundo que ele questionava meus motivos.

— Bem, é bastante jeans — finalmente disse o Fã de Beisebol. — E esse short é bem alto, mas... — Ele fez uma pausa. — Não, na verdade não.

— É, na verdade não — corroborou Michigan.

Meu sorriso se dissolveu e me sentei, sentindo-me derrotada. Se eu não os repelia, por que não me convidavam para sair? Lá estava eu, uma jovem descontrolada diante deles, perguntando com todas as letras se gostavam da minha aparência. Talvez eu não fosse uma repelente de homem por causa das roupas; talvez eu fosse simplesmente a pior opção de mulher naquela cidade.

— Pelo menos nós tentamos — confessei para Rachel enquanto ela balançava a cabeça, com o rosto ainda vermelho. Quando os homens se preparavam para sair do trem, o Fã de Beisebol olhou para mim de novo e perguntou:

— Por que é que você usa dois relógios no pulso?

Ah, eu quase me esqueci do meu gosto por acessorizar demais! O smoking canadense provavelmente era tão ofensivo quanto os múltiplos relógios no meu pulso. Aquele hábito começou como meio de acompanhar as horas em Nova York e Paris simultaneamente enquanto eu estava no exterior, mas acabei gostando de usar camadas de relógios. Sinceramente, nenhum dos dois informava a hora correta para qualquer localidade geográfica do mundo.

Trinta minutos depois, estava na minha escrivaninha criando uma URL. Vinte e cinco minutos depois disso, eu era um gênio do HTML.

Rachel e eu passamos a noite tentando definir, da forma mais concisa, o que era uma repelente de homem. Usamos um verbete de dicionário como modelo:

repelente de homem [re-pe-**len**-te de **ho**-mem]

substantivo

vestir-se de forma tão ofensiva à moda que resulte na repelência a membros do sexo oposto. Roupas com essa característica incluem, mas não estão limitadas a, calças saruel, jeans boyfriend, macacões, ombreiras, jardineiras, joias que se pareçam com armas e tamancos.

repelir homens [re-pe-**lir** **ho**-mens]

verbo intransitivo

realizar o ato de repelir homens:

Garota 1: O que você vai usar na festa?

Garota 2: Minha calça saruel verde-limão!

Garota 1: Ah, então você vai repelir homens hoje?

*ATENÇÃO: a conversa acima não é uma dramatização; ela aconteceu neste quarto há cinco minutos.

Origem:

2009-10; <repellius (pp de repellia; eliminar a atenção masculina), equivalente a L repel- (s. de repellix)

Clicar. Visualizar. Publicar. Ver. E a coisa de blogar é o seguinte: toda vez que clica em publicar, você está colocando algo no mundo para todos lerem e interpretarem como quiserem. O que pode ter começado como uma piada sobre moda espalhou-se logo depois como unidade universal. Tudo bem, isso é um pouco ambicioso — a unidade era entre mim e eu mesma —, mas a dimensão não importava. Era uma declaração, de qualquer modo.

Quando Rachel foi embora, rascunhei uma definição alternativa para repelente de homem:

Não estamos sozinhas porque não conseguimos encontros. Não; nós estamos sozinhas porque a moda é um chamado à individualidade. Se isso for indecifrável para um homem desprezível, fique sabendo que, se você não gosta de estampa de leopardo, eu não gosto de você.

Isso nunca foi publicado, mas certamente derramava uma nova luz sobre as condições dos meus três interesses românticos. Eles não eram mais apenas uma série de fracassos da minha parte. Agora eram uma hipótese a ser comprovada.

A Cidade dos SapatoS

Era uma manhã de sábado qualquer e eu assistia a *Hey Arnold*! na Nickelodeon quando minha mãe entrou no meu quarto.

— Que cheiro é esse? — perguntou. — Você fez xixi no pijama de novo?

— Não! — respondi, horrorizada. Meninas grandes não fazem xixi na cama, muito menos no pijama.

Ela começou a fuçar pelo quarto e então se ajoelhou, seguindo o incontestável cheiro de bunda de tartaruga até embaixo da minha cama. Encontrou o culpado: uma tigela de cereal pela metade. Estava ali embaixo havia quase três dias. Por causa das neuroses certificadas da minha mãe e de seu TOC, ela mal conseguiu olhar para mim depois que encontrou a tigela, que levou para a cozinha, retornando com um pano e um frasco de desinfetante.

Enquanto esfregava freneticamente, de joelhos, a área onde a tigela de cereal tinha acampado, ela perguntou, exasperada, como eu podia ser tão desleixada. Ignorei a pergunta, pois estava concentrada demais na TV para responder. Quando se levantou para sair do quarto, ela olhou para mim, balançou a cabeça e respondeu, com razão, que eu precisava aprender a cuidar melhor de mim mesma.

— Desculpe, mãe! Você precisa de ajuda? — eu disse, depois de ter certeza de que ela já havia terminado e não poderia exigir meu auxílio. Mas ela não conseguia falar comigo, então a segui até o quarto dela enquanto ela suspirava e respirava ruidosamente, provavelmente tentando não acreditar na catástrofe que havia parido. Esparramei confortavelmente meu corpo em sua cama king size com uma edição da revista *W* que peguei na cesta ao lado.

Minha mãe adorava a *W*. Desde que me entendo por gente ela se sentava na poltrona em frente à televisão, ao lado da cama, e mexia no cabelo enquanto folheava a revista, com as pernas cruzadas e o olhar fixo nas páginas à frente. Pelo menos uma vez por semana, não importava quanto eu tentasse chamar a atenção dela, puxando-lhe a calça, dizendo seu nome sem parar: "Laura. Laura. Mãe. Laura. Laura. Laura. Mãe. Laura", eu simplesmente não existia. Nenhum de seus filhos existia. Quando tinha oito anos, eu associava a revista *W* tão integralmente à minha mãe que comecei a sentir que era tão minha quanto dela. Como se de alguma forma eu fosse a dona da revista. Linda Evangelista e Naomi Campbell tornaram-se acessórios emblemáticos da identidade da minha mãe.

A edição que eu tinha em mãos trazia uma Christy Turlington muito elegante na capa. No meio da revista, me deparei com um par de escarpins pretos. Tinham salto agulha — uma silhueta bem padrão, remanescente dos populares sapatos power dos anos 1980. Mas os detalhes — strass de diferentes tamanhos em branco, cinza e preto guarnecendo a frente — abriram meus olhos e destrancaram um compartimento no meu coração que eu nem sequer sabia que existia. Aquele não era um simples par de sapato. Era uma obra de arte.

— Uau! — Mostrei para minha mãe enquanto passava os dedos pela página. — Olhe isto aqui!

— Marc Jacobs — respondeu ela com seu sotaque persa com italiano após esticar a cabeça sobre o meu ombro. — Lindos. — Ela tinha voltado a falar comigo. Seria o poder dos sapatos?

Durante o ano seguinte, mantive aquela edição da revista *W* debaixo da minha cama e a abria de vez em quando para me lembrar da aparência do amor. Porém, pouco depois de eu completar nove anos, minha mãe jogou a revista fora. Ela a tinha encontrado sob a cama, da mesma forma que a tigela de cereal (mamãe adquiriu o hábito de verificar debaixo da minha cama desde O Incidente), e deduziu que fosse lixo. Fiquei transtornada. A revista não era lixo, mas um tesouro — um sonho do futuro.

Tesouro que eu evidentemente esqueceria. Meu período de luto terminou mais cedo do que eu esperava, e rapidamente fiquei mais interessada em focar minha atenção em algo que estava realmente à minha frente: o closet de sapatos da minha mãe. Eu ficava sentada lá durante horas, lendo as etiquetas, examinando cada par que retirava cuidadosamente das prateleiras. Tudo me empolgava: sandália preta de tiras, perfeita para usar com minissaias; sapato plataforma de cetim, tão despretensioso e, ainda assim, formal; mule em couro de tartaruga com salto 12, tão impraticavelmente perfeito... eu não tinha certeza, na época, se o que sentia era emoção por causa dos sapatos ou pela mulher que calçava os sapatos, mas, em determinada situação, minha mãe garantiu que era pelos sapatos.

Em um dia chuvoso, estávamos em um táxi voltando da escola quando olhei pela janela e vi uma amiga da mamãe andando enquanto brigava com um guarda-chuva.

— Não é a Chantal? — perguntei a ela.

Ela desceu o vidro e gritou:

— Chantal! O que você está fazendo na chuva? Venha para o nosso táxi!

Chantal veio correndo, fechou o guarda-chuva e se espremeu ao nosso lado. Um táxi em uma Nova York chuvosa é quase tão raro quanto um não bebedor de café nova-iorquino. Enquanto ela beijava minha mãe e nos agradecia muito, examinei seu look, da cabeça aos pés — Chantal tinha muito estilo. Eu adorava as roupas dela.

— Adorei sua mule Moschino — interrompi a conversa das duas —, mas a chuva não vai acabar com ela?

Minha mãe pareceu petrificada pela pretensiosa palavra italiana que tinha acabado de sair da boca de sua filha. Eu não entendia por quê — elogios (e perguntas bem ponderadas) não eram uma coisa boa? Eu estava interessada.

Continuava passando o tempo livre em casa remexendo no closet de sapatos da minha mãe, ansiosa pelo dia em que finalmente servissem em mim. Infelizmente, soube depois, esse dia nunca chegaria; parece que os meus pés pararam de crescer na mesma época em que descobri minha devoção aos calçados. Até hoje minha vida parece feita de uma série de batalhas com pequenas mulheres asiáticas em liquidações. Elas são tão rápidas e cuidadosas.

Quando fiz 14 anos, eu já tinha reunido uma coleção de seis pares de sapatos, todos muito amados. Três pares eram para o inverno: uma plataforma preta Steve Madden que eu mesma comprara com minhas economias; uma bota de camurça azul com cadarço; e uma bota de neve branca e rosa que eu raramente calçava. Para o verão, eu tinha dois pares: um chinelo bege com um emblema turquesa na alça; e uma sandália de veludo molhado azul que, vendo agora em fotos, parece uma referência à podologia geriátrica inspirada pelos anos 1990. Na época, contudo, ela era o máximo, com sua plataforma escassa (leia-se: pequena), de cinco centímetros, e uma tira que passava pelos dedos. Para finalizar, eu tinha um tênis azul Converse de cano baixo que usava todo dia para ir à escola. Eu estava pronta para ampliar a coleção.

Com meu aniversário se aproximando, telefonei para vovó Leyla lembrando-a da comemoração. Ela jurou que me levaria à Bloomingdale's na quinta-feira antes de eu completar 15 anos, e jurei que encontraria um sapato muito chique.

Assim que entramos na loja, decorada para o Natal com muitas camadas de vermelho e prata, corri como uma louca para o elevador, puxando minha avó pela mão. Nós subimos ao segundo andar e fomos diretamente para a seção de sapatos, nos fundos.

— Que tal este suéter? — perguntou ela no caminho, indicando o que uma rápida conferida minha sugeriu ser um cardigã vinho com estampa floral nas mangas.

— Não temos tempo para suéteres, vó. Estamos aqui por causa dos sapatos.

Quando chegamos lá, olhei em volta, examinando a vasta seleção de Steve Madden, Donna Karan, Stuart Weitzman, entre outros. Então eu o encontrei: a reencarnação do sapato Marc Jacobs dos meus sonhos infantis, agora em versão salto baixo.

— Este! Eu preciso deste! — exclamei enquanto erguia o par de sapatos pretos e baixos de bico fino e sinalizava para qualquer funcionário que tivesse a chave do estoque.

— Relaxe, relaxe — pediu minha avó.

— Você não entende! — tentei explicar. — Este é o sapato dos meus sonhos! — Senti que o meu rosto ficou vermelho. Meu sorriso estava tão aberto que minhas bochechas começaram a doer.

Uma vendedora trouxe o sapato do estoque e eu o experimentei, constatando que tinha ficado um pouco pequeno, enquanto o número imediatamente acima estava um pouco grande. Mas fingi que me servia com perfeição e implorei a vovó que o comprasse para mim.

— Trezentos dólares? Ela só tem 14 anos — ouvi-a argumentar com a vendedora.

— Nós não definimos o preço; só vendemos — replicou, entediada, a mulher. Minha avó suspirou forte, mas, quando retirou três notas de 100 da carteira, abracei sua cintura com força. Ela se tornara instantaneamente a heroína da minha vida, pois estava contribuindo para minha incursão na vida adulta. E que caminhada bem calçada rumo à maturidade seria aquela.

Assim que voltei para casa, corri para o quarto da minha mãe, empolgada para lhe mostrar meu sapato novo. Só que ela tinha saído, então corri para o meu próprio quarto e joguei a sacola da Bloomingdale's no chão, puxando a caixa de sapatos preta. Olhei para os cristais no bico do sapato, incapaz de acreditar como ele se parecia com a versão da revista *W*. Eu poderia usá-lo com tudo; eu o usaria com tudo.

Após imaginar e vestir a terceira prova de roupa, ouvi a porta se abrir. Mamãe estava em casa, afinal — ela tinha que ver minha aquisição. Com um short do Dr. Seuss comprado no Walmart, uma camiseta branca Petit Bateau e um blazer preto de veludo cotelê Juicy Couture, corri até o quarto dela para mostrar o meu look. Chamei a atenção para o sapato abrindo as pernas, flexionando o joelho e usando as mãos como cartazes — fazendo minha melhor imitação de Vanna White.

Minha mãe é demais. Quando ela percebe que estou animada, sempre imita meu entusiasmo com ataques de empolgação iguais aos meus.

— Lea! Uau! É fantástico! E olhe só essa roupa! — ela disse, me girando. Eu sorri, e minhas bochechas voltaram a doer. — Você parece a Carrie Bradshaw! — completou ela.

— É, acho que sim! — respondi, ainda inebriada com minha compra, mas um pouco hesitante pelo comentário dela.

Mamãe e eu em Mougins, França, 1994.

Não havia nada de errado em ser comparada a Carrie Bradshaw. Naquela época, seus Manolo Blahniks estavam mudando a forma como mulheres em todo o mundo se relacionavam com os pés. E eu poderia ter ficado chateada por muitos motivos. Ela me levou a acreditar que, como escritora freelancer em Nova York, eu poderia pagar (e pagaria) por um confortável apartamento na Avenida Madison, a apenas um quarteirão do parque — uma localização invejável. E, pertinho da Barneys, supus que passaria minhas horas de lazer, porque Deus sabe que seriam muitas, admirando a bela seleção de produtos da loja, presenteando-me com suas ofertas com frequência maior que a aceitável.

Carrie incorporava o espírito das mulheres independentes quando eu tinha 15 anos, mas me senti um pouco diminuída. Veja bem, havia passado 30 minutos apresentando meu sapato novo para o restante do armário, e, em questão de instantes, todo esse trabalho duro fora reduzido à influência de Carrie. A roupa era tipicamente eu. O sapato era tipicamente eu. Eu era tipicamente eu.

Eu deveria ter estabelecido essa distinção naquele momento, porque, quando completei 20, seis anos mais tarde, a comparação do meu comportamento com o de Carrie Bradshaw tornara-se tão frequente, tão clichê e tão extraordinariamente óbvia que cheguei a me perguntar se, de fato, eu não seria apenas uma projeção da personagem criada por Candace Bushnell.

Recebi meu primeiro pagamento de verdade como escritora freelancer após escrever um artigo sobre a arte de repelir homens para a *Harper's Bazaar*. No meu primeiro dia como "miliária" (o artigo tinha rendido 1.200 dólares), corri para a Saks para comprar uma sandália de tiras Miu Miu com estampa de leopardo na qual estava de olho havia dois meses. Era dolorosamente óbvio que o tipo de alegria que eu buscava só era possível com sapatos plataforma horsehair com estampa de leopardo. Parecia apenas uma questão de tempo para que entrassem em liquidação — eu a tinha visto em diversas lojas de departamentos, mas nunca nos pés de alguém. Isso tinha que significar que o estoque estava empacado.

— Posso ver esta no tamanho 36? — pedi à vendedora, tirando o sapato do pedestal com um brilho único no olhar.

— Claro — respondeu ela, arregalando os olhos. Ela devia saber que estava lidando com uma viciada. A rapidez, o entusiasmo e a convicção com que me aproximei da sandália e pedi meu número indicavam isso.

Experimentei-a e delirei sobre como ficaria linda no meu armário, e mais ainda sobre como eu me sentia independente e profundamente distinta ao comprar, com meu próprio dinheiro, uma sandália de grife. Apaixonando-me pelo reflexo da minha parte inferior no espelho, não pude evitar o arrebatamento.

— É perfeita! Vou levar! — eu disse efusivamente, sem levar em conta que metade de tudo o que havia ganhado na vida estava para ser torrada.

Então, a vendedora comentou:

— Você é uma típica Carrie Bradshaw.

Esbocei um meio sorriso.

Na caminhada de 43 quarteirões até minha casa (o dia estava bonito e meu calçado era confortável), pensei nos sapatos. Não apenas nos que estavam na sacola nem nos que tinha nos pés, mas em todos eles. O que os sapatos possuíam que me faziam sentir tão forte e maravilhosa? Embora eu fosse uma antiga adepta da premissa de que o dinheiro não compra felicidade, os sapatos deixavam claro que certamente era possível alugá-la. E, às vezes, especialmente em uma cidade tão efêmera como Nova York, os aluguéis são mais que suficientes para subsistirmos. Mas por quê? E como é que Carrie Bradshaw chegou a essa conclusão antes de mim?

Naquela noite, levei minha nova amiga com estampa de leopardo para um test drive em um encontro com um homem chamado Michael, no Café Select, no Soho. Como a sandália era aberta e estávamos em dezembro, usei uma meia para esconder os dedos. Eu estava de jeans skinny e um suéter de lã azul-marinho supergrande. Embora nossa refeição fosse breve, as frequentes referências dele a Riccardo Tisci — eu mal sabia quem era — e sua sincera desilusão diante da perspectiva de que Lanvin pudesse se tornar parceiro de uma rede de lojas como a H&M foram suficientes para eu deduzir, conclusivamente, que Michael gostava exageradamente de disco music. Claro que isso me fez gostar mais dele, mas não com o objetivo de incluí-lo em minha vida amorosa. Depois de dividirmos a conta, fomos caminhando até o cinema na Union Square.

— Eu também gosto muito de *Sex and the City* — Michael confessou.

— Do que você está falando? — perguntei.

— Essa sandália — ele disse, apontando para meus pés enfiados em meias e cobertos por estampas de leopardo. — Eu não tinha reparado nela durante o jantar, mas você é toda Carrie.

Em defesa dele, preciso dizer que, nos três meses anteriores, eu havia sido atraída por todo tipo de homem-errado-para-mim. Primeiro foi Dennis, de piercing na língua, convencido de que o metal escondido poderia ajudá-lo a sobreviver ao fim do mundo. Depois veio Matthew, com uma teoria sobre praticar mergulho em águas norte-coreanas. Ele achava que gritar "Nós temos o Google!" a plenos pulmões poderia eliminar as diferenças entre os norte-americanos e os comunistas naturais da capital da Coreia do Norte. Mas Michael foi meu primeiro encontro com um gay. De todas as referências na enciclopédia da moda, por que ele tinha que mencionar Carrie? Não haveria nada mais substancioso em Paris, por exemplo, nos domínios de Miuccia Prada?

— Não estou procurando por um Mr. Big... — comecei a explicar, cética, enquanto ele continuava falando dos sapatos de Carrie. No entanto, eu queria deixar claro que tinha quase certeza de que, ele, sim, estava.

— Isso não tem nada a ver com Big, amiga. É óbvio que você tem uma coisa com sapatos!

Antes que ele pudesse desenvolver ainda mais aquela ideia, levantei o braço para chamar um táxi.

— E o filme? — perguntou Michael.

— Não estou a fim — expliquei, enquanto entrava no táxi e fechava a porta.

Cerca de um quarteirão depois do Café Select, saí do táxi e peguei o trem seis para o norte. (O táxi só foi usado para efeito dramático. Você faz ideia de quanto custaria uma corrida do Soho até o Upper East Side? Todo o meu dinheiro estava nos meus pés.) Rascunhei uma mensagem de texto desculpando-me com Michael, mas, sentada no vagão do metrô, sem sinal de celular, fiquei sem distrações e pude refletir sobre minha reação curiosamente forte às afirmações dele.

Por que eu odiava tanto a comparação com Carrie Bradshaw? Era por causa das pessoas que me comparavam — minha mãe, que eu amo, vendedoras bem informadas, homens gays bem-vestidos? Eu gostava da série; ela me ajudava em cada episódio de separação na minha história de separações, não porque me distraía, mas porque eu acreditava fielmente que aquelas quatro mulheres também eram minhas melhores amigas. Eu gostava das piadas de Carrie, principalmente quando ela era política. Ela me ensinou a importância de ir além das informações superficiais e, talvez o mais importante, eu adorava os sapatos dela, quase todos Manolo Blahnik com 12 centímetros de salto e disponíveis em cores espetacularmente chamativas. Talvez fosse um caso simples de ressentimento que me punha na defensiva. Quanto mais comparações havia, melhor eu me tornava em ignorá-las.

Eu imaginava que me tornaria insensível às comparações em alguns anos — tanto que, numa terça-feira fria, fui à Barneys comprar um Manolo Blahnik branco de camurça. Eu já tinha esse sapato em vista e no coração havia meses, talvez anos, mas ainda não conseguira me convencer a gastar 500 dólares em sapatos que, eu sabia, inaugurariam oficialmente meu relacionamento com os sapatos do estereótipo Carrie Bradshaw. Com a série encerrada havia quase 10 anos, acreditei que minha hora tinha chegado. Aquele sapato era, especificamente, uma recompensa por ter completado e entregue um detalhado artigo de 2.000 palavras a um grande jornal.

Enquanto algumas pessoas usam livros, e outras, filmes, televisão ou música para fugir da realidade ou se recompensar, desde que me entendo por gente eu uso sapatos para o mesmo fim. Da primeira vez que alguém machucou meu coração, comprei uma sapatilha de balé de veludo. Quando fui rejeitada pela NYU, economizei e comprei uma bota Michael Kors. Quando me candidatei à New School e descobri que fui aceita, manipulei minha mãe para que me comprasse uma espadrilha turquesa para comemorar. E, como esse ritual sempre funcionou tão bem para mim, quando meu tio morreu, comprei para minha prima de 21 anos uma botinha de camurça marrom. Tenho certeza de que ela adorou, e, embora seu sorriso tenha sido fugaz, foi autêntico o bastante para provar o poder dos sapatos.

Sentei-me em um sofá de couro no quinto andar da Barneys, tirei os tênis e enfiei os pés nos sapatos brancos de camurça. Dei uma curta caminhada diante das paredes espelhadas antes de concordar com meu reflexo.

— É perfeito! Vou levar — as palavras saltaram novamente da minha boca.

— A senhorita não tem medo do branco? — perguntou o vendedor.

— Não, ele vai ficar melhor com um pouco de uso — expliquei, um pouco confusa. Por que ele estava tentando me dissuadir da compra?

— Bem, está ótimo. É lindo, aproveite. — Tirei o sapato e ele o guardou na caixa.

— Faz anos que estou esperando para comprar este sapato. Eu achava que nunca poderia, sabe, por causa da Carrie Bradshaw. Ela meio que arruinou os Manolo Blahniks, não acha? — divaguei. Ele não me deu muita atenção.

— Só preciso do seu cartão de crédito.

Entreguei o cartão e, cinco minutos depois, ele eram meus. Não gastei muito tempo imaginando as vastas combinações de roupa que acompanhariam aquele sapato, pois escarpins brancos de camurça são praticamente tão neutros, necessários e complementares quanto um sutiã bem ajustado. Na verdade, teria sido tolice não comprar.

Estreei o sapato naquela noite mesmo, em um jantar para 20 pessoas no West Village. Combinei-o com uma jardineira preta, uma camiseta branca e um blazer de cetim preto. Admirando meu reflexo no espelho do quarto, passei um batom vermelho e saí.

Quando cheguei ao meu destino, na rua 9, perto da Sexta Avenida, saí do táxi e fiquei na rua esperando os carros passarem para atravessar. Quando comecei a travessia, agradecendo com a cabeça a um carro que parou para eu passar, olhei para baixo e admirei, mais uma vez, a vista superior do meu sapato novo. Do outro lado, na calçada, o acesso ao meu destino estava bloqueado por dois carros estacionados e uma árvore grande protegida por uma cerca baixa de ferro. Eu me espremi entre os dois carros e tropecei, dando um passo grande à frente para não cair. Na mesma hora, percebi que tinha chegado muito perto da árvore. Senti o solo debaixo de mim — por que estava tão quente? Por que era tão mole? Meu sapato era branco. Aquilo não podia ser bom.

Olhei para baixo, pronta para enfrentar a tragédia. Ainda assim, o que vi era pior do que eu poderia imaginar. Não era terra, mas um saudável bolo de cocô de cachorro. Eu não tinha apenas pisado, mas afundado o pé na merda. Observei o estrago — todo o lado do meu pé direito e do sapato estava coberto. O excremento canino não demonstrou remorso. A pele é fácil de limpar, mas como eu consertaria o sapato?

— Ah, meu Deus! Porra! Só pode ser brincadeira! — comecei a gritar com meu pé enquanto o chacoalhava, esperando que a merda desaparecesse magicamente.

— Eca, moça — disse um transeunte, que achou graça naquilo.

— Eu comprei hoje! — gritei de volta enquanto cambaleava para dentro do restaurante. Ele seguiu seu caminho.

— Bem-vinda ao Lion — cumprimentou a hostess.

— Preciso ir ao banheiro. Cocô de cachorro. Escarpim branco de camurça.

Ela olhou para baixo.

— Ah, meu Deus. Venha comigo.

Subimos dois lances de escada até o banheiro, onde enchi a pia com água quente para mergulhar meu pobre sapato.

— Como assim? — perguntei em voz alta, embora a hostess já tivesse saído. Não pude deixar de rir. Eu finalmente tinha comprado aquele sapato, apenas algumas horas antes, e ele já estava acabado. Derrotada pelo cheiro horrível que ainda emanava, percebi que não tinha como comparecer ao jantar no andar de baixo. Não; eu precisava de uma bebida e de um chuveiro. Voltei ao térreo e corri para o salão reservado onde estava acontecendo o jantar.

— Tem cocô de cachorro cobrindo um dos meus novíssimos escarpins Manolo Blahnik brancos de camurça! — Teria sido melhor eu ter gritado "Fogo!". Sem esperar resposta (embora, francamente, um pouco de pena tivesse feito bem), saí do restaurante e, a pé, fui direto para casa. Imaginei que a caminhada me ajudaria. Era justo

— os sapatos ainda eram praticamente embriões, e aquele provavelmente seria o último suspiro deles. No caminho, parei em uma loja de bebidas. Se algo era capaz de provocar em mim a necessidade de beber desvairadamente, era aquilo.

— Oi — eu disse ao entrar na loja. — Onde está o Sancerre? — Tudo bem, quase desvairadamente. Mas um vinho seria o suficiente para me derrubar!

Peguei uma garrafa e fui até o caixa, só que, quando me dei conta, estava sem a identidade. Comecei a explicar a situação para a mulher, que estava um pouco acima do peso e vestia uma camiseta preta um pouco grande de um concerto dos Allman Brothers em 1997.

— Não estou com a minha identidade, moça, mas posso garantir que sou maior de 21. Esta roupa não combina com bolsa, então eu só trouxe o cartão de crédito, que está no bolso do blazer. Está vendo? — Mostrei o cartão, na esperança de que o dinheiro a convencesse. — Juro que tenho idade para beber. Tenho mais de 21. — Dei um giro para demonstrar que minha jardineira não possuía nenhum bolso. Nenhum.

Ela estava cética.

— Você não entende, moça, eu pisei em cocô de cachorro há 10 minutos e preciso dessa garrafa de vinho. Comprei este escarpim Manolo Blahnik branco de camurça hoje à tarde. Você conhece o Manolo Blahnik? Camurça! Branco!

— Um pouco — disse a moça do caixa. Se não tivesse qualquer outro mérito, *Sex and the City* pelo menos ajudara o nome Manolo Blahnik a ficar conhecido. — Tudo bem — ela acabou concordando —, você parece suficientemente madura.

— Ah, obrigada! — respondi, com entusiasmo, e lhe entreguei o cartão.

Enquanto ela passava o cartão e colocava a garrafa de vinho em uma sacola, olhei o celular, ansiosa para contar a quem estivesse disposto a ouvir o que tinha acabado de acontecer comigo. E foi então que ela disse:

— Menina, você parece a Carrie Bradshaw.

— Sabe de uma coisa? — eu disse pegando o cartão e a garrafa. — Acho que pareço mesmo.

O PepluM

Na primeira quinta-feira de dezembro, olhei pela janela e reparei que as ruas congeladas lá embaixo tinham sido tão machucadas pelo clima rigoroso que começavam a trincar. Jurei permanecer em casa o dia todo e raciocinei que manter um corpo fora das ruas poderia ser visto como nada menos que um ato altruísta de bondade, um serviço para colaborar com a cidade. De fato, fiquei debaixo das cobertas por horas, levantando apenas para fazer chá, dar uma olhada no computador ou pegar o controle remoto durante os intervalos comerciais que interrompiam a maratona de *Law & Order: Special Victims Unit.* Eu pegava o celular de vez em quando, principalmente para tuitar importantes frases inventadas por mim mesma. (Por exemplo: estar segura é estar arrependida.) Verificava minha caixa de entrada só para ver se a companhia de gás e a de energia elétrica tinham enviado alguma mensagem agradecendo-me por utilizar ao máximo seus serviços. Eu responderia dizendo que pretendia usar muito mais.

Por volta das 11 da manhã, depois de publicar no meu site um post intitulado "Uma Observação sobre Praticidade", que incluía uma foto minha usando galochas sob uma torneira aberta para demonstrar a assombrosa funcionalidade daquele calçado, eu estava ansiosa para retomar minhas atividades em prol do bem maior da cidade de Nova York quando mamãe entrou no quarto.

— O que você está fazendo em casa? — ela perguntou.

— O que você está fazendo em casa? — eu perguntei.

Nenhuma de nós tinha um emprego convencional; assim, o fato de estarmos juntas em casa às 11 da manhã de uma quinta-feira não era anormal nem preocupante.

— Estou perdida em um abismo de reprises de *Law & Order* — respondi.

— O quê? Tudo bem. Estou indo para a ioga. Você vai ter saído quando eu voltar? Vai, né? — perguntou ela, ansiosa.

— Não sei — menti. Embora eu soubesse que planejava ficar em casa até as cinco da tarde, quando sairia para o aniversário de uma amiga, aquela conversa precisava acabar. Benson e Stabler estavam para desvendar um dos crimes de estupro mais horrendos da história ficcional de Nova York, e eu não podia perder.

Por que ela queria saber, afinal? Minha mãe andava reclamando que não nos víamos o suficiente e que isso a preocupava. "Se nós moramos na mesma casa e eu não consigo te ver, o que vai acontecer quando você se mudar?" Às vezes ela até derramava uma lágrima solitária.

Ela estava um pouco estranha nas últimas semanas; andava surtando, dava abraços sem motivo, dizia que tinha orgulho de mim e também fazia perguntas esquisitas sobre os acontecimentos no início de dezembro.

— Ei, o que é isto? — perguntou um dia, pegando um convite de uma pilha na minha escrivaninha.

— Convite para uma coletiva de imprensa. Por quê? — respondi. Minha mãe sempre demonstrava profundo interesse pelas minhas coisas, mas a atenção e a curiosidade recentes pareciam muito mais invasivas que os alarmes no celular dela para acompanhar cada movimento meu.

— Vai ser em oito de dezembro — disse ela. — Você não vai estar ocupada em oito de dezembro?

Oito de dezembro ainda estava a semanas de distância. Duas amigas tinham mencionado uma festa de aniversário no dia oito, mas minha mãe não sabia disso. Fiquei curiosa para saber por que aquele convite parecia tão importante para ela. Meu aniversário era no dia 20, então imaginei que ela quisesse me fazer uma enorme festa-surpresa com animais de circo e convidados especiais. Eu quis esclarecer.

— Não, acho que não — respondi, timidamente.

— Tenho certeza de que você estará ocupada. Hum, tudo bem! Deixa para lá! Preciso ver como está o frango! — ela disse enquanto deixava o convite sobre a escrivaninha e saía do quarto.

Ela percebeu que tinha revelado muita coisa, mas à noite eu continuaria ocupada demais com *Law & Order* para dar muita atenção a isso. (A falta de um gravador digital de programação deixava nossas relações interpessoais em segundo plano perante a TV no horário nobre.)

Quando ela voltou da ioga, naquela quinta-feira fria, eu continuava em casa, claro.

— Ei, você ainda está aqui. Vou para o meu quarto. Não entre lá!

Eu não planejava sair da minha cama de modo algum. Qual parte disso ela não tinha entendido? O quarto dela não tinha importância nenhuma para mim.

Quando voltei a atenção para a tela da televisão, percebi que era oito de dezembro. A esquisitice da minha mãe tinha alcançado seu ápice — aquele era o dia em que algo devia acontecer. Mas o quê?

Não poderia estar relacionado a meu aniversário; eu havia me programado para ir à festa de outra pessoa naquela noite. Também não era um interesse recém-adquirido em acompanhar e entender minha agenda como modo de nos aproximarmos; minha mãe me queria fora do apartamento. Ela pretendia aprontar alguma coisa? Será que eu estava estragando minha própria surpresa?

Por volta de duas da tarde, percebi que não tinha tido nenhuma notícia do meu namorado, com quem eu terminava e voltava ao longo de três anos. Isso era incomum, pois ele era obcecado por mim. (Rsrs.)

Enviei-lhe uma mensagem de texto dizendo: "Oh, ei.". O ponto no final da minha mensagem era para sinalizar uma ligeira passividade agressiva.

Silêncio.

Por volta das três da tarde, ocorreu-me que a ansiedade, a comoção e o silêncio eram sinais que apontavam para uma única coisa: uma proposta de casamento. (Os detetives do SVU têm a assombrosa habilidade de fazer surgir a investigadora que existe dentro de mim.) Eu ficaria noiva naquela noite.

Os eventos daquele dia pareceram encenados. Será que havia mesmo uma festa de aniversário? Enquanto eu pensava nisso, minha amiga Danielle enviou uma mensagem de texto perguntando a que horas eu queria encontrá-la. Danielle era uma amiga nova, e nós planejávamos ir juntas àquela festa. Eu disse sete, mas ela insistiu para nos encontrarmos às cinco. Os sinais estavam ficando muito evidentes. Por que, em nome de Chanel, nos encontraríamos às cinco para uma festa que devia começar às nove?

— Para começarmos a beber mais cedo, pelos feriados — ela sugeriu.

Ah, sim, aquela era uma proposta que eu não poderia recusar. Cinco horas, então.

Enquanto tentava compreender o que estava acontecendo, o

que aconteceria comigo, se me casaria ou não, meus pensamentos congelaram. Que merda eu deveria vestir? A princípio, planejara usar jeans rasgado, bota de couro recortada, camiseta cinza e um colar, mas seria essa a roupa em que eu queria estar quando meu namorado pedisse para passar o resto da vida comigo?

Será que alguém realmente queria passar o resto da vida comigo? O que havia de errado com ele?

Vasculhei meu armário, passando por todas as prateleiras, tentando me lembrar de pelo menos uma peça que ele, algum dia, tivesse sugerido. Nada me vinha à mente. Algumas semanas antes eu havia comprado um peplum — ou seja, um acessório de saia ou calça que parece um cinto de pano bem grosso — da Miu Miu. Estava em liquidação por 150 dólares, bem menos que os 670 dólares originais, e, embora não fosse exatamente uma saia, eu indubitavelmente o usaria. O peplum era preto, de crepe de lã, e tinha um laço azul-marinho muito grande na frente. Vesti uma meia-calça preta (que faria minhas pernas parecerem mais finas nas fotos), uma camiseta branca (que me faria parecer mais noiva nas fotos) e pronto.

Meu namorado ainda não tinha respondido à minha mensagem.

Desci a escada para chamar um táxi, o que era uma missão totalmente inútil àquela hora do dia. Não estava conseguindo e pensei que talvez o universo quisesse que eu ficasse em casa. Pensei em voltar para o apartamento, mas quais seriam as implicações de saber que ficaria noiva naquela noite e, assim mesmo, ignorar o significado daquela situação?

O relógio deu cinco horas e eu recebi uma mensagem de Danielle: “Onde você está?”.

Finalmente consegui um táxi, mas o trânsito horrível me manteve presa por 40 minutos. Tentei manter os pensamentos distantes do que provavelmente aconteceria e observei o amontoado de carros à minha volta enquanto refletia sobre minha idiotice. Sempre que estou atrasada e opto por não usar o transporte coletivo, acabo me arrependendo. O mais frustrante é que sei bem o resultado da minha decisão e, mesmo assim, nunca aprendo. Essa incapacidade de aprender com os erros é exatamente o que separa as pessoas burras das inteligentes.

Cheguei ao Meatpacking District, onde deveria me encontrar com Danielle no escritório dela. Enquanto eu subia três lances de escada, meus joelhos tremiam, talvez por causa do salto de 16 centímetros que eu estava calçando, ou provavelmente porque sabia o que estava prestes a acontecer. Respirei profundamente várias vezes.

Bati na porta, e, antes que meus dedos pudessem produzir qualquer ruído significativo, meu namorado a abriu.

— Oi, Lea — disse ele.

Finalmente. Eu tinha acertado. O momento do sonho de toda garota acontecia na minha frente. Ele me viu e começou a se aproximar. Durante os eventos seguintes àquela cena, que não incluía muito mais que ele andando, olhando para mim e enrolando, não durando mais que um minuto e meio, senti como se tivesse escapado do meu corpo e assistisse ao desenrolar da situação do teto da sala. Eu ria sem parar, pois não sabia mais o que fazer. A "eu" aérea se perguntou por que a idiota lá embaixo ria tanto. Então, ele se ajoelhou.

Essa parte não foi engraçada. Não porque ele estava me pedindo em casamento, mas porque nenhum de nós acreditava em tradições que não compreendíamos, como propor casamento apoiado em um joelho.

— O quê? Levante-se! — eu disse em voz alta e trêmula, ainda rindo.

— Ah, desculpe. Eu não queria fazer isso, mas suas amigas me disseram que eu tinha que fazer — disse ele, bastante aliviado. Eu sentia como se estivéssemos em um primeiro encontro após meses nos conhecendo pela internet: a inevitável e autêntica familiaridade de nossos temperamentos era temporariamente mascarada pelo fato de nos encontrarmos pessoalmente.

Quando se pôs de pé novamente, ele abriu a caixinha. Senti como se eu estivesse engasgando. Arranquei o lenço do meu pescoço na esperança de que ajudasse a abrir meu peito.

Um anel superbrilhante, realmente chique, jazia dentro da caixinha. Eu nem me lembro se meu namorado prestou atenção quando manifestei interesse pela joia de noivado que lembrava uma adaga ou, talvez, um nunchaku, pois era realmente linda.

Ele nunca havia me perguntado, explicitamente, se eu queria me casar com ele, nem eu disse, explicitamente, sim. O assustador é que esse fato na verdade me deixou um pouco inquieta — não porque eu não o amasse, mas porque casamento é uma coisa enorme. Com certeza o pedido não foi do jeito que eu tinha imaginado. (A bordo de um balão de ar quente? Talvez em algum lugar sobre o Atlântico? No mínimo acompanhado de uma carta de amor declamada.)

Os filmes são mentiras enormes. Não começou a jorrar água, fogos de artifício não explodiram e a nossa música-tema não começou a tocar. Ou, não sei, pode ser que isso aconteça dependendo de quem você é; mas, de modo geral, parece que o noivado é só um instante fugaz que sutilmente começa a mudar o resto da sua vida.

Eu me senti estranhamente despedaçada. Meus sonhos haviam se tornado realidade: aquele era o homem por quem eu estava apaixonada havia cinco anos. Cinco anos! Sabe quanta coisa uma pessoa consegue realizar em cinco anos? A Starbucks foi de cafeteria independente a uma usina de café maior que o ego de Scott Disick[2] nesse mesmo tempo. Tudo o que eu fiz foi refletir sobre os 90 dólares que gastei em uma orquídea para ele três anos antes.

---

[2] Ex-participante de *reality show* nos EUA; famoso por namorar Kourtney Kardashian. (N.T.)

Depois que rompi com meu ex-chefe, as circunstâncias do meu flerte com Alex, o expatriado, oscilaram, mas permaneceram intactas — nós planejamos sair para beber, certa noite, com alguns amigos expatriados dele. Quando saíamos do elevador no prédio de Alex e discutíamos sobre as vantagens de morar em Nova York ou Londres (discussão que perdi), encontramos meu ex-namorado, Abie, que também morava ali. Fiquei branca.

— Parece que você viu um fantasma — disse Alex quando eu, hesitante, cumprimentei Abie de modo cortês, mas breve.

E não é que vi mesmo?

Nessa época, finalmente tomei a decisão proativa de procurar terapia, pensando que talvez a ajuda profissional pudesse consertar meu coração para sempre partido. Sinceramente, eu não tinha força de vontade. Se não tivesse concordado em sair com ele, naquela noite, para beber usando minha calça saruel e ido para a casa dele semanas depois usando a mesma calça, viajado para Paris, voltado e retornado novamente à casa dele para assistir a *The Real Housewives of New York City*, talvez eu pudesse ter seguido adiante com minha vida. Mas nunca estive disposta a aceitar nada disso. Então meu terapeuta recentemente me aconselhara a escrever uma carta dizendo que eu nunca mais desejaria falar com ele. Precisei pagar 300 dólares por uma sessão de terapia para ouvir o mesmo conselho que meus pais e amigos me davam havia anos.

Quando vi Abie no prédio de Alex — sério, fiquei chocada que aquilo não tivesse acontecido antes —, soube que devia ter enviado aquela carta. Imaginei que, se fosse simpática com ele, pareceria bipolar, e assim resolvi, rapidamente, tratá-lo com frieza.

Logo que saí para a rua, chegou uma mensagem de texto de Abie: "Isso me machucou fisicamente", dizia a mensagem.

Machucou fisicamente? Sério? Será que alguma vez ocorreu a ele que talvez, só talvez, em todas as vezes anteriores em que voltei ao apartamento e à vida dele como um interesse romântico falecido, que continuava preso a ele, mas não tinha importância suficiente parar ser mais nada, também tinha me "machucado"? Que passar tempo com ele, algo que me pareceu tão real e verdadeiro, e que no final não passou de uma diversão casual, também poderia ter me magoado?

Tudo em que consegui pensar foi: Vá se foder, mas eu sabia que seria muita infantilidade, e, assim, deixei a mensagem sem resposta.

No dia seguinte ele me enviou um e-mail a cada hora, numa tentativa de entender meu comportamento distante. "Por que você ficou tão incomodada?", dizia uma mensagem. "Você é muito especial para mim", dizia outra. "Por favor, responda, Leandra". E, finalmente: "No passado nós conseguíamos conversar sobre os problemas do nosso relacionamento e resolvê-los. O que aconteceu agora?".

Nosso relacionamento?, pensei. Que relacionamento?

Telefonei para ele. Minha carta de encerramento teria que ser um telefonema de encerramento.

Contudo, existe um motivo pelo qual as meninas gostam tanto de escrever cartas: no momento em que ele atendeu o telefone, comecei a chorar.

— Se você não quer ficar comigo, então não quero saber de você — choraminguei, dramática e sincera. Eu tinha quase certeza de que a resposta dele seria algo como: "Lamento que você pense assim, mas, se não nos falarmos mais vai fazer você se sentir melhor, então é melhor não nos falarmos, embora eu vá sentir sua falta". Ele tinha um jeito fantástico de ser um cavalheiro enquanto rasgava em pedaços o meu coração. Para minha grande surpresa, no entanto, a resposta foi bem diferente.

— Talvez nós possamos tentar de novo — disse ele.

Eu não tinha traçado um plano para esse tipo de resposta, então disse que ligaria mais tarde. Meu coração caiu na minha vagina, só que desta vez de um jeito bom.

Depois que desligamos percebi o quanto o amava. O modo como eu me sentia — como se um anjo cantasse músicas de Taylor Swift nas profundezas de minhas entranhas — lembrou-me qual é a sensação da felicidade real. Naquele momento percebi que, durante o tempo que transcorreu até aquele telefonema, a dor e a alegria que eu havia sentido com Peter ou Alex foram, na verdade, ferimentos e afagos no meu ego, respectivamente. Meu sentimento por Abie não tinha nada a ver com ego.

— Não acaba aqui; ele vai partir o meu coração novamente — eu disse para minha mãe.

Ela e meu pai, misto de genitores e terapeutas, estavam no exterior durante tudo isso e me instruíram a não falar com Abie até que os dois voltassem para casa e eu pudesse receber seus conselhos sábios e detalhados. Prometi esperar. Não esperei.

Marcamos um encontro para um ceviche de atum no meu restaurante favorito em Nolita, no dia seguinte, para discutir o que estava acontecendo.

— Eu consigo, você sabe, me ver... dando... o passo... o passo... com você — disse Abie enquanto gesticulava como um italiano de cinema. Eu sabia que ele estava falando de companheirismo perpétuo e concordei alegremente.

— Mas, também, eu só tenho 25 anos. Isso não pode ser o meu fim, o fim do meu eu sozinho. Só eu — acrescentou ele.

Eu entendia o que ele queria dizer.

— Não estou pedindo demais — eu disse, com os olhos marejando.

Estava pedindo tudo, na verdade. Eu sabia que, se ele me magoasse de novo, eu nunca mais me recuperaria — nunca, jamais abriria meu coração novamente. Aquele pensamento me fez chorar sobre o ceviche (o que lhe conferiu um agradável tempero salgado), mas imaginei o que as pessoas ao redor pensariam. Provavelmente que ele estava terminando comigo.

— Eu só quero ir bem devagar — ele explicou, pegando minha mão.

Concordei. Conversamos sobre generalidades pelo restante da nossa refeição e depois ele me levou para casa antes de seguir seu caminho.

— A bola agora está na sua cesta — afirmou minha mãe quando contei sobre meu almoço com Abie. (Ela quis dizer nas suas mãos.)

Não acreditei nela. A bola sempre estava nas mãos dele. Eu me sentia uma ovelha — e, se eu era a ovelha, ele era o pastor.

Meses mais tarde, estava em um café no West Village com minha amiga Amelia após adiar meus planos com Abie para ficar com ela e curtir nossa amizade. Será que tinha tomado a decisão certa? Eu era jovem e morava em Nova York. Companheirismo era mesmo o que queria? Abie era mesmo o meu objetivo? Eu não sabia, mas peguei aquela onda. Ele era um cavalheiro e rapidamente começou a falar do futuro, ao passo que eu evitava deixá-lo entrar no meu. Minha mãe tinha razão: a bola com certeza estava na minha "cesta".

E ela permaneceu firmemente naquele aro até um ano e três meses depois, quando me pediu em casamento.

Meu corpo se esvaía em suor, e meus joelhos continuavam tremendo. Eu tinha um caso sério de tremedeira — era a mesma sensação de quando consumia cafeína demais e proteína de menos. Meu casamento se tornava um caso de deficiência de carne magra e ainda nem tinha acontecido.

Quando ele pôs o anel no meu dedo, Arielle e Jaime saíram de trás de uma cortina com Danielle — estávamos no escritório dela, no terceiro andar de um prédio no Meatpacking District.

— Nós sabíamos o tempo todo! — gritou Jaime.

— O tempo todo! — ecoou Arielle com a alça de uma câmera em volta do pescoço enquanto documentava em fotos o momento.

— Parabéns, Lea! — disse Danielle. Ela filmou o noivado com seu iPhone.

— Mas por que você não está chorando? — quis saber Jaime enquanto nos amontoávamos em um abraço coletivo. Sussurrei na orelha dela que minha mãe praticamente tinha estragado a surpresa com uma bobagem sobre uma coletiva de imprensa em oito de dezembro. Nós rimos juntas como se as lembranças do Ensino Médio nunca tivessem se apagado.

— O que é tão engraçado? — perguntou Abie antes que sua atenção fosse requisitada pela minha saia.

— Saia azul-marinho e preta? — ele questionava minha habilidade de combinar.

— Na verdade, não é uma saia... — comecei a explicar antes de reconhecer, com orgulho, que eu estava no processo de criar um monstro. O olhar médio jamais teria reparado na diferença do meu peplum.

— E a tal festa de aniversário? — perguntei. — Nós ainda vamos?

Não havia festa de aniversário nenhuma; nem de uma amiga, nem minha. Não haveria animais de circo. Eu devia ter imaginado. Meu noivo e eu fomos encontrar nossas famílias para celebrar. E era por isso que minha mãe se portava como uma tonta naquela manhã: ela precisava que eu saísse do apartamento para poder se arrumar — e cozinhar para comemorar o enlace de sua única filha.

Depois que estávamos no carro, a caminho, comecei a pensar no pedido propriamente dito. Ele não tinha sido muito elaborado, o que o tornava perfeito. Sempre defendi que esses grandes momentos da vida deveriam ser espontâneos, e, embora Abie tivesse planejado aquele, eu me sentia aliviada porque me casaria com um homem que me conhecia o suficiente para saber que odeio rosas, cavalos no Central Park (Arielle diz que eles devem estar felizes por ter emprego com a economia do jeito que está, mas eu discordo), música romântica e compartilhar momentos especiais com um monte de estranhos.

Abie me pediu da melhor maneira possível: em um ambiente modesto que não assumiria nenhum grande significado romântico no grande esquema da minha vida. Ao contrário, aquilo sempre me faria voltar — não apenas lembrar — ao momento em que ele se ajoelhou e eu implorei que se levantasse.

— Por que naquele escritório com uma amiga que acabamos de conhecer? — perguntei a ele.

— Eu não sabia onde mais você poderia aparecer às cinco da tarde em um dia da semana. Foi conveniente, só isso — explicou.

Ah, a conveniência. Mas acho que aí tem mais.

Não foi um "pedido atemporal" — essa é a frase que tenho ouvido de editores de revistas de noivas e outros entusiastas do casamento. Ele me encontrou no escritório de uma amiga nova, ajeitou a noite para que eu pensasse ir a uma festa de aniversário, então me deu um anel e me levou para ver nossas famílias. Gostei.

Abie sabe qual é minha relação com a atemporalidade — eu sempre a rejeitei. Em moda, a ideia de comprar algo que poderei usar para sempre parece estranha. Não por não acreditar que não possa usar algo para sempre, mas porque a personalidade, a peculiaridade, o charme e a nostalgia de possuir uma estampa que é tão indicativa de uma temporada, um momento de sua vida, é o mesmo que possuir uma memória tangível. Por que abrir mão disso?

Quando chegamos ao Bar and Books, um pseudolounge enfiado em algum lugar entre Midtown East e o Upper East Side, minha mãe e a mãe do meu noivo estavam na porta nos esperando para entrar. Minha mãe, que usava uma blusa preta de seda J. Mendel que eu havia comprado para ela em uma liquidação e uma calça skinny preta de couro, abraçou Abie bem apertado.

— Bem-vindo à família, finalmente! — disse ela, enquanto a mãe dele, usando um vestido Missoni de tricô que mais tarde disse ter comprado de manhã para aquela ocasião, fez o mesmo comigo.

Sobre o bar havia petiscos conhecidos que minha mãe e a mãe de Abie haviam feito durante o dia. Minha mãe não hesitou em me lembrar como eu tinha sido terrivelmente irritante pela manhã e se desculpou várias vezes com todos os presentes pela falta de comida, apesar dos pratos cheios de iguarias. As mães judias nunca estão satisfeitas.

Meus tremores diminuíram quando me entreguei a um arco-íris de margaritas e passei os olhos pelo salão para ver todo mundo de quem eu gostava a minha volta. Olhei para minha mão, para o anel, e não acreditei que era meu. Eu me sentia mais satisfeita do que nunca. Aquilo me assustou. Quando voltei para casa, por volta de uma da manhã, uma onda incomum de ansiedade me varreu novamente.

Pensei que fosse falta de proteína, então tentei comer sobras de frango que estavam na geladeira, mas, depois de alguns pedaços, descobri que não estava com fome. Minha barriga dava cambalhotas, e o coração batia mais rápido do que costuma bater com dois cafés *espressos*. A pergunta que eu tentava a todo custo evitar me fazer continuava a me assombrar: como eu faria, se é que faria, para contar às leitoras do meu blog que estava noiva? Será que elas me odiariam? Elas me chamariam de mentirosa e diriam que havia perdido minha autoridade se não lhes contasse? Elas fariam isso mesmo que eu contasse? Será que se importariam? Aquilo tinha alguma importância?

Pensei em várias formas de dar a notícia. Jamais havia mencionado minha vida amorosa, com exceção da vez em que compartilhei a história do nascimento do *Man Repeller*, que era para ser um blog de moda — com uma mensagem, sim, mas a mensagem não era "veja com quem estou saindo". Eu queria que ele fosse um veículo para turbinar a confiança feminina e que permitisse a liberdade de expressão por meio da moda induzindo novos níveis de alegria a partir do ato de repelir os homens. A ideia inicial era que as garotas estão solteiras porque querem estar solteiras e porque decidem estar solteiras — porque a moda é mais exigente que um relacionamento. E, o mais importante, porque agora vivemos em um mundo onde estar solteira não é mais motivo para que as amigas casadas suspirem de pena. Não. Estar solteira é poder comprar uma bolsa de 1.500 dólares porque sim. É uma decisão consciente de manter a liberdade.

Um amigo homem acompanhava ostensivamente meu blog apenas para acrescentar tempero a alguns casos que eu contava, mas nunca me aprofundei no papel que ele desempenhava em minha vida. Não havia relatos sexuais, a não ser tuítes esporádicos sobre uma vagina com teias de aranha. Resumindo, eu não queria falar muito a respeito.

Eu tentava me imaginar como leitora. Eu acharia legal se a Man Repeller postasse a respeito de seu namorado? Com certeza. Mas e se ele tivesse (como tem) um passado em que a magoou? Não fazia sentido introduzi-lo na história a não ser que fosse se tornar um personagem fixo, o que não era certeza até oito de dezembro de 2011. E se tivéssemos terminado em vez de ficarmos noivos? Eu não queria ter que explicar isso. Assim, imaginei que manter a notícia em segredo era provavelmente o melhor a fazer. Afinal, para comunicar o que penso, não preciso me abrir totalmente.

Contemplando os restos de frango, eu ainda não fazia ideia de como me sentia, de modo mais amplo, a respeito do noivado. Eu estava nervosa porque não sabia como dar a notícia às pessoas que me conheciam como Repelente de Homem ou porque eu não queria contar para elas? Parte de mim não queria deixar de ser a Repelente de Homem. Na verdade, nenhuma parte de mim queria isso.

Pensei mais sobre contar às minhas leitoras. Abie e eu nos casaríamos, então aquele não era um relacionamento que deveria acabar em breve, mas que só tenderia a ficar mais sério e poderia resultar em bebês. Um dia distante no horizonte, mas, sim, bebês. Aprendi que, na internet, e em especial nos blogs, a transparência é a melhor política. Além disso, por que meu noivado deveria ser um segredinho sujo? Aquele era um momento feliz, cheio de peplums Miu Miu e creepers Burberry. Tive a esperança de que a crônica da minha roupa naquela noite pudesse mitigar o choque interno que provavelmente meu noivado viria a provocar.

Duas semanas após meu noivado, e depois de várias amigas terem feito a mesma piada boba com a qual quase conseguiram mandíbulas quebradas — "Você não é mais tão repelente, certo, Repelente?" —, soltei a notícia no Twitter. Um limite de 140 caracteres para as respostas parecia mais digerível do que tolerar reclamações intermináveis no blog.

— Então, olha que engraçado! Fiquei noiva semana passada! — dizia meu anúncio.

A pontuação foi objeto de muita reflexão. Eu deveria usar pontos ou exclamações? Que tal uma interrogação para confundir todo mundo? Um professor de jornalismo tinha me ensinado que os bons escritores têm permissão de usar dois pontos de exclamação em toda a carreira. Imaginei que não haveria lugar melhor para usá-los do que naquele tuíte.

Muitas seguidoras pensaram que eu estava brincando. Outras me cumprimentaram sinceramente, expressando sentimentos como: "Se até a Repelente de Homem consegue o seu, não há motivo para nós também não conseguirmos". Outras usaram hashtags do tipo "mentirosa", "fail".

Fiquei ruminando por tempo demais os comentários negativos — tendo a acreditar que quem me critica é mais esperto e que, portanto, eu deva seguir seu conselho, não importa quão inútil seja. Eles me fizeram escrever um post no blog explicando minha decisão. Provavelmente não precisava explicar nada, mas imaginei que, se as minhas leitoras se sentiam enganadas, eu provavelmente havia feito algo de errado.

Eu não tinha certeza se deveria publicar o post, mas queria ver meus pensamentos no papel — historicamente, amo escrever cartas. Fiz o rascunho e, antes que pudesse reler, fiz a besteira de clicar em Publicar em vez de em Visualizar. Quando se trata de internet, depois que caiu no mundo, não importa a rapidez com que você retire, pois estará no mundo para sempre.

O post ficou no ar por 3 minutos antes que eu pudesse perceber que tinha sido publicado por engano. Durante muito tempo — provavelmente até hoje —, muita gente pensa que eu apaguei o artigo por causa das reações negativas que ele gerou, quando, na verdade, ele não suscitou nenhum comentário. Sites historicamente conhecidos por ofender blogueiras de moda republicaram o artigo original, referindo-se a mim como uma completa imbecil e sugerindo que eu morresse. As pessoas que fizeram comentários nesses sites concordaram e disseram que nunca mais prestariam atenção em mim. Abandono completo, pensei.

Algumas leitoras pediram mais informações sobre o noivado, e o ridículo me paralisou. Compreendi por que as pessoas ficaram aborrecidas. Que tipo de repelente de homem se casa? O tipo que encontra um maluco que gosta de macacões, imagino. Eu devia ter dito exatamente isso. Eu fazia comentários de moda e projetava informações para as pessoas enquanto escondia um segredo que não era, na verdade, um segredo. Mas imagino que de certa forma era, porque eu dizia para elas serem confiantes e descoladas, tingirem o cabelo de rosa quando, em última análise, eu fazia as mesmas coisas somente porque estava na posição confortável de ter um homem que me amava nos bastidores. E isso não era justo.

Refleti um pouco sobre a situação. Quando o *Man Repeller* nasceu, não tive nenhum homem por um bom tempo. Se as pessoas gostavam do conteúdo que liam havia um ano, não existia motivo para isso mudar só porque Abie fez o que Beyoncé mandou e pôs um anel no meu dedo. Meu tom não mudaria, e, o mais importante, minha filosofia também não. As crianças não param de comemorar o Natal quando seus pais lhes dizem que Papai Noel não existe, certo?

Como tudo na internet, a raiva cedeu para dar lugar ao próximo escândalo. E, quando isso aconteceu, após quatro dias consideravelmente longos em que me debati com meu noivado, imaginando se eu não poderia ter tudo — teria que sacrificar meu blog por meu homem ou meu homem por meu blog —, as inseguranças finalmente sumiram e eu senti que poderia curtir meu noivado. Curtir de verdade.

E, por um tempo, realmente curti o noivado e a perspectiva do casamento. Pensei em elaborar o convite mais bizarro de todos os tempos: Os pais de @ManRepeller convidam você para #seacabar. Talvez eu usasse roupa de banho. Talvez os convidados só pudessem entrar no salão depois de fazer acrobacias na porta, diante de uma câmera, e tudo seria transmitido ao vivo para o meu site. Só serviríamos algodão-doce e tequila. Ou, talvez, não serviríamos nada. Nem mesmo haveria música. Só testaríamos as habilidades sociais de nossos convidados.

Quando os preparativos ficaram mais sérios — só haveria seis meses entre o noivado e o casamento — e minha mãe rejeitou todas as minhas ideias brilhantemente criativas, o sentimento familiar de inquietação voltou a me perturbar quase por completo. Digo quase porque eu ainda encontrava forças para contemplar a vasta diferença entre um par de sandálias plataforma Yves Saint Laurent em cinco tons de camurça e outro par com a mesma silhueta em cetim e bico de aço.

Faltando apenas dois meses para o dia da cerimônia, me ocorreu, pela primeira vez, que o casamento poderia significar que eu estava abrindo mão de minhas excentricidades egocêntricas, profundamente divertidas e inquestionavelmente estúpidas, e do restante dos meus 20 anos em geral. Estaria eu amadurecendo voluntariamente antes do necessário?

Os meios de comunicação, talvez sem perceber, pintam um quadro fantástico com garotas solteiras com menos de 30 anos em Nova York: uma festa perpétua que leva você aos Hamptons e a soirées chiques em que somente os 20 e poucos são comemorados. Essas garotas são uma ilusão. Elas são enigmáticas, ignorantes e jovens demais para estar desiludidas. Estaria eu me negando a oportunidade de viver plenamente meus 20 anos — quero dizer, realmente viver meus 20 anos — ao me casar tão cedo?

Imagino que, no final, quando você ama um homem e ele ama você, e você sente que fez por merecer, uma união parece o mais simples, correto? Mas não é. Como podemos saber quem realmente somos aos 23 anos?

A ironia, também, é que eu passei uma grande parte da minha vida pensando que casar jovem não só é normal como seria devastador estar solteira aos 30 anos. Minha mãe nunca foi a feminista que eu queria que tivesse sido. Meu pai fez isso por ela. Enquanto mamãe tentava me ensinar a respeito das maravilhas da maternidade e de como entrar no coração de um homem com comida caseira, meu pai dizia para eu não me preocupar com isso.

— Você é muito inteligente, muito polêmica, muito afiada para aceitar qualquer coisa menos que a vida corporativa — ele dizia. — Você é minha executiva.

E eu ficava brava. Com 13 anos, tinha muito medo de terminar poderosa e bem-sucedida, mas solitária.

Cresci imersa em um tipo estranho de comunidade judaica. Uma comunidade religiosa, sim, mas uma em que não cobríamos nossos ombros e joelhos, e na qual meu pai não usava chapéu de aba larga nem vestia somente branco e preto. Fora isso, creio que nossos valores fossem semelhantes aos das pessoas que faziam tudo isso. Tradição e valores (subjetivos, claro) são importantes, e, quando você se expõe a um mundo imenso, que em uma época muito moderna prega a igualdade de sexos ao mesmo tempo em que dá às mulheres poder sobre seu próprio corpo, os valores que pais, professores ou quaisquer autoridades tentam nos incutir tendem a se perder, ou pelo menos a ser escondidos.

Mesmo nos assuntos do *Man Repeller*, eu efetivamente usava meu corpo para fazer um discurso — talvez não no sentido mais óbvio, mas, ainda assim, um discurso. Por outro lado, eu era uma garota profundamente judia que devia viver certo tipo de vida em que, sim, fui à escola e contribuí para o bem maior da humanidade usando de minha sensibilidade, inteligência e habilidades que desenvolvi durante meu processo de formação, mas no fim resolvi terminar sendo uma esposa. E apenas uma esposa — quero dizer, até me tornar mãe também. Por outro lado, eu era aquela garota acidentalmente iniciada em uma carreira que me permitia penetrar em uma indústria que sempre havia admirado. Uma vez lá, tudo o que queria era vivê-la cada vez mais.

Talvez eu estivesse cometendo o erro de olhar muito além das minhas raízes. Cerca de sete semanas antes do meu casamento, viajei para o Texas com uma amiga chamada Daria. Foi uma viagem de trabalho, mas tivemos muito tempo para rir até as costelas doerem, ficar acordadas até inexplicavelmente tarde, beber até enjoar e dançar mesmo quando não tinha música tocando. Enquanto voltávamos para Nova York, me ocorreu que eu não me divertia tanto assim havia pelo menos dois anos, quando o *Man Repeller* era um recém-nascido... e eu ainda era solteira.

Lembrei-me de quando era solteira — como me sentia, quem eu queria, o que queria e como queria — e concluí que aquela frase "a grama do vizinho é sempre mais verde" é famosa porque, bem, é verdadeira. O que há com as pessoas, principalmente com as mulheres, que arrumam problemas para si mesmas quando não há nada de errado? (Eu me diagnostiquei com doença cardíaca três vezes na semana passada.)

Durante o período entre meus 17 e 21 anos, fui ardentemente solteira. E, em dois desses anos, agonizei por causa da dor provocada pelo meu relacionamento aos 17 com Abie. Fiquei obcecada pela ideia de consertar o que tinha dado errado quando, na verdade, nada tinha dado errado; o que nos separou não era algo que eu pudesse consertar. Por uma questão de paz de espírito, resolvi que a evolução das minhas escolhas de roupas foi a única razão pela qual havíamos terminado. Mas agora posso ser sincera e dizer o que ainda não disse: as roupas só repelem até certo ponto. As garotas descoladas são descoladas, usando turbante ou não, e as babacas são babacas, usando vestido justíssimo ou não. A coisa é muito simples, na verdade.

Foram necessários dois anos até eu parar de esmiuçar aquele relacionamento e, afinal, parar de ser eu tentando reconquistar o antigo amor e ser simplesmente eu. Quando finalmente me senti feliz, percebi que minha jornada de descoberta fora prejudicada pela tentativa de encontrar algo dentro de um homem quando, em última análise, tudo estava dentro de mim mesma. (Isso parece muito coisa da Oprah, eu sei. Mas esse é um dos motivos pelos quais ela tem um público tão grande.) Nada é mais doce que a felicidade independente. E esse tipo em especial de felicidade a que me refiro durou apenas um ano até eu me jogar novamente em um relacionamento — que resultou no meu noivado. Então, no curso da vida, tive apenas um bom ano de solteirice para refletir sobre apenas um bom ano de verdadeira felicidade independente. Seria essa a forma correta de viver e deixar viver?

Hein?

Seria?

??????!!!!!!!!!??????

Nas curtas seis semanas que levavam ao casamento, minha cabeça foi inundada por pensamentos aterrorizantes sobre o caráter definitivo do matrimônio, quem eu era, quem sou e quem nunca mais seria.

Para acalmar os nervos, pensava em Abie. Ali estava um homem com criação semelhante, que admirava e respeitava minha vida. Ele nunca tinha brigado comigo, como outros namorados faziam, por me recusar a viajar com ele porque meus pais não permitiam. Ele nunca questionava o fato de, aos 22 anos, eu ainda morar com meus pais, nem tentava me manipular para dormir no apartamento dele sabendo que não podia. Eu compreendia totalmente as dificuldades de um casamento inter-religioso: explicar para um homem que não está acostumado com suas raízes que você não pode experimentar o frango à parmegiana dele, não importa quão delicioso esteja, porque você é kosher, é simplesmente... muito difícil.

Ainda assim, eu me sentia ansiosa. Não conseguia parar de pensar nos meus 20 anos e em como deveriam ser. Não é esperado que você faça besteiras das quais deverá rir depois que tiver mais de 30? De algum modo, não tem muita graça ficar com um sujeito cujo cabelo é mais longo que o seu, que se apresenta como Gus, encontrado em um bar quando você estava bêbada com as amigas, quando se tem um marido. Não; a essa altura, trata-se de adultério puro e simples.

Eu estava apaixonada, e, se dissesse que precisaria de mais tempo para zoar, esse casamento nunca aconteceria; e eu sabia que estar solteira sem saber se algum dia amaria alguém tanto quanto Abie acabaria comigo. O melhor conselho que gosto de dar é simplesmente: "Faça o que deixa você feliz agora, neste momento". Mas tinha que pensar no meu futuro, o que era desconcertante. Será que eu tinha crescido?

Uma vez perguntei ao proprietário de alguns dos hotéis de maior sucesso de Nova York se ele gostava do seu trabalho. Ele disse que qualquer pessoa que ame integralmente o que faz não é alguém muito interessante. Realmente gostei daquela resposta. Então percebi que, se eu, uma garota de 23 anos rumo ao casamento, não estivesse me debatendo com essa ideia, provavelmente significaria que existia algo de muito errado comigo, ou que meu cérebro era feito de amêndoas delicadamente embrulhadas e que serviriam perfeitamente como lembrancinhas de casamento. Certo?

Então, no final, parecia que Abie e eu (principalmente eu) ficaríamos bem. Nós poderíamos preencher todos os estereótipos nova-iorquinos sobre garotas fashionistas e homens de finanças. Eu usaria saltos estonteantes e ele vestiria ternos caretas. Eu faria piadas divertidíssimas enquanto ele leria o *Wall Street Journal*. Meu dia começaria às seis da tarde, quando o dele estivesse acabando. Os desencontros seriam muitos, mas, no fim das contas, nós teríamos um ao outro no conforto de nossa cama e nos aqueceríamos na beleza de saber que, mesmo que não tivéssemos mais nada, teríamos pelo menos um ao outro. Além disso, eu usaria o aparelho ortodôntico todas as noites (essa é para você, dr. Lemchen) e não teria que depilar a virilha com tanta frequência, embora nunca tenha sido boa em infligir esse tipo de sofrimento a mim mesma. Devemos usar aquilo que nossa mãe nos deu, não é? Minha mãe vem do Oriente Médio — então talvez eu possa me depilar quando for necessário, mas a questão é: esse relacionamento era um companheirismo vitalício com um homem que gostava da minha calça saruel antes mesmo de eu gostar da minha calça saruel, que me amava antes de eu me amar. Sim, minha felicidade independente ainda estava sendo cultivada; ela também estava sendo melhorada por um novo +1.

Se em algum ponto mais adiante na estrada, contudo, eu me encontrar na interseção de enganada com aparvalhada, ainda assim terei vencido. Afinal, eu sempre quis entrar para O Clube das Desquitadas.

As Calcinhas de Menstruação

A ironia da feminilidade está profundamente enraizada em uma relação bastante paradoxal com a menstruação. Nós passamos o mês todo agonizando com a chegada dessa inevitável figura demoníaca, cujo apelido sugere intimidade: Chico. Então ela vem, em um ataque tão poderoso que somos forçadas a nos perguntar por que a vagina, nossa suposta camarada, tem que agir como um ex-namorado vingativo.

Todos os meses, por volta da mesma época — mas não se deixe enganar: ela não se incomoda de chegar alguns dias atrasada ou adiantada —, ela descarrega sua bagagem, dizendo que ainda me ama, mas logo vira as costas e vai embora sem avisar. E lá fico eu, sozinha para organizar a bagunça. Eu costumava me embrulhar toda feito uma bolinha enquanto xingava os ovários por causar uma dor incurável no ventre. Minha amiga Arielle olhava para mim e dizia:

— Pelo menos você não está grávida.

Ela tinha razão. Talvez Chico seja apenas um treinador do tipo durão — como Denzel Washington em *Duelo de Titãs* — ou um professor rígido por fora (e mole por dentro), como Morgan Freeman em *Meu Mestre, Minha Vida*. Eu sei, ele só estava tentando ajudar; e anunciar sua presença da maneira mais atroz era a única forma que havia encontrado.

Lembro-me do nosso primeiro encontro. Eu tinha 13 anos e estava na aula de matemática, onde, logo aprendi, acontece a maioria das coisas ruins. Tinha feito minha mãe (e a mim mesma também) acreditar, alguns meses antes, que a minha primeira menstruação viera enquanto eu dormia na casa da minha amiga Annabelle.

Estávamos no quarto dela comendo batata frita com ketchup e vestidas apenas com camisetas e calcinhas. Fui ao banheiro fazer xixi. Lá estava: a mancha vermelha pela qual eu ansiava.

— Ahn... você tem absorvente!??? — perguntei, empolgada, para Annabelle, esfregando na cara dela o fato de que eu já era uma mulher.

A mãe dela me deu o absorvente e telefonei para a minha.

— Minha menstruação veio! — gritei no telefone de Nova Jersey a Manhattan, para minha mãe deitada na cama ao lado do meu pai.

Quando cheguei em casa, mamãe me abraçou, mas não antes de admitir que estava chateada por não poder ter participado do início da minha vida como mulher.

— É por isso que eu odeio quando você dorme fora — ela disse.

Antes que eu pudesse lhe explicar que aquilo era um acontecimento único, o que enfraquecia o argumento dela, reparei, em cima da minha cama, em um pacote mole embrulhado em papel pink amarrado com fita preta.

— O que é? — perguntei, abrindo um sorriso largo. Não estava acostumada a receber presentes fora de hora. Talvez minha menstruação me concedesse algo especial — uma pulseira de diamantes ou o colar com meu nome em ouro que eu havia pedido — para comemorar minha estreia como mulher.

— Abra — disse ela.

Quando abri, fiquei decepcionada. Não era a pulseira de diamantes nem o colar de ouro. Dentro do embrulho havia três calcinhas idênticas: pretas, de cintura alta, com renda na cintura. Pareciam servir na minha avó.

— Calcinhas! Obrigada, mãe — agradeci, com sarcasmo, enquanto conferia a ela o prêmio de pior presente de todos os tempos do planeta Terra.

O que eu faria com aquelas enormes calcinhas pretas? Aquilo era uma referência à minha crescente bunda? De repente, me senti ofendida.

— Não são simples calcinhas! — ela reclamou. — São suas calcinhas de menstruação.

Ah, minhas calcinhas de menstruação! Claro! Quê? Olhei confusa para ela.

— Quando eu tinha 14 anos e menstruei, minha mãe me deu calcinhas pretas para usar sempre que menstruasse. Ela disse que calcinhas assim acomodam melhor o absorvente, não deixam as manchas aparecerem e são melhores para as cólicas, porque a cintura alta pressiona a barriga. E ela tinha razão. Agora eu quero que você também tenha as suas calcinhas de menstruação.

Mamãe ficou com os olhos marejados. Acho que ela tentava preservar a memória da minha avó — com quem só estive duas vezes antes que ela morresse de câncer de mama — da única forma que sabia: passando para mim as lições sobre feminilidade que havia aprendido com ela.

Aliviei a tensão sentimental da única forma que sei; olhei novamente para minha mãe com expressão de confusão.

— Estas são as suas calcinhas de menstruação? — perguntei.

Ela riu.

— Não! Eu comprei do mesmo tipo para você, bobinha.

Fiquei aliviada que a conversa tivesse se tornado mais leve, mas agora eu queria contar a ela que achava estar enganada, pois não tinha visto mais nenhum pingo de sangue desde a mancha vermelha descoberta na minha calcinha Calvin Klein rosa-clara na noite anterior, na casa de Annabelle, em Nova Jersey. Eu lia verdadeiras histórias de horror sobre a sujeira toda, e isso não tinha acontecido comigo. Talvez ainda não fosse minha menstruação. Talvez fosse apenas um acidente com as batatas fritas — o ketchup pode confundir.

Mas, quando vi uma pilha de absorventes no armário do meu banheiro, não tive coragem de dizer para mamãe que ainda não tinha acontecido (ou que eu queria usar absorventes internos), então, agradeci e a abracei.

Àquela altura, minhas duas melhores amigas já tinham sido abençoadas pelo veículo que confirma a puberdade e induz o tipo de maturidade garantida de um modo que nenhum Bat Mitzvah consegue. Eu era a versão real de Margaret, de Judy Blume, só que sem nunca me preocupar se meus peitos cresceriam muito. Eu achava que, quanto mais tempo demorasse para precisar de um sutiã, mais feliz seria. (Estava certa, claro; a constrição é desanimadora.) Assim, continuei fingindo que já era mulher pelos próximos meses, embora ainda não fosse, até aquele dia na maldita aula de matemática, quando aconteceu uma loucura.

Os sinais da menstruação se aproximando apareceram antes mesmo de a aula começar. Eu tinha lido muito a respeito para evitar admitir minha mentira e precisar da ajuda da minha mãe quando ela realmente viesse. Os sintomas estavam lá: leve dor de barriga, corrimento estranho e gotas de sangue manchando a calcinha. Fiz o que qualquer garota coerente faria na mesma situação e perguntei para minha amiga Alexa se ela poderia me emprestar a jaqueta para amarrar na cintura. Pela falha na comunicação anterior com minha vagina e meus ovários, imaginei que a situação renderia no máximo outra manchinha na calcinha. O absorvente para dias de fluxo leve tinha funcionado bem na outra vez, e imaginei que nessa também funcionaria.

Para falar a verdade, minha motivação para pedir a jaqueta emprestada ia além de acreditar que a menstruação pudesse estar a caminho — era provável que não estivesse, e que os sintomas vagos fossem apenas um caso de vontade púbere. Mas, se Chico decidisse de fato aparecer para a visita havia muito aguardada, eu estaria coberta. Literalmente. Ao usar a jaqueta na cintura, realizaria mais algumas coisas. Primeiro: a jaqueta era de veludo cotelê, assim como minha saia. Padrão de tecido certo. Segundo: embora tivesse saído do ar havia alguns anos, eu era uma fã ávida de Claire Danes e Jared Leto em *Minha Vida de Cão*, série que me fez gostar de toda a parafernália dos anos 1990. E, assim, eu experimentava tudo ao redor da cintura.

Fiquei sentadinha na classe ouvindo minha professora de matemática falar de quadriláteros. Ela era uma candidata pouco provável a lecionar matemática no Ensino Médio; certa vez, nos deu como tarefa acompanhar duas ações na bolsa de valores durante uma semana. Uma das fedelhas mais psicopatas da turma (eu) acompanhou American Express e Ralph Lauren. No que será que ela pensou para fazer essa escolha? "Gostaria de usar um American Express para comprar coisas do Ralph Lauren". A professora era o tipo de mulher que adorava comentários desse tipo; a fedelha tirou dez. Quando tocou o sinal e a aula terminou, levantei-me para pegar uma prova corrigida na mesa da professora. Foi então que Ophelia, uma colega que parecia um rato com cabelo castanho-claro desarrumado, sardas no rosto e postura igual à de uma tartaruga escondida na carapaça, bateu no meu ombro e apontou para o assento da minha carteira. Ela era uma garota pálida, mas eu nunca a tinha visto tão branca. Eu estivera sentada por 45 minutos naquele lugar sangrento e vermelho.

Na verdade, meio vinho. Não era assim que tinha acontecido na casa de Annabelle nem nos livros de Judy Blume.

A princípio, fiquei contente. Chico finalmente havia chegado, e eu me tornava, afinal, mulher — talvez me concedendo o direito de chamá-lo François, como se eu fosse francesa e, por consequência, assustadoramente chique. A partir daí, quando minhas amigas falassem sobre cólicas, eu poderia me compadecer por completo, e, ao saírem mais cedo da escola para comprar o que chamavam tão articuladamente de "produtos femininos", também poderia sair com elas para adquiri-los. Mas então meus devaneios foram subitamente interrompidos pela consciência de que uma carteira ensanguentada teria repercussões em uma classe cheia de pré-púberes. Essa foi a primeira vez que um membro do sexo oposto me deu aquele olhar assombroso do tipo fique-longe-de-mim-caralho, que mais tarde eu passaria a esperar em qualquer tipo de interação intergêneros. Naquele momento, naquele instante, ganhei um apelido: Bloody Mary. (Ironicamente, hoje esse é um dos drinques favoritos do meu marido.)

O sangue da menstruação era tão imensamente diferente do imaginado que fui examinar minhas partes baixas para ver se não havia cortes, machucados ou qualquer ferimento que pudesse ter me feito sangrar. Mas eu não tinha nada. O dia finalmente havia chegado. Contudo, o júbilo ficou para depois, quando percebi o que tinha acontecido com a jaqueta Juicy Couture de veludo de Alexa: ela estava decorada por um enorme anel de sangue, formando um perfeito círculo de 360°. (Talvez a matemática servisse para alguma coisa.)

Alexa ainda não sabia o que tinha acontecido — ela estava em uma turma avançada de matemática —, mas nos trombamos no corredor enquanto eu seguia para explicar à enfermeira as atrocidades realizadas por meus países baixos. Comecei a me desculpar incessantemente pela mancha de sangue, que ficava cada vez maior a cada palavra que eu dizia. Alexa não pareceu se importar, pois começou a rir implacavelmente da situação. E nunca aceitou a jaqueta de volta, mesmo eu a tendo lavado cuidadosamente duas vezes.

Quando cheguei à enfermaria, tentei explicar o que tinha ocorrido, mas a mulher foi logo apalpando minha garganta como se eu tivesse acabado de dizer que doía quando engolia. Confusa, fiquei olhando para ela.

— Bem, suas glândulas estão inchadas — disse ela, com um forte sotaque judaico. Para os não iniciados, esse sotaque parece um cruzamento entre as mulheres da rede de TV Bravo e qualquer interação com praticamente qualquer pessoa da margem sul de Long Island.

— Glândulas? — perguntei.

— Sim, pode ser por isso que você está sangrando. Tome suco de laranja.

— Suco de laranja? Acho que estou menstruada — eu disse, e aí ela perguntou em que ano eu estava.

— Sétimo — respondi e ela riu.

— Ah, pensei que você estivesse no quinto — disse ela.

Qualquer nova faísca de confiança que Chico tivesse estimulado em mim se rompeu ali mesmo. Tudo o que uma garota de 13 anos sangrando em uma cadeira através da calcinha, da saia e de uma jaqueta grossa de veludo quer é definitivamente se tornar uma mulher, e não ouvir que parece ter 11 anos — principalmente de uma enfermeira que conhece essa garota desde que ela tem... 11 anos. Meu sentimento de humilhação piorou.

Ela me deu uma autorização para ir até minha casa me trocar. Não voltei para a escola naquele dia — eu precisava do carinho da minha mãe. Peguei o pacote de calcinhas de menstruação que tinha guardado debaixo da cama, joguei fora o papel rosa e a fita preta e vesti uma delas, equipada com o absorvente para dias de pouco fluxo.

Vesti uma legging preta e fiquei na cama até minha mãe voltar para casa. Quando ela chegou, chamei-a ao meu quarto, levantei-me e a abracei. Acho que ela estava mesmo querendo me abraçar, mas, quando olhou para baixo, começou a gritar. Olhei para o lugar onde estava deitada e vi o conhecido círculo de sangue nos meus lençóis brancos. A enfermeira havia telefonado para minha mãe explicando a dispensa da aula por causa dos contratempos femininos. Ela não poupou detalhes, nem o ocorrido com a jaqueta de Alexa. Minha mãe continuou gritando comigo por ter estragado a jaqueta e um jogo de cama no mesmo dia. Eu não conseguia entender por que ela estava tão brava, brigando da pior maneira possível por eu me tornar mulher. Ela perguntou que tipo de absorvente estava usando, e contei ter pego em uma caixa no armário de remédios dela. Mostrei a caixa e ela riu.

— Isso não é absorvente. É protetor de calcinha. Você só usa isso no último dia da menstruação, para não sujar a calcinha. Por que não usou os absorventes que eu te dei? Caramba, Leandra, parece que você nunca ficou menstruada antes.

Eu não podia dizer a minha mãe que, na verdade, ainda não tinha menstruado — isso faria de mim uma mentirosa. Simplesmente aceitei a crítica e pedi desculpas.

Ela então suavizou o tom. Acredito que mamãe sentia pena e alegria ao mesmo tempo por ver que sua única filha tinha passado por aquele marco, conferindo-lhe mais integridade. Talvez tenha achado que eu deveria me tornar mais como ela. E ela nunca mancharia seus lençóis.

Mas, naquele dia, aprendi duas lições muito valiosas para a vida: para que sua mãe volte a amá-la, basta um pedido de desculpas, e protetores de calcinha são apenas para dias de fluxo leve.

Entre essa vez e algumas seguintes, Chico apareceu nos momentos mais inesperados, sempre manchando meus lençóis — demorei a compreender os comportamentos de Chico. Mas nenhum lençol ficou tão arruinado como o que roubou minha dignidade.

Meu período era esperado para dois dias antes de um encontro com Daniel, um homem com quem estava começando a fazer sexo casual. Embora estivesse apaixonada por ele havia quatro semanas (desde quando nos encontramos em um bar e ele dissera gostar do meu "chapéu de flor", que na verdade era um turbante florido), nosso relacionamento não passava do que os anúncios de perfis no Craigslist classificavam tão adequadamente como encontros casuais. Eu sabia que Daniel tinha me convidado para ir a seu apartamento porque queria transar, e, embora tivesse algum tempo antes da próxima visita de Chico, já estava usando minhas calcinhas de menstruação. Nos seis anos de uso, descobri que calcinhas de cintura alta são fantásticas para esconder os pneuzinhos. E aquele homem em particular gostava daquelas calcinhas — ele curtia a renda e a ideia da cintura alta combinando com um sutiã preto. Embora eu não conhecesse muito bem a personalidade dele — só sabia que a adorava —, sabia muito bem do que ele gostava por baixo das minhas roupas. Escolhi uma roupa íntima intencional, com o objetivo de atraí-lo para um relacionamento, e parecia que as coisas estavam indo bem — nós tínhamos transado três vezes naquele mês.

— Você está usando minha calcinha favorita — disse ele ao me despir. — É para mim?

Tentei responder positivamente, mas um "não" constrangido escapou da minha boca. A verdade era que sim, era para ele, mas sou uma péssima sedutora.

Enquanto ele tirava a minha blusa — escolhi uma blusa de abotoar de propósito, porque gostava de vê-lo desabotoando-a —, começamos a nos beijar. O restante daquela noite é uma lembrança difusa, mas nunca vou me esquecer do que aconteceu logo depois que transamos: Daniel me pediu para passar a noite com ele. Na minha cabeça, aquilo era o mesmo que me pedir em casamento.

A roupa de cama tinha o cheiro dele, e eu nunca tinha me sentido tão satisfeita. Adormeci. Meus sonhos também tinham o cheiro dele. E então, no que me pareceu alguns segundos depois, embora um relógio em minha visão periférica mostrasse que haviam se passado seis horas, senti Daniel me tocando.

Pensei que ele estivesse beijando minhas costas, o que me fez sorrir e me aconchegar ainda mais no travesseiro e nos lençóis, mas, quando os toques se tornaram óbvios e pesados, percebi que ele tentava me acordar. Será que ele não queria me deixar sozinha em seu apartamento quando fosse para o trabalho? Eu já tinha ficado lá antes — qual era o problema de ficar mais uma vez? O que aquilo significava? Ele estava saindo com alguém? Será que ele tinha elogiado o "chapéu de flor" de outra mulher? Haveria cartas de amor escondidas pelo apartamento e ele temia que eu as encontrasse? Que babaca. A ansiedade severa tomou conta de mim, então me lembrei de que era domingo. Antes que pudesse recuperar o fôlego, minhas especulações pioraram. O que era, afinal? Ah, meu Deus, ela viria passar o domingo com ele? Ele tinha dado a chave do apartamento para ela? O que ela fazia por ele que eu não poderia fazer? Ela provavelmente era muito flexível. Ele parecia horrorizado. Eu não sou tão feia assim pela manhã.

Mas o que estava acontecendo não tinha nada a ver com uma mulher imaginária nem com meu sorriso matutino. De repente, senti algo molhado embaixo de mim. Segui os olhos de Daniel, na direção do lençol, e lá estava: outro círculo de sangue, parecido com aquele que havia arruinado a aula de matemática seis anos antes. Contudo, aquele era muito pior. Os meninos na aula de matemática eram pré-adolescentes insignificantes. E aquele cara era um homem, da vida real, que, naquele momento, estaria me classificando como a mulher mais grotesca na história dos encontros casuais. Eu provavelmente nunca mais ouviria falar dele, e, se ouvisse, seria para pagar 200 dólares pela limpeza de seu colchão manchado.

Acho que comecei a menstruar na noite anterior, mas minhas idiotas calcinhas de menstruação mascararam as manchas de aviso. Merda, caralho, puta que o pariu era tudo o que minha cabeça conseguia elaborar. Muito obrigada, mãe.

Despreocupadamente, fingi que esse era o tipo de coisa que acontecia o tempo todo com mulheres quando, na realidade, não era possível que mais alguém fosse tão desajeitada quanto eu, manchando tantos lençóis, tantas vezes. Eu disse a Daniel que ele entenderia como isso é natural se tivesse irmãs.

— Eu tenho uma irmã. Ela tem 15 anos — explicou. Não tinha como salvar aquela nojeira.

Calmamente, pedi-lhe que se levantasse, insinuando que eu cuidaria de tudo. Antes que terminasse de orientá-lo a sair da cama, no entanto, Daniel já estava em pé. Ele me olhou como se eu tivesse a peste — e acho que, de certa forma, eu tinha. Mas as palavras que saíam da boca dele eram gentis demais para serem verdadeiras.

— Eu cuido disso, não se preocupe — disse Daniel quinhentas vezes enquanto coçava a cabeça e andava de um lado para outro.

Talvez se eu dissesse que ele tinha me tirado a virgindade aliviasse o desconforto e o fizesse se sentir mais másculo. Ele repetia que eu não precisava me explicar e fingia que tudo o que eu dizia parecia viável. Até insistiu para eu não trocar os lençóis, e, embora eu não quisesse fazer isso, acabei fazendo. (Senti-me grata a minha mãe por me obrigar a aprender a lavar minhas próprias roupas.) Ele continuou dizendo para eu não me preocupar durante os 20 minutos seguintes. Respondi não estar preocupada e, assim que coloquei os lençóis sujos na máquina de lavar e um jogo limpo e dobradinho sobre a cama, fugi da cena do crime. Ambos sabíamos que nada poderia consertar aquilo.

Não tive mais notícias dele depois disso; e, como fiquei muito constrangida com a coisa toda, não tive coragem de procurá-lo. O que eu diria? "Quer tomar uns Bloody Marys? Rsrs."

Três semanas depois, após reprisar o desastre 15 mil vezes na minha cabeça, ele me enviou um SMS dizendo: "Acabei de comprar um jogo de cama marrom. É melhor usarmos esse da próxima vez :-)".

O emoticon com um sorriso no final da mensagem teria induzido uma risada a ser ouvida em todo o mundo sob circunstâncias normais, mas, graças à suscetibilidade da nossa condição, tenho quase certeza de que comecei a ouvir a música tema de *A Noviça Rebelde*. Ele realmente me amava, não é?

Na verdade, não. Não me amava. Após o incidente do sangue *versus* lençóis brancos, e apesar da mensagem de texto carinhosa, nós só nos vimos uma vez mais. E simplesmente porque resolvemos ir à mesma padaria, dentre todas as padarias desta cidade inteira.

Aquele contratempo me ensinou que calcinhas de menstruação servem apenas para quando se está menstruada. Ou seja, elas devem permanecer invisíveis para o homem que você adora, não importa o quanto ele insista que adora essas calcinhas.

Depois disso, Chico e eu começamos a nos entender melhor. Ele aparece quando eu o espero e vai embora quando quero. Mas às vezes você percebe que não conhece tão bem seus amigos, e até os mais afáveis fazem você sangrar quando pensa que está tudo bem. Dois anos depois, ele me humilharia na frente de outro homem. Desta vez, meu professor de crítica da faculdade. Eu começava a rascunhar o *Man Repeller* durante meu ano de caloura na faculdade, mas foi durante o último ano que, pela primeira vez, fui aceita no exclusivo círculo da moda. Fui convidada para um desfile durante a Semana de Moda de Nova York.

Quando estivera em Paris, no ano anterior, tinha entrado em um desfile, mas só porque usei artimanhas, não porque me quisessem lá dentro. É mais fácil do que você pensa, na verdade — tudo o que fiz foi me vestir bem: uma camiseta cor de casca de ovo com uma jaqueta perfecto da Forever 21 por cima e um colete de pele sobreposto que eu havia comprado na semana anterior em uma loja francesa chamada Kookai. Na época, esse era um método de camadas revolucionário. Com calça bege da Zara e uma botinha vermelha de camurça Christian Louboutin, imaginei poder me misturar bem aos outros peixes entusiastas de moda daquele lago. Eu parecia um manequim, principalmente segurando aquela enorme bolsa Chanel que ganhara de presente da avó Leyla no ano anterior. Um fotógrafo de moda tirou uma foto minha quando entrei no Jardin des Tuileries. Aquilo era o ápice de tudo o que eu sempre havia sonhado. Achava que era a roupa mais descolada do mundo; e talvez fosse, mas provavelmente não era. De qualquer modo, ela me pôs para dentro do desfile de Christian Dior. Os seguranças franceses respondem muito bem à arrogância sem motivo e sem desculpas.

Isso e um sotaque francês decente. E tudo o que eu disse foi: "Je suis press", sem nem saber se "press" era a palavra correta para imprensa (não é), e me deixaram entrar; simples assim.

Galliano fazia mágica — isso antes de o mundo reconhecer suas tendências antissemíticas —, mas, nos quatro minutos que passei assistindo às lindas e altas modelos desfilando por uma passarela intricada, feita com flores verdadeiras e iluminada em tons perfeitos de roxo e azul para refletir os négligées cor da pele que eram mostrados, senti-me profundamente conectada ao mundo inescrutável.

Eu me lembro de estar entre os homens e as mulheres que realmente tinham convites e me perguntar se algum dia estaria correndo pelos labirintos dos desfiles de moda com montes de convites nas mãos. Imaginei se um dia seria uma das distintas e elegantes mulheres sentadas na primeira fileira, de pernas cruzadas, observando as roupas em transe cerebral.

Embora não fossem exatamente montes de convites em minhas mãos em Nova York, era mais do que eu já havia vivido, e isso era o bastante.

Antes do desfile, contudo, eu participaria de uma conferência que abriria a semana de moda. Seria sobre blogs, o cenário em mudança e diversos outros temas favoritos de 2011. Não sabia muito a respeito de blogs, a não ser que eu tinha um, e não sabia como o cenário mudaria — eles estavam sendo literais ou aquela era uma analogia para a internet? Sério, eu pensei isso. Mas, quando fui convidada a participar dessa conferência, tive que dizer sim. Como poderia ao menos considerar a possibilidade de recusar uma oportunidade tão maravilhosa? O evento, é claro, exigia uma roupa imaculada: optei por uma blusa de abotoar, solta, de seda vermelha, calça skinny vinho de camurça, uma botinha plataforma preta, óculos sem grau de armação grossa e um colete de pele da Mongólia imensamente grande. Eu parecia um yeti: essa era a intenção.

Minha menstruação tinha vindo na manhã anterior, então eu sabia que o fluxo estaria bem pesado. Imaginei que estava driblando o sistema ao usar calças de camurça vinho. De qualquer forma, eu jamais repetiria os erros que cometera durante as fases iniciais do meu relacionamento com Chico. Com certeza não dormiria em nenhum outro lugar que não minha própria casa naquela noite, mas levei comigo uma caixa de absorventes íntimos para o Milk Studios. O transporte de absorventes é apenas uma das vantagens de se ter uma bolsa enorme.

No verdadeiro espírito Hannah Montana, eu tinha marcado de ir para a aula imediatamente após a conferência terminar. Ela começaria às 10h da manhã, então, às 9h45, fui ao banheiro para os últimos retoques. Quando o mediador começou a apresentar os participantes da conferência, eu estava precisamente em meu lugar.

Durante uma hora, junto com representantes de aplicativos de moda para iPhone, estilistas relacionados à indústria e outros blogueiros, debati moda no espaço digital e sua importância, como isso estava se tornando um negócio e como poderia ser um empreendimento sustentável. Essa foi a primeira conferência em que falei; foi interessante como as pessoas realmente davam importância ao que eu falava, e mais: elas faziam anotações. Eu me senti uma professora. Como alguém poderia esperar que eu voltasse para uma classe no nível de estudante?

As perguntas da plateia foram de todos os tipos: você registrou o nome do blog? Como começou? Como conseguiu um público tão grande? Tive dificuldade em responder à última pergunta, pois não havia bem uma resposta certa ou errada. Então eu disse:

— A internet é um espaço voyeur, a personalização é tudo. Fui apenas eu mesma.

Assim que essas palavras saíram da minha boca, senti a textura estranha de algo molhado embaixo de mim. Pensei que provavelmente estava apenas suando — afinal, uma calça de camurça vermelha estava em volta das minhas pernas. Mas aquela sensação conhecida demais não parou. Não; ficou pior. Quando a conferência acabou, fiquei com medo de me levantar. Consolei-me pelo fato de que as cadeiras eram de madeira preta e, na verdade, eu não tinha escolha — a próxima conferência começaria em minutos. Levantei. Olhei para baixo, para a cadeira, como se aquela fosse a cena mais aterrorizante de *O Silêncio dos Inocentes*, e vi o contorno do que provavelmente seria uma mancha enorme. Saí do palco e rapidamente corri para o banheiro, onde constatei que o rio Nilo, atacado por uma praga antiga lançada por Moisés, tinha se mudado para dentro da minha calça. E mais: não parei de sangrar por cerca de cinco minutos enquanto permaneci sentada no vaso. É de parar e pensar: as mulheres conseguem sangrar abundantemente por cinco dias, todos os meses, sem morrer. Nós realmente somos de Vênus, não somos?

Minha calça estava absolutamente arruinada, só que isso não me impediria de usá-la novamente. Pelo contrário; ela continuava vinho e continuava de camurça, de modo que ninguém saberia que havia manchas nela. Depois de me limpar e perceber que minha caixa cheia de absorventes era apenas uma caixa — só restavam três nela —, coloquei meu imenso colete de pele e me dirigi à saída. As cólicas estavam chegando, e eu sabia que somente uma coisa poderia aliviar a dor: minhas calcinhas de menstruação. Tirando o fiasco no apartamento de Daniel, elas funcionaram maravilhosamente no passado, comprimindo o ventre e, às vezes, segurando uma bolsa quente. Eu simplesmente tinha que ir para casa, então enviei um e-mail para meu professor informando que faltaria à aula por causa de um "contratempo feminino". Na mais curta resposta por e-mail que aquele professor — igualmente espirituoso e prolixo — já me enviou, ele simplesmente escreveu: "Sem problemas". Contratempos femininos são um ponto de partida fantástico para um amplo espectro de trocadilhos cômicos, mas os homens são esquisitos quando se trata de menstruação, e a menstruação é esquisita quando se trata de homens.

E assim fui para casa, não antes de aceitar o pedido de um fotógrafo de moda para tirar uma foto. Afinal, eu usava calça de camurça e colete de pele da Mongólia. Essa é praticamente a receita para uma foto de ouro.

Uma vez em casa, limpa, medicada com Advil, descansada e vestida com a calcinha adequada, eu estava pronta para voltar ao centro para jantar com algumas amigas quando recebi um segundo e-mail do meu professor: Sabe, Leandra, eu estou no Twitter e vi que esta manhã você falou em uma conferência em um local não muito longe da universidade. Não consigo imaginar que tipo de contratempo feminino pode dispensá-la da aula, mas não de um compromisso de oratória. Por isso terei que lhe dar uma ausência não justificada. Será a sua terceira, o que prejudicará sua nota. Tome cuidado. Nós não somos idiotas.

Por que não previ que algo assim pudesse acontecer? Escrevi a resposta:

Oi, Professor,

Sinto muito que essa situação deponha contra mim, mas, se o senhor puder ser tão generoso a ponto de confrontar o horário em que eu estava na conferência com o horário de início de sua aula, verá que havia um intervalo de uma hora entre os dois — o tempo que eu pretendia usar para chegar à faculdade. Infelizmente, contudo, um contratempo feminino realmente mudou a programação do meu dia. Se o senhor estiver interessado em saber exatamente o que aconteceu, divulgarei os detalhes sangrentos, mas, por favor, saiba que de modo algum eu menti para o senhor. Sinto muito pelo contratempo e espero que possa reavaliar sua decisão. Anexei a este e-mail a resposta de quarta-feira à leitura. Minhas sinceras desculpas mais uma vez.

Ele respondeu:

Quinhentas palavras descrevendo os "detalhes sangrentos" a respeito de seu contratempo para a aula de segunda-feira. Você lerá em voz alta.

E foi o que fiz. Surpreendentemente, acho que foi um dos meus textos mais fortes para aquela disciplina. No fim das contas, também foi humilhante. Não humilhante no sentido de menstruar na aula de matemática do sétimo ano, ou na cama de um cara, mas no sentido de estar em uma sala cheia de pseudointelectuais que leem apenas *New Yorker* e só tomam sopa de couve. Eles são a raça mais divina de arrogantes naturais de Nova York e pensam que tudo que você faz ou defende é, na melhor das hipóteses, banal.

Após meu recital, a classe ficou em silêncio. Apenas uma pessoa tinha uma pergunta:

— O que é uma calcinha de menstruação?

Através de uma vagina estreita ou larga, só uma coisa permanece verdadeira: Chico é um babaca. Não confie nele.

O Grande Vestido Branco

(e uma jaqueta de organza)

As pessoas costumam dizer que os meses anteriores ao casamento são a época mais feliz da sua vida. Mas é importante considerar a comunicação frequente com o bufê, os floristas, os homens especializados na colocação estratégica de anéis em guardanapos e as mulheres excepcionalmente empolgadas, com vozes tão naturalmente agudas que você se questiona com que frequência elas fazem sexo anal. Tudo isso, no lugar de amigos, colegas de trabalho, futuro marido e família, não é o meu ideal de êxtase.

O que as pessoas não dizem é que, depois que passa todo esse estardalhaço do casamento, você fica com exatamente o mesmo relacionamento que tinha antes. Se você realmente gostar do outro lado do seu relacionamento, isso é absoluta e positivamente maravilhoso. Mas, antes de conseguir chegar a esse tipo de êxtase marital, você precisa aguentar o que, posso lhe garantir, não é a época mais feliz da sua vida.

Parece, contudo, que toda fantasia feminina começa com um balão de pensamento que a mostra de vestido branco, caminhando por um corredor decorado com peônias, lírios ou rosas, na direção de seu príncipe encantado. Minhas fantasias também aparecem em balões de pensamento: um minivestido Givenchy e uma bota Prada, caminhando por uma rua em Nolita decorada com exageros evidentes, às vezes poluição ou restos de restaurantes, na direção do meu príncipe encantado: o coração de Manhattan.

Enquanto cuidava do meu coração partido após Abie e eu termos terminado da primeira vez, lembro de ter pensado que nunca mais amaria alguém tanto quanto o amava. Resolvi preencher o "vazio" de outras formas. Eu não me contentaria, disse para mim mesma. Talvez casamento nunca fosse meu final feliz, mas por que o matrimônio seria a única união capaz de construir um final feliz? Eu tinha 21 anos.

Embora fosse bastante patético que, com aquela idade, eu já tivesse internalizado a mente de uma mulher de meia-idade com mais gatos do que consegue contar, algo precisa ser dito sobre a minha autoridade nesse assunto. Como foi comprovado, eu realmente não seria capaz de amar alguém do modo como amava Abie; e, numa reviravolta fortuita do destino, ele era, de fato, o homem com quem eu me casaria. Perdi a virgindade com ele, comecei um blog em parte por causa dele e lhe dei uma orquídea, que custou uma semana inteira da minha mesada, quando ele se mudou para um novo apartamento, e acabei me vendo sem namorado (e sem dinheiro) ao final daquela noite.

A fantasia do meu casamento não tinha identidade. Eu não sabia o que os convidados comeriam, que música tocaria, que tipo de flor haveria nos centros de mesa — haveria mesas? Não sabia como seria meu marido, se eu gostaria ou não da família dele e, com certeza, não sabia o que deveria vestir. É por isso que fiquei muito contente quando descobri que minha mãe estava disposta a assumir o papel de organizadora do cerimonial. Eu não era uma noiva de pôr a mão na massa; não me importava com os detalhes. Ela cuidou do local: nós nos casaríamos no St. Regis, em Nova York; das flores: rosas escuras alojadas em vasos de cristal acompanhadas de penas brancas, para evocar *Meia-Noite em Paris*, de Woody Allen; dos convites: seriam feitos com o texto em tinta berinjela e os nomes dos noivos em dourado (ela não gostou da minha ideia com nomes de usuários do Twitter e hashtags); e até mesmo do DJ — que tocaria Frank Sinatra e Gipsy Kings a noite toda.

O vestido, no entanto, eu assumi. Me dei exatamente um dia para encontrá-lo — se não o encontrasse, usaria algo que já tinha ou me casaria nua. Antes de ir às compras, parei para pensar no que queria. Cheguei à conclusão de que um enorme salva-vidas seria provavelmente minha melhor opção. Imaginei que todo mundo esperaria o inesperado, o que, para mim, significava algo tradicional. Decidi por um vestido que vi on-line e depois, no dia seguinte, em uma loja para noivas.

— Vou levar este — eu disse para a vendedora que palpitava sobre o fato de meu casamento estar a apenas três meses de distância.

— Mas, sério, esta é a primeira loja de vestidos de noiva que você visita? — perguntou ela pelo menos três vezes.

— Querida, se dependesse de mim, eu entraria na igreja com esta calça — respondi, apontando para o jeans branco de cintura alta Alexander Wang enfeitado por flores tropicais turquesa.

— Você gosta? — perguntei para minha mãe enquanto saíamos da loja.

— Gosto, mas, mesmo que não gostasse, é o seu casamento — ela respondeu. Apesar de seus dedicados esforços, ela queria me lembrar que o casamento continuava sob meu controle.

É irradiante, embora intimidador, pensar no controle que temos sobre a nossa vida. Mas compreender e valorizar isso — tratando-o como a entidade poderosa que é — é a chave para a satisfação.

Eu sempre disse para mim mesma que, fosse ou não uma escritora "de verdade", seria a autora da minha história de vida. Minha vida é meu livro, minha narrativa, meu enredo. E, com o casamento a meros 20 passos de mim, no altar de um hotel em Nova York, percebi que estava disposta a abrir mão do controle sobre a escrita. Essa não seria mais a minha história; seria a nossa.

Na véspera do casamento, estava em casa com meus pais e meus três irmãos enquanto voltávamos no tempo. Nós nos atormentamos — minha mãe e eu, pelo menos — procurando conforto ou talvez apenas umas boas risadas em alguns vídeos caseiros. Filmes de baixo orçamento, sim, mas as emoções eram inestimáveis.

Assistindo ao meu passado, aprendi que aos oito anos eu já tinha inclinação para a individualidade na forma de combinar um suéter azul-marinho com uma calça de montaria azul-marinho com remendos verde-néon nos joelhos. No vídeo a que assistíamos, intitulado *Primeiro filme com todos os nossos quatro filhos*, não era meu aniversário nem Halloween, mas havia uma coroa em minha cabeça. Haim e eu dávamos cambalhotas em algum parque de diversões no Upper East Side.

No presente, Haim e eu lembramos como era fácil encontrar a felicidade. Minha mãe, por outro lado, deixou claro que odiava o parque, onde bolas coloridas contidas por limites infláveis diminuíam sua autoridade perante os filhos. Um de nós — geralmente eu — sempre ia embora do parque com algum problema. Se não fosse um resfriado, era um machucado, e, se não fosse um machucado, eram piolhos. Sim, quando peguei piolhos, minha mãe jurou que nunca mais nos levaria lá. Durante os três dias cruéis em que vivi em isolamento, enquanto minha mãe, usando uma touca de plástico para proteger sua cabeça incólume, pegava ovos de piolhos e insetos mortos na minha, implorei para voltar. Pedi até ela finalmente ceder.

No entanto, nunca havia me ocorrido que ela odiasse o parque. Eu achava que ela estava tentando nos ensinar uma lição.

— Tudo é bom, desde que usado com moderação — ela dizia.

— Até a diversão? — perguntei.

— Principalmente a diversão — era a resposta dela.

Em nossa primeira viagem ao passado, minha mãe me obrigou a usar uma touca de banho enquanto eu brincava no campo de beisebol. Quando a vi pegar a câmera de vídeo na bolsa, corri até ela para expor uma retórica extremamente sábia e mostrar meus inefáveis passos de dança. Ela me pediu para contar para a câmera se eu estava me divertindo, mas ignorei completamente a pergunta. Eu tinha uma melhor.

— Esta é a minha roupa. Você gosta? Se ninguém gostar... tô cagando e andando!

— Leandra! Quem ensinou você...

Nesse momento, a gravação foi interrompida, pois minha mãe tinha sido forçada por sua natureza disciplinar a repreender a garota de oito anos que falava palavrão para a câmera. Meu irmão tinha me ensinado aquela expressão no campo de beisebol — não é para isso que servem os mais velhos?

Em outro vídeo mais antigo, eu tinha quatro anos e estava com meu único parceiro de crime na época: Haim, de seis anos. Estávamos em uma viagem pelo Caribe e ele mergulhava na piscina. A câmera estava registrando isso até começar a tremer. Então eu me ouvi puxando a perna da minha mãe e choramingando o nome dela até ela olhar para mim. Em um maiô laranja-metálico, mergulhei de cabeça na tela, movimentando os quadris como um cachorro feliz ao ver o dono.

Na cena seguinte, eu usava um short de ciclista listrado branco e preto e uma camiseta vermelha com corações rosa. Não posso me dar o crédito por essa roupa incrível porque minha mãe ainda detinha controle total sobre o que eu vestia, mas foi algo muito influente.

Tirei a roupa, entrei na piscina com o mesmo maiô laranja-metálico e comecei a cantar para a câmera:

— One little speckled frog sitting on a special log, eating the most delicious bugs. Yum! Yum![3]

A forma mais primitiva de arm party[4]: boias.

Minha voz não era muito boa, e a música às vezes era interrompida quando eu bebia água com cloro nos degraus da piscina em que estava como se fosse Pellegrino. Meu sotaque era forte, embora o inglês fosse a minha única língua — meus pais eram norte-americanos novos. "Saídos do barco", diriam meus colegas de classe anos depois. Eu pedia a meu pai para nadar no wuthair, que não deve ser

[3] Um sapo pintadinho, sentado em um tronco especial, comendo os mais deliciosos insetos. Nham, nham! (N.T.)

[4] *Arm party*: Festa nos braços. Expressão criada pela autora, e que ganhou a internet, para o estilo de braços (ou parte deles) cobertos com pulseiras de vários tipos. (N.T.)

confundido com água, e me referia à praia como plage. Tudo bem, isso não é verdade, eu falava praia mesmo, mas teria sido muito chique se, aos quatro anos de idade, eu já chamasse as coisas por seu nome em francês.

Finalmente, assistimos a um vídeo em que meus três irmãos e eu estávamos sentados na sala íntima. Meu irmão mais novo, Mark, que tinha quatro anos na época, cantava Green Day (vantagem de se ter irmãos mais velhos) em um microfone Fisher-Price. O terceiro na fila, Henry, ajudava na apresentação de Mark fazendo a segunda voz, e o bom e velho Haim usava uma camiseta (praticamente um vestido, já que chegava até os joelhos) com os quatro personagens de South Park.

— Você matou o Kenny, seu bastardo! — gritava ele sem parar, fazendo a voz de Cartman.

Quando vi que a câmera começou a gravar, coloquei um CD de Whitney Houston — para desalento do meu pai; é possível ouvi-lo gritando: "Não mexa no meu equipamento de som!" ao fundo — e comecei a cantar para a câmera.

— Oh! I wanna dance with somebody! I wanna feel the heat with somebody! Yeah! Yeah![5]

Eu segurava as duas mãos contra o coração e franzia a testa do modo mais sincero, ao mesmo tempo que mostrava com detalhes meu aparelho ortodôntico azul. Eu tinha 12 anos e usava camiseta roxa da Gap e calça de moletom preta Adidas.

— Leandra, por favor, tire a cabeça da lente! A câmera não consegue fazer o foco! — ouvimos minha mãe gritando.

— Você sempre queria ser o centro das atenções — ela disse no tempo presente.

---

[5] Eu quero dançar com alguém! Quero sentir o calor com alguém! (N.T.)

— Não queria, não... — tentei argumentar, sem muita convicção.

Parei de dançar no vídeo, e minha mãe perguntou aonde eu tinha ido. Ela entrou com a câmera no meu quarto e lá estava eu, deitada no chão, assistindo a *A Vida Moderna de Rocko* na Nickelodeon, enquanto ela continuava gravando sem o meu conhecimento. Meu dedo indicador direito entrou fundo na minha narina direita e tirou de lá uma meleca amarela, muito grande, que foi parar na minha boca antes que minha mãe começasse a gritar.

O chuvisco na TV, que sinalizava o fim dos vídeos, me trouxe de volta à realidade. Fiquei sentada lá com meus irmãos, agora adultos, e meus pais de meia-idade — minha mãe tinha apenas 25 anos quando eu nasci, enquanto eu, com 23, mal conseguia fazer uma torrada —, preparando-me para o dia seguinte, quando a Repelente de Homem se tornaria Repelente de Todos os Outros Homens (exceto Abie).

— Você é nojenta pra caralho — concluíram, unânimes, meus irmãos.

— Cada um tem seu gosto — mamãe me defendeu.

— O que tem isso? Meleca é saborosa — também me defendi.

— Não acredito que você vai mesmo se casar. Acho que deveríamos mostrar isso para o Abie — sugeriu Henry.

Tudo o que os vídeos contavam eram apenas memórias, agora — momentos e emoções (e também sabores, aparentemente) que talvez eu nunca mais tivesse. E, aquela noite, a noite anterior ao meu casamento, também seria a última de muitas coisas. Seria a última noite em que eu dormiria no apartamento dos meus pais. Eles tinham feito a reforma mais recente do meu quarto enquanto eu estava em Paris, como tentativa de me subornar para continuar morando com eles em vez de alugar um apartamento pequeno no centro com cheiro de restaurante — o que ainda assim seria perfeito, porque seria meu. Mas funcionou. (Afinal, eles retiraram uma escrivaninha e abriram espaço para um armário exclusivamente dedicado aos sapatos.) Também seria a última noite em que eu ficaria curvada em minha cama assistindo a episódios velhos de *Seinfeld*, tirando a sobrancelha e olhando fixamente para a tela do computador. Também seria a última noite em que, antes de qualquer coisa, eu seria a filha dos meus pais, a irmã dos meus irmãos. Na próxima noite, eu seria uma esposa. Aquela era uma revelação assustadora, que eu provavelmente não deveria ter esperado até o último momento para encarar.

O olhar-fixo-para-o-computador que eu tinha tanto medo de abandonar era um hábito que adquiri no Ensino Médio, quando ainda usava calcinhas de corações.

O que significaria me tornar uma esposa? Eu cozinharia? Não queria. Será que teria que abandonar as saídas com as amigas, que aconteciam cinco vezes por semana? Também não estava interessada nisso. Teria que pensar na palavra com "b" — bebê? Puta merda, menos. Por um instante eu me perguntei por que casar era algo tão... popular. O que há de tão especial em abandonar seu próprio legado e adotar um sobrenome estranho? Decidi que não faria isso.

Balancei a cabeça e me concentrei no homem com quem me casaria. Eu sabia que — apesar das provações e tribulações de aceitar o contrato importantíssimo que deveria assinar no dia seguinte — amava aquele cara. E não apenas o amava; eu o havia escolhido. Tinha lutado durante anos por aquele palhaço, e isso me parecia motivo suficiente para ir até o fim. Além do mais, tinha depilado a virilha para o acontecimento após a festa, e seria uma pena desperdiçar aquela raridade.

Minha véspera de casamento terminou com o Mikvá — um ritual judaico em que a garota que-logo-nunca-mais-será-solteira fica nua e imerge em água sagrada. Fiquei sentada escovando o cabelo antes de tirar a roupa, com minha mãe a meu lado. Soluçamos juntas. Claro, é o sonho de qualquer mãe ver sua filha se casando com um homem bom, mas o que acontece quando ela é sua única filha e vocês são grandes amigas? Estou falando de BFF, com uma diferença: nós já vivemos juntas no mesmo corpo — e ela foi o único ser humano que nunca me criticou por eu comer minhas melecas até os 12 anos (tudo bem, 16). Nós nos abraçamos, praticamente sem falar nada, ela me deixou só e eu entrei na água sagrada.

Quando emergi, me sentia limpa e preparada. Era espantoso que, cinco minutos antes, eu estivesse chorando no braço da minha mãe. Para mim, o Mikvá foi o momento mais intenso de todo o ritual do casamento. Por um lado, foi a primeira vez que mergulhei nua, e isso provocou uma sensação refrescante. Por outro, aquele era um ritual instituído historicamente pelas diretrizes do judaísmo ortodoxo para purificar o corpo de uma mulher com água natural antes de seu casamento. Eu me perguntava se aquele ritual teria sido projetado para manipular as garotas para se sentirem prontas, porque deu certo.

Dormi profundamente naquela noite. Imaginei se aquela seria a última vez que poderia assistir a *Seinfeld* sem interrupções até adormecer. Eram as pequenas e bobas rotinas que eu mais temia perder.

Quando acordei na manhã seguinte, minha TV continuava ligada. Eu a desliguei e entrei no quarto dos meus pais.

— Que merda — eu disse.

— Vamos para os Hamptons — brincou papai. O engraçado no meu pai é que existe um pouco de verdade em cada piada que ele faz — afinal, era um bonito dia de junho. No fim das contas, aquele casamento era mais difícil para o meu pai, porque sou sua filha favorita. Estou brincando — mas do mesmo jeito que meu pai brinca.

Minha e eu mãe fomos à manicure — o dia parecia normal. Li a *Us Weekly* e soube das mais recentes travessuras reais de Kate Middleton; a mamãe leu a *In Touch*. Mas, quando olhei para ela e vi que estava chorando, também comecei a chorar.

— Por que você está chorando? — perguntei com voz esganiçada e limpando as lágrimas do rosto.

Ela disse que não acreditava que Tom Cruise e Katie Holmes estavam se separando. Aquele foi um momento constrangedor.

Três horas depois, estávamos na suíte nupcial do St. Regis. O que aconteceria naquele dia seria mais ou menos irrevogável, marcaria o início de um novo capítulo — que eu não escreveria sozinha — e oficializaria o fim da minha infância. Meu contato em-caso-de-emergência passaria a ser meu marido. Talvez um detalhe inconsequente, mas seria ele tão receptivo quanto minha mãe era para atender telefonemas de números desconhecidos?

Ninguém tinha me avisado dos conflitos autoinfligidos que surgem no dia do casamento. Algumas das minhas amigas já estavam casadas e, assim, eu suspeitava, conheciam essa "vida após a vida". Ainda assim, nenhuma delas tinha manifestado medos, ansiedades e desconforto avassalador. Na verdade, quando falei a respeito com elas, todas rejeitaram meus medos. Isso significava que minhas amigas tinham mentalidade estreita — não pensavam além do vestido branco que usariam por meras quatro horas — ou que significado maior que aquilo teria? Ou eu estava sendo analítica demais?

— Você o ama? — perguntou minha mãe. Ela sentia o meu temor.

— Isso não tem nada a ver com ele — respondi.

E não tinha. Eu estava com medo da reflexão — reflexão normalmente significava que havia uma lição para ser aprendida, ou que algo estava errado e eu queria voltar atrás para consertar. Essa era a lição real a ser aprendida: se o seu coração e o seu estômago parecem cair na sua vagina no dia do casamento, isso é normal. Se o seu pai pergunta se você quer sair da cidade, provavelmente não é do seu interesse aceitar a oferta. Se tudo o que você quer fazer é se aninhar com a sua mãe e fingir que tem seis anos, você tem um problema de apego e está ansiosa por causa da separação, mas, de modo geral, está tudo bem.

Depois de passar duas horas com um maquiador — coloquei cílios postiços, um pouco de rímel, ChapStick e mais nada —, meu cabeleireiro aperfeiçoou e exagerou a estética habitual do meu cabelo: grandes ondas com extensões. O momento em que elas estavam sendo presas à minha cabeça foi, provavelmente, a primeira e única vez que senti empatia pelas protagonistas de *Jersey Shore*. Sou uma pessoa melhor por isso.

Usei uma coroa de flores criada para mim para combinar com o salão da cerimônia. Eu parecia um bolo hippie grego, e era exatamente esse visual que eu queria.

Ao sul do meu corpo, algo mais se manifestava no único detalhe do casamento que eu mesma havia escolhido. Lá estava eu, uma garota que tinha construído sua carreira baseada no ponto de vista segundo o qual as mulheres devem se vestir para elas mesmas — e ninguém mais — e se divertir ao fazê-lo. Como é que eu, conhecida por normalmente usar seis camadas de diferentes tecidos e estampas, encontraria um vestido não convencional, até mesmo extravagante, para me casar? Eu poderia ter escolhido um vestido fúcsia, claro, mas, com essa cor saturando o mercado de moda na época, tudo o que eu realmente queria era mesmo o branco. Como eu tinha me dado o prazo de apenas um dia para encontrá-lo, mamãe teve a sorte de o plano B de usar biquíni ser descartado. O primeiro vestido que experimentei foi o que usei.

A grife era Marchesa. Ele tinha rosinhas no busto, perto da única alça. Pensei em mandar tirar as rosinhas — não tinham muito a ver comigo. Percebi, contudo, que elas lembravam vagamente dobras labiais, e, como meu mantra pessoal afirma "se parece uma vagina, provavelmente é alta-costura", isso me convenceu. Camadas de tule envolviam firmemente o corpete, cuja estrutura dificultava a respiração. Cerca de dois centímetros abaixo da minha bunda, o tecido explodia, com camadas curtas infiltrando a saia dali até o chão. Era impossível discernir onde minhas pernas terminavam e o chão começava. Esse vestido certamente atendia às tradições de casamento da cidade de Nova York.

Minha mãe ficou chocada e definitivamente satisfeita com minha decisão de aceitar um vestido tão tradicional, mas foi tudo o que realmente fiz — aceitei. Porém, eu tinha planos para ele. O vestido era simples o bastante para ser decorado por muitos acessórios que ela provavelmente detestaria. No caso de os acessórios não funcionarem, o vestido ainda assim manteria sua personalidade devido à aberração dentro dele.

Eu me olhei no espelho e imaginei se um vestido de casamento poderia dar forma a um "momento decisivo". Envolvidos por uma capacidade clichê de mascarar a verdadeira autenticidade, os vestidos de noiva não são a roupa que conduz a memória feminina; eles apenas são a roupa que tenta isso com mais afinco.

Como meus ombros ficariam cobertos durante a cerimônia do meu casamento judaico, eu queria encontrar um modo criativo de escondê-los sem recorrer à solução mais sem graça: um metro de tule na forma de um bolero sobre meu tronco. Optei por uma jaqueta perfecto. Quando tudo estiver dito e concluído, se as pessoas não se lembrarem de mais nada a meu respeito, que se lembrem de meu outro mantra: "Na dúvida, coloque uma jaqueta perfecto". Droga, mesmo se não estiver em dúvida, coloque uma jaqueta.

Com a ajuda de uma amiga estilista, Rebecca Minkoff (sei que isso parece pretensioso, mas, afinal, eu realmente vesti uma jaqueta perfecto sobre meu vestido de noiva), criei a jaqueta em organza no tom perfeito de casca de ovo com muitos zíperes e botões dourados. Agora eu só precisava era de uma Vespa para chegar ao casamento. Queria entrar no salão do casamento em um Segway, mas o hotel não permitiu. Falaram alguma coisa sobre um europeu de meia-idade destruindo a suíte presidencial com seu Segway hiperativo, algo que teria custado 20 mil dólares em consertos. Não entendi bem, só ouvi o "não".

No entanto, a cereja do bolo não era a jaqueta, mas o peplum removível feito com três metros de tule que combinava perfeitamente com os metros de tule da metade inferior do vestido. Meu terceiro mantra de vida é: "Mais é mais é mais", e muitos, muitos acessórios completaram o visual. Em volta do pescoço, usei uma corrente de ouro de dois metros emprestada da vovó Leyla. Ela dava 11 voltas. Vovó Leyla explicou a história da corrente: a peça vinha da Turquia bizantina e havia sido dada pela mãe dela, que a havia recebido de um ex-namorado. Ele era um nazista durante o auge de Hitler e ela era uma judia com uma corrente de ouro. Na verdade, eu soube depois, aquela era apenas uma corrente que minha avó pegou no escritório do meu pai quando ele começou sua joalheria, em 1984.

Minhas unhas das mãos não foram pintadas, mas as dos pés receberam um tom claro de azul que parecia jeans. Infelizmente ou não, os dedos dos pés não estavam à mostra. Calcei tênis Superga prateados com plataforma de 12 centímetros enfeitada com cristais azuis. Eles eram doidos até mesmo para os meus padrões, e eu mal podia esperar para torcer os tornozelos quando a dança começasse.

Os dois braceletes que usei nos braços combinavam, e ambos tinham um detalhe em azul; pequenos cristais brilhantes que mudavam de cor quando eu me movimentava, como se fossem pequenos ursos (bi)polares à procura de suas geleiras. Essa era uma pseudoinfluência romana, pois os braceletes evocavam os que os gladiadores usavam em seus punhos. Na minha cabeça, eu estava fazendo história. Na vida real, nem tanto.

Por baixo de tudo, a base do visual; foi aí que as coisas ficaram esquisitas. Eu não possuía nenhuma lingerie. Entendo por que a maioria das mulheres diz que ama isso: porque faz com que se sintam, não pareçam, sexy. Blá, blá, blá. Mas eu tinha conseguido descobrir minha sensualidade interna sem ter que usar renda, seda, corpetes de cetim ou calcinhas fio dental revestidas de pele. Francamente, em termos de lingerie, eu me sentia mais sexy com meu uniforme: calcinha de algodão de cintura alta (preta ou branca, dependendo da ocasião) e sutiã esportivo — quando usava sutiã. Lingerie não me parece o veículo que produz sensualidade e autoconfiança feminina, mas sim o que provoca uma elevação na contraparte masculina (sim, foi uma piada sobre ereção). Imaginei que tipo de lingerie usaria no meu casamento. As pessoas ficavam me perguntando se eu tinha escolhido, pareciam malucas. Decidi, afinal, usar o de sempre, que manteria tudo no lugar e duraria mais.

Aprendi, durante a sessão de fotos com a família, no dia do casamento, que minha roupa de baixo à prova de falhas roçava desconfortavelmente a parte do vestido que separava o top de tule da saia bufante com camadas de tule, o que causou uma enfiada atômica que faria empalidecer as que sofreram o elenco de *A Vingança dos Nerds*. Aquilo pedia — ou melhor, exigia —, de todo o coração, uma puxada. Eu não poderia arriscar, mais tarde, de pé no altar, de costas para amigos e família, tentar desenfiar a calcinha da minha bunda.

— A gente vê que sua felicidade abunda — brincou uma das madrinhas enquanto eu tentava desenfiar, ainda na suíte nupcial. Mas eu não ri.

Teria que me trocar antes do evento — seria muito ruim se minha calcinha estragasse meu casamento. A situação era preocupante — você pensa que conhece sua roupa de baixo e, bruscamente, ela se revolta sem demonstrar remorso. E, falando sério, se você não conhece sua roupa de baixo, o que de fato conhece?

É claro que eu não tinha levado uma calcinha extra. Por que levaria? A solução óbvia para esse conflito seria ficar sem calcinha, mas eu não podia fazer isso. O Chico estava agendado para chegar dentro de dois dias, mas era complicado dizer exatamente quando ele viria. E não precisava que ele me ensinasse nenhuma nova lição, principalmente naquele dia.

Minha mãe e eu ficamos trocando ideias da forma mais patética que existe por alguns minutos antes de eu lhe fazer o pedido de que ela suspeitaria:

— Não posso usar a sua?

Ela olhou para mim, desconfortável, e disse:

— Mas o que eu vou usar?

Sugeri que ela usasse a minha, já que o vestido dela não parecia colocar as mesmas dificuldades que o meu. Então fizemos a troca. Está vendo? Essa é uma boa mãe. Até aquele momento eu não sabia como minha mãe era ousada — ela estava usando um fio dental vinho, de seda, com detalhes em renda preta. Toda a situação me deixou bem desconfortável: primeiro fisicamente, pois acredito que o fio dental deva ser usado entre os dentes, não na bunda, principalmente quando estou usando a calcinha de outra pessoa. Mas pensei que, se era para ter os subprodutos da bunda de alguém na minha, melhor que fossem os da minha mãe. Também fiquei mal internamente, porque minha mãe não era, obviamente, uma boa repelente de homem. Eu era cria dela, e tudo o que desejava da vida era uma boa calcinha de algodão. Como ela poderia ser tão diferente? E o que planejava fazer com aquela ousada calcinha de seda e renda depois da festa? Eu não podia acreditar que ela usava tal roupa íntima por motivo de conforto de sua vagina. Antes que eu pudesse deixar meu fluxo de pensamento me levar ao quarto dos meus pais, onde eles provavelmente estariam transando na posição cachorrinho, chegou a hora da cerimônia.

O horário das seis da tarde chegou rapidamente. Em um minuto eu comia queijo enquanto puxavam meu cabelo, e, no outro, entornava uma dose de tequila com todas as madrinhas (e minha futura sogra) antes de me dar conta. Eu queria outra dose, mas ninguém me deixou tomar.

Os convidados ficaram de pé no salão cerimonial enquanto nós nos preparávamos para entrar pelo corredor. Havia oito madrinhas e sete padrinhos, cinco dos quais eram nossos irmãos. As madrinhas estavam de vestido longo em tom pastel de sua escolha, o cabelo adornado por uma coroa de flores sobre cachos soltos para combinar com o meu. Parecíamos uma banda de garotas. Os padrinhos estavam muito elegantes em seus smokings. Por um instante, me arrependi da decisão de não imitar Ellen DeGeneres e também usar smoking, mas então olhei para trás, admirei minha bela comitiva e pensei: Foda-se. Eu tinha uma urna grega na cabeça, um colarzão em volta do pescoço, e meu Hell's Angel interno apreciava a vista dos meus ombros.

A orquestra começou a tocar e eu ouvi a melodia de algumas das minhas músicas preferidas de Frank Sinatra, Beatles, Red Hot Chili Peppers e Edith Piaf. No momento final de privacidade com meus pais como filha deles, e apenas como filha deles, tive certeza de que compartilharíamos nosso sentimento mais intenso e íntimo — apenas meus pais e eu, sem edições, juntos. Eu agradeceria por terem me legado uma vida tão perfeita, por me ensinarem a pescar e não apenas me darem peixes. Seria um momento piegas e sincero, e nós choraríamos; eu diria ao meu pai que nunca o tinha visto chorar antes, e ele, ao enxugar uma lágrima da face, diria:

— Só por você.

Entendeu o que eu disse? Uma verdadeira banda de garotas.

Na verdade, papai estava muito ocupado comendo o peixe dele para participar de um momento tão emotivo.

— Caramba! Quanta gente! — gritou ele, espiando pela porta dupla enquanto enchia a cara no bufê de peixe cru, desfrutando de tudo a que tinha direito.

— E daí? Fui eu que paguei — disse depois, convicto, enquanto minha mãe e eu olhávamos com reprovação para sua boca cheia.

— Acho que ele já está bêbado — sussurrou mamãe para mim antes de gritar com ele. — Se tiver a ousadia de sujar seu paletó branco com molho de soja, eu acabo com você!

Então ela reparou no meu olhar pensativo.

— Em que você está pensando? — perguntou.

Sorri para ela, mas não pude responder. O que eu estava pensando ficou entre mim e eu mesma, e era em minha história, nossa história e como ela foi escrita. Talvez o casamento significasse que meu livro estivesse se fechando, e isso não diminuía o fato de que eu o escrevera.

Não pude evitar comparar o casamento com o acampamento de férias. Casar produzia a mesma sensação da noite anterior a sua viagem de verão. Você sente um grande buraco na barriga, e tudo o que deseja é ficar deitada em sua cama para sempre. Começa a apreciar as coisas que normalmente a incomodam, como o irmãozinho irritante ou o fato de que não há porcarias suficientes para comer em sua casa. Você sabe que tem que partir, e, de modo geral, está empolgada com a viagem, mas uma onda volumosa de amor pela família arrebenta na ponta de seu coração. Não importa quanto tempo passe com as pessoas que ama antes de partir, você sempre gostaria de ter ficado um pouco mais com elas.

Agora, multiplique essa ansiedade de antes das férias por um milhão. Você sabe que o que está à frente é bom, mas não é garantido; só consegue pensar no que está ficando para trás e sente remorso por ter chutado a canela de seu irmão com tanta força, por ter dito a sua mãe que mal conseguia esperar pela hora em que ela sairia da sua vida, porque o que fica para trás é bom, e disso você tem certeza.

Finalmente, a orquestra começou a tocar Ballad du Paris, a música-tema de *Meia-Noite em Paris*. Eu sabia que essa era a minha deixa para entrar pelo corredor. Meus joelhos fraquejaram, os pés bem amarrados dentro do tênis. Comecei a andar, de braços dados com meu pai e minha mãe, olhando para a frente, mas sem enxergar nada.

Paramos no final do corredor e um homem — o homem, meu homem — se aproximou. Ele apertou a mão do meu pai e beijou o rosto da minha mãe. Papai removeu o véu do meu rosto, expondo minhas lágrimas, pouco antes de Abie me olhar nos olhos e me conduzir para o altar.

As pessoas aplaudiram como se aquela fosse a cena final de um grande filme, mas ainda estávamos nos créditos de abertura.

Trinta minutos depois, Abie pisou em um copo, o rabino brincou que aquela era a última vez que ele firmava o pé em qualquer coisa (embora eu reconheça que provavelmente isso é verdade) e estávamos casados. Simples assim. A ansiedade se dissipou, sem deixar nenhum vestígio de remorso. Compreendi por que ninguém tinha me avisado dos difíceis momentos pré-nupciais: porque você se esquece tão rapidamente de como estava triste, apegada ao passado, e logo começa a ver como a sua vida será boa. O verdadeiro medo é o do futuro — medo de abandonar o que era bom, mesmo que isso signifique se encaminhar para algo que possa ser bom.

Então, chegou a hora da festa. A maioria das pessoas gosta de começar a noite com música lenta. Mas nós, não. Começamos nossa vida a dois com uma combinação de chuveirinho, máquina de fax e caixa de supermercado (três passos de dança muito viáveis) ao som de Gipsy Kings. Foi perfeito. Eu até rodopiei Abie.

Nossa programação de lua de mel era viajar para a Grécia no dia seguinte. Enquanto eu fazia a verificação da bagagem a caminho do aeroporto — passaportes, carteiras, dinheiro, escovas de dentes, sapatos Nicholas Kirkwood —, lembrei-me de que, na verdade, eu não precisava ter trocado de calcinha com minha mãe. Eu estava tomando pílula anticoncepcional, a definitiva manipulação do corpo: com certeza não menstruaria por, pelo menos, mais oito pílulas. Então me dei conta de que, cacete, tinha esquecido as pílulas dentro de uma bolsa sobre uma cadeira em nosso apartamento novo, bem ao lado da minha escova de cabelo. Precisava muito daquela escova — sem ela, estava destinada a parecer o poodle que minha cabeleira imitava naturalmente —, mas não podia nem pensar que o cabelo armado poderia emperrar nossa atividade romântica durante a lua de mel porque, bem, a falta do anticoncepcional também faria isso — e muito bem. Eu estava tão irredutível sobre engravidar que cheguei a dizer para minha agora sogra que não estava interessada em fazer sexo com o filho dela. Ela me compreendeu totalmente.

Lembranças de Santorini.

Pelo lado bom, não me esqueci da calça de juta branca boca de sino equipada com franjas — assim talvez, apenas talvez, nós não precisássemos nem mesmo de preservativos.

Quando chegamos ao hotel em Creta, o recepcionista, como se fosse um repelente de bebês sobrenatural, conseguiu meu anticoncepcional receitado em uma farmácia próxima e o enviou para nosso quarto. Transamos imediatamente.

Dez dias logo que retornamos da lua de mel (com lembranças apenas de queijo feta e discussões sobre bocas de sino), fui visitar meus pais. Quando passei pela porta — uma porta que havia sido minha até 11 dias antes —, eu me senti um pouco triste. A nostalgia me acertou em cheio sem pedir licença. Mas, quando vi a jaqueta branca perfecto pendurada em uma luminária no meu quarto, sorri. Aquela, pensei, seria a lembrança mais monumental que eu provavelmente teria; uma memória tangível que acalentaria para sempre.

— Você não vai levá-la para sua casa? — perguntou minha mãe quando me viu babando na jaqueta.

— A casa dela é aqui — eu disse.

A jaqueta era um símbolo da garota que eu havia sido e da garota que tinha me tornado. Ela merecia morar no meu quarto de criança, onde eu tinha me tornado quem era, refleti. Sim, aquela peça era o mascote que contava a história da Repelente que conseguiu seu Homem.

E não era qualquer homem.

Certa manhã, no final de agosto do ano seguinte, Abie e eu estávamos prontos para sair de nosso apartamento e começar o dia. Depois de escolher meu veneno — o mesmo peplum usado na noite em que ficamos noivos —, ele olhou para mim e observou:

— Isso não é quente demais para ser um Miu Miu? — Parecia até que eu estava de casaco de neve.

— Nunca é qualquer coisa demais para ser um Miu Miu — eu o corrigi.

— Mas isso é crepe de lã, e um peplum, ainda mais — rebateu ele, cético.

Ele tinha razão, e eu fiquei sem ter o que falar.

Agradecimentos

Em primeiro lugar, preciso agradecer à minha editora, Amanda Englander, que trabalhou com violento afinco para corrigir a maioria das frases que você acabou de ler. "Por que tantas sílabas? Por que palavras tão complicadas?", ela me perguntava com frequência. Boa pergunta.

Além disso, obrigada por não me criticar, Amanda. Principalmente a respeito do Croc.

Depois, obrigada, Michael Klein, por orquestrar essa parceria e servir como um saco de pancadas enigmático e amável tanto para Amanda quanto para mim.

Obrigada também a Amanda Pritzker, Emi Battaglia e Jamie Raab, da Grand Central Publishing. Sei que parece arbitrariamente sincero e terrivelmente piegas dizer que "este livro nunca teria acontecido sem vocês", mas é verdade. Então, muito obrigada.

Obrigada a meu marido, Abie, que sem querer forneceu muito do conteúdo deste livro simplesmente sendo quem é. Obrigada por partir meu coração, consertá-lo atabalhoadamente, parti-lo de novo e repetir esse ciclo por aproximadamente 7.357 vezes antes de, finalmente, concordar em se casar comigo. Como meu pai costuma dizer a respeito de minha mãe, você é a melhor decisão que eu já tomei.

A menos, é claro, que o velho mito judaico seja verdadeiro e as crianças escolham seus pais antes mesmo da gravidez. Nesse caso, escolher minha mãe e meu pai foi uma decisão profundamente boa. Obrigada, papai, por me ensinar que argumentar contra minhas próprias ideias não é o melhor modo de viver, e obrigada, mamãe, por ser minha irmã e minha melhor amiga. Se algum dia você morrer, eu mato você.

Agradeço a meus irmãos, Haim, Henry e Mark, por também escolherem bem seus pais e também por fornecerem conteúdo para este livro. Obrigada, Henry, por elogiar minha "fama marginal" diariamente. Obrigada, Mark, por me transformar em A Centopeia Humana, e, é claro, obrigada, Haim, por ser o máximo.

Obrigada a dois professores em especial: Joshua Gaylord e Charles Taylor, por serem insuperavelmente inteligentes e nunca banalizarem minha carreira na moda.

Obrigada a minhas grandes amigas Arielle e Jaime, por doarem seus terços de nosso cérebro coletivo para ajudar no processo de escrita.

E, é claro, obrigada, Steve Jobs. Eu realmente, realmente não teria escrito este livro sem o meu MacBook.